用文字照亮每个人的精神夜空

漫说文化丛书·续编

旧戏新文

陈平原　王鸿莉 编

湖南人民出版社 · 长沙 ·

● **如何收听《旧戏新文》全本有声书？**

① 微信扫描左边的二维码关注"领读文化"公众号。
② 后台回复【旧戏新文】，即可获取兑换券。
③ 扫描兑换券二维码，免费兑换全本有声书。

● **去哪里查看已购买的有声书？**

方法 ①
兑换成功后，收藏已购有声书专栏，
即可在微信收藏列表中找到已购有声书。

方法 ②
在"领读文化"公众号菜单栏点击"我的课程"，
即可找到已购有声书。

总序

陈平原

    三十年前钱理群、黄子平和我合编的"漫说文化"丛书前五种由人民文学出版社推出；两年后，后五种刊行时，我撰写了《漫说"漫说文化"》，提及作为分专题编散文集的先行者，我们最初只是希望有一套文章好读、装帧好看的小书，可以送朋友，也可搁在书架上。没想到书出版后反应很好，真可谓"无心插柳柳成荫"。十三年后，复旦大学出版社（2005）予以重印。又过了十三年，北京时代华文书局（2018）重新制作发行。

    一套小书，能一而再再而三地刊行，可见其生命力的旺盛。多年后回想，这生命力固然主要得益于那四百多篇精彩选文，也与吹响集结号的八十年代文化热、寻根文学思潮以及"二十世纪中国文学"的视野密切相关。时过境迁，这种小里有大、软中带硬、兼及思考与休闲的阅读趣味，依旧有某种特殊魅力。有感于此，出版社希望我续编"漫说文化"丛书。考虑到钱、黄二位的实际情况，我改变工作方式，带领十二位在京工作的老学生组成读书会，用两年半的时间，编选并导读改革开放以来四十多年的散文随笔。

当初发给合作者的编选原则很简单：第一，文化底蕴（不收纯抒情文字）；第二，阅读感受（文章好读最重要）；第三，篇幅短小（原则上不收六千字以上的长文）；第四，作者声誉（在文坛或学界）。依旧不是梁山泊英雄排座次的文学史，而是以文学为经、以文化为纬的专题散文集。也就是《漫说"漫说文化"》说的："选择一批有文化意味而又妙趣横生的散文分专题汇编成册，一方面是让读者体会到'文化'不仅凝聚在高文典册上，而且渗透在日常生活中，落实为你所熟悉的一种情感，一种心态，一种习俗，一种生活方式；另一方面则是希望借此改变世人对散文的偏见。让读者自己品味这些很少'写景'也不怎么'抒情'的'闲话'，远比给出一个我们自认为准确的'散文'定义更有价值。"

考虑到初编从1900年选起，一直选到20世纪80年代中期，续编从改革开放起，一直选到2020年，中间几年重叠略为规避即可。两个甲子的风起云涌，鸟语花香，借助千篇左右的短文得以呈现，说起来也是颇有气势与韵味的。参与其事的都是专业研究者，圈定范围后，选哪些作者，用什么本子，如何排列组合等，此类技术问题好解决，难处在入口处——哪些是你想要凸显的"文化"？根据以往的阅读经验，先大致确定话题、视野及方向，再根据选出来的文章，不断调整与琢磨，最终成了现在这个样子。

初编十册分别题为《男男女女》《父父子子》《读书读书》《闲情乐事》《世故人情》《乡风市声》《说东道西》《生生死死》《佛佛道道》《神神鬼鬼》，而续编十二册则是《城乡变奏》《国学浮沉》《域外杂记》《边地寻踪》《家庭内外》《学堂往事》《世间滋味》《俗世俗民》《爱书者说》《君子博物》《旧戏新文》《闻乐观风》，略为比勘不难发现二者的联系与差异。

既然是续编，自然必须与初编对话。明显看得出承继关系的，有《城乡变奏》之于《乡风市声》，《爱书者说》之于《读书读书》，不过前者第二辑"城市之美"从不同层面呈现了当代中国城市的多彩风姿，以及后者第三辑"书叶之美"谈封面、装帧、插图、毛边书、藏书票等，与初编的文风与趣味还是拉开了距离。《家庭内外》的第一、第三辑类似《父父子子》，而第二、第四辑则接近《男男女女》。《域外杂记》与《国学浮沉》隐约可见《说东道西》的影子，但又都属于说开去了。至于《世间滋味》仅从饮食入手，不再像《闲情乐事》那样衣食住行并举，也算别有幽怀。所有这些调整，不管是拓展还是收缩，都源于我们对四十年来中国文化思潮及文章趣味的体验与品味。不再延续《世故人情》《生生死死》《佛佛道道》《神神鬼鬼》的思路，并非缺乏此类好文章，而是觉得难以于法度之中出新意。

另起炉灶的六册包括《边地寻踪》《学堂往事》《俗世俗民》

《君子博物》《旧戏新文》《闻乐观风》，其实更能体现续编的立场与趣味。没有依傍初编，不必考虑增减，自我作古的好处是，操作起来更为自由，也更为酣畅。《边地寻踪》和《俗世俗民》两册，有些话题不太好把握与论述，最后腾挪趋避，处理得不错。最为别出心裁的，当数《旧戏新文》与《君子博物》——实际上，这两册的确定方向与编选过程最为曲折，编者下的功夫也最多。最终审稿时我居然有惊艳的感觉。

比较前后两编，最大的感叹是：前编多小品，后编多长文；前编多随意挥洒，后编多刻意经营；前编多单纯议论，后编多夹叙夹议；前编多社会人生，后编多学术文化；前编多悲愤忧伤，后编多平和恬淡——当然，所有这一切，与社会生活及文坛风气的变迁有直接关系。至于不选动辄万言的"大散文"，以及遗落异彩纷呈的台港澳文章，既是为了跟前编体例统一，也有版权等不得已的因素。

十二册小书，范围有宽有窄，题目有难有易，好在各位编者精诚合作，选文时互通有无，最后皆大欢喜——做不到出奇制胜的，也都能不负众望。作为一个集体项目，能走到这一步，已经很不容易了。

身为主编，除了丛书的整体设计，也参与了各册题目及选文的讨论。至于每册前面的"导读"文字，则全靠十二位合作者。选家大都喜欢标榜公平与公正，可只要认真阅读各册的"导读"，你就会明白，所有选本其实都带个人性情与偏见。十二篇随笔性质的"导读"，或醇厚，或幽深，或俏皮，或淡定，风格迥异，并非学位论文，不妨信马由缰，能引起阅读兴趣，就算完成任务——毕竟，珠玉在后。

2021年2月19日于京西圆明园花园

导读：还将旧事重新演

王鸿莉

　　民间素来习惯把中国传统戏曲称为老戏、旧戏。可细究之下，传统戏曲有些是真古老，如北地之秦腔，南方的昆曲。有些则是小年轻：1906年嵊县艺人于乡间首次化装登台，唱响之后，"小歌班"闯荡上海，一时风行，1925年始有"越剧"之名。在嵊县艺人从小水乡闯荡大上海的同时，陈独秀在1917年则将《新青年》从上海搬到了北京，与胡适联手，掀起了一场对中国影响深远的新文化运动。但，新文化一兴，戏曲似乎变老了。

· 旧戏不旧

　　新文化运动不是仅仅谈些新思想、写写白话文，而是包含着一整套生活方式和话语模式，甚至暗含、规定了你怎么去休闲娱乐：看电影和话剧显然比听老戏要"新"多了。男女青年约会在公园、影院，没听说过约在戏园。定情可能是共同排演了一出话剧，绝不是一起唱了出大戏。李欧梵一部《上海摩登》，将电影院、百货大楼、咖啡馆、舞厅、公园写了个遍，极少提到戏园子，可"大舞台""天蟾""黄金大戏院"等戏园明明是上海当时最热闹的所在。

这里出现了一种有趣又别有深意的并置：一面是新文化运动如火如荼地开展，一面是京剧、越剧等剧种烈火烹油般爆发；可在新文化的主流叙述之中，风靡南北的戏曲哐当一下被淡化，乃至消失。历史的现场与话语的表达之间出现巨大的缝隙。更微妙的是，新文化人可以自如地将社戏等民间戏曲作为民俗，引入新文化运动之中，但就是对都市舞台上浓墨重彩的大戏分外无感、无情。典型如鲁迅论梅兰芳，隔膜生硬。较多的例外出自话剧界，田汉、老舍、曹禺、焦菊隐、吴祖光都爱旧戏，但这份痴迷仿佛是提倡白话文的新文化人私下写旧诗，总不是那么理直气壮。

这一现象自然影响、延伸至新文化的研究者：当年，新文化诸将隐性地排斥戏曲；现今，其研究者，完整地继承了新文化的内部逻辑，极少将戏曲纳入研究视野。现代文学的研究者在复原晚清民国的文化现场时，习惯于自居新文化的视角，近四十年来，虽已有意识地不断打开自己的藩篱——纳入鸳鸯蝴蝶派等旧小说、引入旧体诗，但及至今日，似乎从未有人将戏曲纳入现代文学的考察范畴。这里出现一种极其显眼但所有人习以为常的移花接木：中国古代文学的研究之中，从元杂剧到《桃花扇》《长生殿》《牡丹亭》等戏曲均属文学的必修，但在现代文学的考察中，戏曲神奇般地全部隐身，取而代之的是话剧。学院派这一基础设定高度地显示了，同时又不断塑造着全民的一种认知倾向：戏曲属于古代，与现代无关。

我们将戏曲想象为一种古老的、悠远的情思，与现代生活疏离割裂。于是，本来与新文化运动差不多同龄、特别热衷追逐新潮流、很是洋气时髦的越剧，硬生生地被视为"中国传统戏曲"。殊不知，越剧起家之时，正是新文化风起之际。旧戏本不旧，它们同样"现代"着。只不过，在与新文化话语的对话和交锋中，活泼的戏曲逐渐成为一地位尊崇但丧失源头活水的"古物"，它的时代标签被打上一个"古"字，旧戏被迫而"旧"。

· 新文不新

戏曲虽然不现于新文化人的笔端，却另有一脉文人在报章杂志上刊剧评、捧名角，这其中既包括齐如山、罗瘿公等深度介入戏曲创作的参与者，也包括了穆儒丐、金受申、黄裳等几代剧评报人。但这一曾经繁盛的剧苑文评系统，在1949年中华人民共和国成立之后，没有完整地承续下来。共和国的文化底色更多承自新文化，在其场域，这类剧评、这部分文人均远离中心位置。戏曲从大众的狂欢收缩为小圈子的自话。二十世纪的最后二十年，写戏曲的真文章才逐渐又多了起来。

编者即以20世纪80年代为始，2020年为终，选取四十年间以"戏曲"为主题的散文佳构，合成一集。时间是切近的，谈的则是大家习以为"旧"的戏，故名"旧戏新文"。所选曲种不限，所写皆为各种戏曲相关，唱戏的体会、看戏的经验、一位名角、一场小戏，乃至戏班、戏台、脸谱、唱片等，希望从这些论戏的新文中显露出"旧戏"的新鲜。从文章言之，标准在于言之有物、言之成理，最好还言得有趣。过于专精之文不选，更亲近于唱戏或看戏中的那些人情小事儿：跑跑龙套、钻钻后台。所以，翁偶虹撰述极多，本书独取脸谱一事，因为这篇最得人生滋味，是不懂戏的人都能懂得的好文章。戏曲在当代表面虽是个冷灶，但深入其中发现戏曲自有其热，写戏的好文章远比想象中多，刘曾复、范石人、张古愚、陆萼庭、余秋雨、章诒和等许多作者的文章因篇幅等原因不得不割爱，分外可惜。

篇目既定，回首再观，却又发现，所选文章虽作于新近，但作者却还是"老"得多。由此呈现了本册编选的另一悖论："新文不新"，而这恰巧与"旧戏不旧"形成了有趣的对照。"新文不新"首先指向作者：本册收录作家中生年最早的是郑逸梅（1895年）；随后为张伯驹（1898年）、荀慧生（1900年）等；汪曾祺（1920年）、黄宗江（1921年）、吴小如（1922年）已经算是晚一辈的人；魏明伦（1941年）、叶广芩（1948年）这些四十年代生人，相比起来都算是颇为"年轻"的作者；至于六十至八十年代出生的作者仅寥寥几位。其次则在于文字所传达出来的风味，不少文章有种沉静的旧气息，断句、用语都有别于现在的白话。如果以编年体的方式，阅读这些不同时代不同作者的文字，会看到白话的一场演变。可能正是由于戏曲因新文化而旧，乃至于"文革"时期沦为"四旧"，所以嗜戏之人多多少少与新文化的正规军有点距离，写戏之文也与新文化运动的白话腔调微妙有别。具体到每一位作者，有些作者旧气味重些，有些作者更近于新文化运动所形成的白话规范，也有张立宪这种生猛直接的口头白话，这些都是有意的安排和呈现。"旧戏新文"这一册中所蕴含"旧戏不旧""新文不新"的种种矛盾和反转，也许是一种象征：二十世纪戏曲的自身命运以及它被书写、被塑造的过程。

补充一点，"新文不新"并不意味着戏曲之老。与之相反，编书过程中，笔者也接触到一些年轻戏迷，说起戏来个个如数家珍。只不过他们发表和交流的方式已转向网络，而不倚赖于传统的纸媒。在这一过程中，戏曲不一定再被"老""旧"一回，反倒是文字的发表、传播和消费方式巨变，使得文学的经典化方式与之前迥然不同。这可能也是"新文不新"的另一重因由，年轻作者并不以纸媒为唯一渠道。

戏曲和文学的关系是一个大问题，其间隐藏着当下戏曲改革的某种困境：汪曾祺认为戏曲之补救在于文学性的提高，"中国戏曲的问题，是表演对于文学太负心了"；而傅瑾则在《身体对文学的反抗》中提出："文学霸权是语言对身体的压迫。我把李玉声的十六条短信，读成身体对语言的反抗。这是京剧对文学的反抗，京剧表演艺术对文学霸权的反抗。"这些论调表面相反，实际上都是热爱戏曲的人深入戏曲内部肌理、有自己体验的一家之言。本集是文集，分属文学，但也不会执着于或只看到二者的甜蜜，反而希望在序言中提醒诸位读者，二者有时的分裂。所以本集大体显现的都是爱戏之人的痴迷，但也会有意收入一些相反观感，比如喜好蒲剧、秦腔的贾植芳先生直言："我多年旅居上海，对于流行的越剧则颇看不惯，不爱看，因它的剧情大多以男女爱情、家庭纠纷为主，哭哭啼啼，婆婆妈妈，这些感情太细腻，为我这个禀性粗犷，又历经人生坎坷的性格所不能接受。"

· 编选说明

本册收文五十篇，分为四辑，每辑以文章发表时间排序。最终入选之文各有用意，希望通过不同年代、不同背景、不同性别、知名或不知名作者的各色文字，呈现出戏曲令人着迷之所在。现分辑论之。

第一辑为伶人亲述，收文七篇，本辑之名"唱戏有什么不好"出自湘剧名角彭俐侬。

中国戏曲，表演者是其核心，因此特辑录戏曲演员所写文章为一组，置于卷首。与文人之文不同，曲人之文有一种出乎意料的、朴素的好。较之诗歌、小说和戏剧，散文门槛较低，人生有多宽广，散文就可以多"拉杂"，因此戏曲表演者写得最多的是散文。戏曲人的本命是戏，写文章或是偶然为之，或出于特别的因由：荀慧生的文章本是日记，新凤霞写作自遣是因为偏瘫再也不能登台。但在这些偶然中，他们有限的文章却有如神助，某些描写真是绝妙。文字基础不好，让他们少了雕琢浮饰之病，文章活泼，大俗大白，无套语、死话。他们对于戏有精妙的了解，用素朴的文字记录下来，就成为任何专业作家的作品都难以取代的好文章。

本辑存在的一个特殊问题是"口述"。虽有俞振飞等世家弟子投身其中，但中华人民共和国成立前戏曲中人多幼年失学，他们有极强的艺术才能，极会说话但不善文。所以，梨园行里口述特别多，最知名者莫过于梅兰芳的《舞台生活四十年》。口述人和整理者的关系复杂微妙，二者分工难辨，因此众多精彩口述本辑均未选录。但曲人口述作为一种独特现象，值得留下专门一笔，由此选取王传淞先生《丑中美——王传淞谈艺录》一书的前记。王传淞先生在前记中特别提出"不要强加于我"，"我始终认为，自己不会写文章，请人代笔，要真正代表我的意思，虽'土'一点，拿出去，我心里也就笃定一点"。先生此文极精彩，而且对口述有自觉的辨明，特选入。

第二辑"京剧是我的乡音"，收文十三篇，专门讨论京剧。"京剧是我的乡音"出自黄宗江同名散文，精妙地点出了"京剧"的独特意义：和北京的乡土关系。

在搜集戏曲文章的过程中，最明显的一个特征是：写京剧的文章特别多，而且特别好，一个戏种几乎可以匹敌其他全部戏种之和。甚至，为数不多的关于戏曲的文集，也集中在京剧，其他剧种寥寥。本书的编辑过程就是编者不断发现隐藏的京戏迷并不断惊叹的过程：欧阳中石是戏迷，还是奚啸伯的学生，张中行、刘叶秋、郑逸梅、秦绿枝、画家吴冠中、音乐家洛地都是戏迷。更不用说张伯驹、朱家溍、黄裳、吴小如、王元化、黄宗江这些早已耳熟能详的大戏迷。京剧有一大批极为专业的文学"观众"，这批观众数十年乐此不疲地听戏、看戏、琢磨戏，写下了众多关于京剧的好文章。编选此辑，最大的挑战是舍弃。

本辑以张伯驹先生文言忆旧之文开场，其余文章或叙看戏体验，或为怀人之作。比较特殊的两组，一是张伯驹记国剧学会，华君武写延安时期"鲁艺"两篇文章，它们都记叙了京剧史上某个特殊片段或事件。另外一组的代表是孙犁的《戏的续梦》，与纯粹写戏不同，孙犁这一篇是对特殊时代一种梦呓般的追忆，里面有戏曲的穿插、人生的底子。王元化写《伍子胥》一篇也有类似笔法。在他们笔下，戏曲和人生情境组成了一种类似复调的双层叙述。本书的很多文章其实都或隐或显地呈现出一种"幻觉"感：人生如戏、戏如人生，写的是那些戏还是自己的人生，有时道不明。同时，遥寄之深沉完全不耽误写戏文字的诙谐，本辑包括上辑中新凤霞、李玉茹等人的许多文字，都有一种共通的诙谐，篇幅短小但妙趣横生，往往令人捧腹。有些是真笑话，有些是苦中乐，但写下来绝不做苦大仇深状，而是要一笑而过。这可能是京戏或者北京文化的某种一贯品格：从老舍到王朔皆是如此。

第三辑"一方水土一方戏"，收文十五篇，主要收录关于京剧之外其他剧种的散文，涉及昆曲、秦腔、川剧、晋剧、越剧、粤剧、潮剧等，还包括了傩戏、庙戏这些特殊演出形式。这是编选最困难的一辑。

中国各地戏曲文化发达，编者尽量收集到各剧种的代表性文章、作者，比如张允和之于昆曲、魏明伦之于川剧。戏种不同，写戏的文字也面目有异。张允和谈起昆曲娓娓道来、脉脉如水；陈彦《说秦腔·生命的呐喊》则有一种呐喊感，似要在大山里吼出来；魏明伦、车辐的文字则透出川人的诙谐。但本辑篇幅难以囊括全部剧种，遗珠甚多。国内剧种繁多，本难尽述，再则，与京剧大不相同，很多地区戏曲发达，但关乎戏曲的文化记忆和文字留存则有欠缺。

"戏台·天地"为第四辑，收文十五篇，是本书之曲终。

这一辑的设计较为不同，既非记录唱戏人的不疯魔不成活，也非看戏人的如痴如醉，而是集中一批文章，专门讨论戏曲的物质载体以及戏曲周边，比如戏台、剧场、票房、戏诗、戏画、脸谱、唱片、戏曲电影等。这些文章在作家的文集中总是作为边角出现，但将其汇集一处，能明显地看出戏曲的综合性。戏曲是演员和观众间的一种互动，这种互动扎扎实实地依托舞台这些物质基础。

本辑的舞台既有易俗社这种鼎鼎大名的老剧场，也有普通城镇的各类戏园，还包括乡间庙前临时搭的戏台。城市和乡土不同类型的剧场舞台，召唤出不同的看戏乐趣。不同于西方剧场，中国的戏园子嘈杂热闹，有看门道的专业戏迷，也不乏小孩子们吵吵闹闹，但热闹看多了慢慢也都窥出一些门道。高马得和韩羽都是知名的戏画家，本辑特别收录他们的作品。二人不只画得好，文章也妙。翁偶虹搜脸谱、吴小如集唱片在业界都颇有盛名，文章记录下来这些脸谱、唱片因时代变迁而经历过的团聚和散佚。本辑还有意选取新凤霞写吴祖光拍电影《梅兰芳的舞台艺术》、吴祖光为张伯驹戏诗《红毹纪梦诗注》所作的序、黄裳记许姬传为梅兰芳做口述这三篇文章，写作者和被写者都是戏曲界相关人物，通过这一方式，能为本册小书保留更多戏曲人的名字和他们的故事。

"戏台·天地"一语化自本辑汪曾祺《戏台天地》的篇名，作为最后一辑，这是合适的结尾。不论东西，"戏"都是最古老的一种艺术形式，比文字早，它直接模拟的就是生活本身。"戏台小天地，人生大舞台"，某种意义上，本册所收文章，讲的是戏曲，又多少关乎人生的况味，演的或看的是一出戏，也是自己的生活。每个人物都有上场和下场，大幕落下，就是散场。

目 录

辑一　唱戏有什么不好

辑四 戏台 · 天地

辑一　唱戏有什么不好

半生艺事

荀慧生

余之先世，有宦于东光者，遂为东光籍也。族户甚繁，人口甚众。余以清光绪己亥猪年冬十二月五日生。数岁时，族人忽谓余父盗卖祖墓树木，不容于族，于是父母兄弟四人被逐出乡。父贫无生计，乃至天津，以造香为业，所得之利甚微，不足以养赡家口。或谓之曰，梨园子弟，可得多金。今老伶小桃红方收子弟，若能鬻二子于彼，必能获利数十金也。父乃卖余兄弟于小桃红，时余兄慧荣九岁，余八岁，实六周岁耳。师待弟子甚虐，兄不能堪，夜遁归。小桃红至家索偿身价，并将余送还。父怒甚，挞余无算。既而又将余卖与庞启发，此余始入梨园之缘由也。梨园购买弟子皆立文契，庞启发购余时，亦循其例，书某人卖子某于某某习戏，身价银五十元。若不遵约束，打死勿论，倘不幸被车马撞死，亦不许家属过问，投河觅井，自寻短见，与师无干，以七年为限，方准赎身。噫！余亦父母所生也，命竟不值一文如是乎？

时兄亦被卖，异日复遁，庞索之，父不与，乃退洋二十五元，兄竟还家。余自是去二亲而依庞氏，虽曰学徒，其待遇之虐，直西洋之黑奴耳。以麻作鞭，浸入水中，名之曰"懒驴愁"，余或稍懈怠，则以此鞭之，余急痛而啼号，则以棉花塞口，使不能作声，庞之妻子及其门人，皆来按余手足，使不得转动。余在庞处将十年，屡遭大创，畏庞如虎，唯其所欲，不敢少抗。但自忖辍业返家，亦无生理，忍痛钻研，或有一线生机。沉舟破釜，唯饮泣听命而已。庞使余学秦腔花旦，首先练跷，跷系用坚木制成旧时妇女弓足形状，所谓三寸金莲。上有木柄，系以长带，牢固缚于足趾，每起立，则趾尖向地，余不能移步，则令扶杖而行。甫半日即令去杖，立于砖上，砖初犹平置，后则侧立，稍有倾欹，则鞭挞之。余视此数寸之砖，直如万丈悬崖，然而畏挞不敢不登，及今思之，尚欲下泪。又缚竹签于腿弯曲处，使不得曲。日以继夜，不许解跷，洒扫杂役皆着跷为之。其尤甚者，于宾朋往来，应对进退，亦必袅娜摇摆，效妇人形态，睡时亦不去跷。在乡村演唱移动时，同科友伴，或乘车，或徒步，余则缚跷尾随，康庄坦途，步履无殊，一遇泥途土径，则无异蹭蹬之蜀道矣。其行之苦痛，则不言而喻。乡村演出条件简陋，庞夫妇辄卧大炕，其子亦各得其所，唯余则露宿阶前檐下，余之苦痛，如此其极。

待跷功步行已觉自如，乃以袋盛铁砂，缚于足面，重量日以逐加，每袋由数两以增至二斤有余，锻炼与阻力相抗衡，以期撤砂后健步如飞，举重若轻，又饱尝一番辛酸滋味。庞师绰号有"活扒皮"之称，信不诬也。余兼习青衣，甫三月即令出演于津门小道子魁星楼。时值帝后大丧，所谓国孝，各戏园停演，仅在茶肆说白清唱。余第一日演《忠孝牌》(又名《双官诰》)之王春娥，用蓝帕裹首，身着竹布长衫，腰系长巾，至今思之，其状极为可哂。是时居大元宝胡同，鲜鱼肆也。院邻某伶工忘其姓名，但记众呼为"首饰楼"，因其年逾半百，无论粉墨登场，与私居燕处，其钗钏簪环，插戴从无已时，时人故以"首饰楼"讥之。谓其以饰炫众，仍不能避其"人老珠黄"之讳。有弟子铼儿艺名小灵芝，与余年相若，先余一年登台，即蜚声海上名旦王灵珠是也。另有一卖鱼王姓者，善医，亦居院中。谓之"大杂院"。余初演于国孝之秋，口诵锣鼓，不穿戏衣，而余之技艺又未精熟，登台时而忘词、荒调，错谬百出，以致观众倒彩如雷，庞当场即用木梆击余之颈，归家大肆挞楚。后余取名为词者，即不忘创痛，而兼以自励也。自演出后，又谓余嗓音不足，命改习武旦。以无梆子腔高亢之音也。然武打非性所喜，迫于严师，自不敢违，而唯命是听。余以后从低音而谱制新腔者，发奋之心，亦从肇于此。

余武旦教师绰号"菜墩子"，已不能忆其本名。先使余习地功，首向下，足向上，贴壁倒立，以两臂支柱全身，是谓拿顶。伊复在旁持余足以助余臂，既而释手，余臂力弱，竟倾跌于地，鼻口皆破。继练步法，走花梆子、打脚尖、和弄豆汁、提鞋、枪绢子、前仰后合、左摇右摆等身段。并练毯子功，摔抢背，先从平地摔起，渐登椅自上而下摔。次登桌由一张、两张、三张，以次递加，翻身下摔。左右抢背，一般适用右抢背，因左抢背吃力而并不讨好，人多不走，但练功时，则求全责备，必使无缺。桌所以三张为度，以旧时舞台建筑本不甚高，且顶有天井，翻下时，足腿稍有牵挂，鲜不骨断筋折，伤生顿刻。尚有乌龙搅柱，翻筋斗等扑跌项目，精熟后，复练把子功。练此功要夏季着羊裘，冬季穿单、夹，围绦系布条，背扎布旗四面，头戴破额子，插以旧雉尾，手执竹、木刀枪，足登木跷，与教师演各式靶子。冬季练跑圆场于积冰之上，夏则于烈日之下，轻快体态合度后，乃顶以磁碗，碗注清水，行动时，必须头顶平直，身正步稳，使水不外溢。戏衣中唯靠最为笨重，故以羊裘代之。女靠多飘带，故需系布条。冬夏冷暖异著者，所以抗寒暑也。至于雉尾，所谓之翎子功，为武旦行不可少者，不但从头顶加以运用，尤须贯串全身之力，仍要顾到通身之美。圆场顶水，以求持久平稳，始能从动作中求得美妙，自无跳跃摇蹿之丑。余性钝拙，屡演不熟，所受扑责亦不知其数矣。教师为余下腰，置余于膝，上下左右伸曲之，一日用力过猛，将余首穿下部而过，余腰竟断，庞师与伊交涉，遂辞退之。余卧床月余，医治始愈，距死仅一线耳。

清末，庞师应北京各班社之聘任教师。余以手把徒弟，即随身弟子又为金钱所买者，随师在各班学习。时皮簧与梆子间杂演唱，俗谓之为"两下锅"。余所习虽为梆子，亦缘是于皮簧渐有熏染，只未能登台耳。初随师在庆寿和科班，该班为宦官祥王老爷孙弼臣所倡办，初科名世者，有：李多奎、王多寿、贾多才，次科以庆字序，已不能详记。继转在正乐科班教学班，此为李维良所倡办，李氏系权阉李莲英之侄，后由孙佩亭即十三红掌管，改名三乐科班。杰出者有：尚小云、王三黑、沈三玉等。后又在义胜和搭班，班主为郭宝臣，即老元元红。该班人才济济，梆子名宿如：一千红、十三红、崔灵芝、张黑等，荟萃一堂，于时称盛。庞师尚在长春科班、承平科班、鸣盛和、小吉祥、群益等科班任教，不过均为时甚暂，总之庞师至何班任教，余即随往各班学习，所历亦云多矣。辛亥革命成功后，一时风尚所趋，梆子有渐形衰替之势，复以余嗓音不适于高亢之声，乃改习皮簧，亦偶尔间杂演唱，时白牡丹之艺名已渐露头角，无异庞师启发之摇钱树子矣。无几卖身文契限期届满，而讼争亦继之而起。盖余以九岁鬻于庞师，订期七年，至十六岁理应满期，复我自由。而庞师把持，一再刁难，不肯践约。亦由立字之初，虽有年数而无起止月日，几经折衡，纠缠莫解。时三乐科班主人李继良详悉原委，深抱不平，代为主持，涉讼公庭。在封建社会时代，法条偏护封建利益，辩证确凿之后，仍以折衷办法，延长报效之期，许庞师分润所得之半。余以息事宁人计，遂含混结案。迨余十七岁时忽嗓败，内行俗谓倒仓。

但大嗓暗，而小嗓必出，以有志皮簧，乃求深造，休养之暇，专心肄习。亲加指授者，有皮簧前辈，如：路玉珊（即路三宝）、陈桐云、吴菱仙、水仙花（即郭际湘，幼名"五十"）、张彩林、孙怡云、赵砚奎之二兄诸先生。后从王瑶卿先生指点攻错，朝夕盘桓，为时最久，略树根底。感于皮簧与昆曲之脉息相通，复从乔惠兰先生（乔玉林之父）习昆曲《琴挑》《游园惊梦》《痴梦》《思凡》《闹学》；从李寿山先生习《水斗》，从曹沁泉先生（即曹二庚之父）习昆曲《盘丝洞》。

次年十八岁，遂改业皮簧，与杨小楼、余叔岩、龚云甫、王蕙芳、朱桂芳、梅兰芳、王凤卿诸先生同台演于香厂新明大戏院，京剧人才，网罗殆尽。该院为继第一舞台后最近代建筑，具体而微，堂皇过之，分科设职，俨如官署，为军阀张勋所建，后毁于火。余演出声名鹊起，只以宗派积习，隐存内外同异之见，虽未致当面诽笑，而冷嘲热讽，饱受同行之讥。甚至余在舞台演唱时，皮簧前辈李顺亭、刘景然、龚云甫等，在后台肆口嘲笑，怂恿同侪引吭高歌梆子腔，以乱吾声。其意以为素习梆子竟改皮簧，文野有别，雅俗不伦，直视为越等僭分，大逆不道，极尽排挤之能事。余十八岁时，经杨小楼、李寿山、朱文英（名武旦朱桂芳之父）介绍与名青衣吴彩霞六妹名春生者结婚，吴氏固梨园世家也。时寓前门外西河沿五斗斋。发轿之前天阴雨，至是忽澈晴，群赞为光明和谐之兆，虽属迷信之观，亦见众人之心为之豁朗也。于贺客如云，皆大欢喜中婚礼告成，当然不免循闹房陋俗。

结婚后，因在京改唱皮簧，不见容于同业，精神半消耗于挣扎，乃暂避锋芒，携眷愤走沪上，余父母兄长均随行，长女爱喜已生，九岁时夭亡。至沪后，谬承彼都人士青睐，许为新声佳奏蜚誉鹊起。时卜居上海仁昌里，翌年生长子爱和，取名令香，沪上俗尚浮靡，弥月时，群以汤饼筵宴为怂恿，余不能拂众意，循例款客，以为庆贺。余名既噪，外埠延聘者纷至沓来，乃于沪、杭、甬、嘉、湖一带回翔者，达七年之久。余二十五岁，鸟倦知还，始重返故乡，虽非衣锦而归，虚名已博定评。侧身京朝，而门户之见仍未尽泯。卒以群众欢迎，无殊沪上，始渐合拢，变毁为誉，对余新作许为独出心裁，不同凡响。随之攀亲认故者，踵趾相接，前倨后恭，判若天壤，审其意，不过以成败论英雄也。世态人情，今古同辙，思之可笑。

在沪上一带演出，剧目除固有折子戏外，偏重于传统剧之整理，凡剧情介绍，不甚完备者，均为添加头尾，以使故事详明。如全部《贩马记》（王又宸、马连良曾扮演李奇）、全部《英杰烈》《得意缘》《十三妹》《玉堂春》《花田八错》《杜十娘》，本为老乡亲即孙菊仙所赠，均改为本戏，为沪上一时所传摹。或由昆曲移植，如《盘丝洞》之改为皮簧，皆是时所创制。及北返，沪上所演各剧在京亦成流行剧本。时无著作保障，久而便失作者姓名，鲜有再溯本源者。归来时，值各家竞排新剧，余乃择传奇、说部或其它剧种之可传者，均酌加增删、渲染，改为京剧，脱离片断折戏之窠臼。如《钗头凤》《还珠吟》等剧，不下五十余本，皆为返京后所创制者。因剧本新成，声必重谱，凡古典名著优美作品，为保存文学之完整，求与音律之适合，如《钗头凤》词、《还珠吟》古乐府，按宫协商，浅歌低咏，往往废寝忘食，俾画作夜研究，必有所得而后已。继续演作，屡谱新声者十余年不稍辍。余三十二岁时，各家鼎峙，爱好京剧艺术者，倡为月旦于新闻纸，公开推选，众议所归者四人，即梅兰芳、尚小云、程砚秋与余，共评为四大名旦，一时之举，不期竟传播之远，实属侥幸。余三十九岁，芦沟桥变起，慨国难之日深，痛民族之苦重，已无意于新制，有息影之退心。唯既倾历年积蓄于留香饭店之经营，不得不复登舞台而献技。知我罪我，不能顾矣。

余自幼贫穷，被卖学艺，饱受痛苦，幸赖立志坚定，学有微成。凡吾子孙，不但应知吾所遭际，半生颠苦，风雨摧残；更当立志坚定，精研所学，以世吾业。拉杂书之，补余日记。

（原载1985年6月5日《中国戏剧》）

喜（富）连成科班训词（即学规）

叶龙章

　　传于我辈门人，诸生须当敬听。自古人生于世，须有一技之能，我辈既务斯业，便当专心用功。以后名扬四海，根据即在年轻。何况尔诸小子，都非蠢笨愚蒙。并且所授功课，又非勉强而行。此刻不务正业，将来老大无成。若听外人煽惑，终久荒废一生。尔等父母兄弟，谁不盼尔成名。况值讲求自立，正是寰宇竞争。至于交结朋友，亦在五伦之中。皆因尔等年幼，哪知世路难行。交友稍不慎重，狐群狗党相迎。渐渐吃喝嫖赌，以至无恶不生。文的嗓音一坏，武的功夫一扔。彼时若呼朋友，一个也不应声。自己名誉失败，方觉惭愧难容。若到那般时候，后悔也是不成。并有忠言几句，门人务必遵行。说破其中利害，望尔日上蒸蒸。

　　（一）要养身体。凡是一个人，乃秉天地之气所生，父母身体所养。生下一个人来，就应在世界上做事，何况我们这些指身为业的人。什么叫指身为业呢？就是自己去谋生计。假如家里有钱，用不着自己。我们既是个男子汉，本应当自食其力，俗语说，自己的钱，吃得香，嚼得香。你想身子若是不强壮，时常病病歪歪，什么事都不能做，那不如同废物一样吗？就拿我们这梨园行儿说吧。唱文戏的，身子要是不强壮，嗓子如何能好得了。武行身子不强壮，还能打得了武戏吗？所以自己必须要把身子看的极贵重，千万不可自己毁坏。并且还有许多的事，全仗着身子哪。养家立己，孝敬父母，这都是一个人应做的事。故此养身体，最是要紧的。

（二）要遵教训。师傅、先生与父母所告诉的话为教训。小孩子差不多总都是贪玩的心盛。师傅、先生所说的话，总都是叫你们不可贪玩，趁着现在年轻，脑力正足的时候，多多学点本领要紧。怎么样的练功夫，怎么样可以成名，怎么样可以有饭食，怎么样的交朋友，怎么样是好，怎么样是坏，像这样的话，你们小孩子家一定是不喜欢听喽。可知道古人有两句俗语呀，良药苦口利于病，忠言逆耳利于行。这两句话怎么讲呢？比如有一个人吧，得了病啦，自然是得吃药喽。药哪儿有好吃的呀。药虽然是不好吃，吃下就可以治病。有病若是不吃药，如何能好的了呢？这就叫作良药苦口利于病。要说忠言逆耳利于行这句话呀，可就更说不尽啦。反正是我做事要是不对，人家才说我，告诉我。那肯说我、告诉我的那样的人儿，就可以拿他当师傅看待。可是这么，差不多的，外人谁肯说呀，自然是师傅、先生与父母。所以师傅、先生与父母的话，必须要记在心里。这就叫作遵教训。

（三）要学技艺。技艺，就是自己的本领。我的本领好，定然人人说起，都要夸奖，某人某人的本领真好。不论是做哪一行儿，人家越夸我好，我是越要比人还得好。这叫作精益求精。千万不可人家一夸我好，我自己觉得我的本领是真好，某人某人他不如我。你尽想不如你的那些人啦。你就没想想，比你好的人还多得多哪。你们必须明白，学本领没有个完的时候。要是说到这儿呀，可就是得自己用心研究啦，师傅领进门，修行在个人。师傅教导我之后，我自己再去用私功夫，渐渐的就习惯成自然了。那才有长进哪。俗语说，行行出状元。你们总晓得吧。你们既是入了这一门，就得研究这一门的学问。还有几句用功夫必须遵守、最要紧、最忌讳的言语，你们门人等务必要时时刻刻地记着：

最要十则：要分平上去入；要分五方元音；要分尖团讹嗽；要分唇齿喉音；要分曲词昆乱；要分徽湖两音；要分阴阳顿挫；丹田须要有根；唱法须要托气；口白必须要沉。

最忌四则：最忌倒音切韵；最忌喷字不真；最忌慌腔两调；最忌板眼欠劲。

（四）要保名誉。一个人的名誉，是最要紧的。名誉好，人人说起来，都夸奖他好。名誉不好，人人说起来，总都不喜欢他。凡是一个人，为什么叫人家不喜欢呢。这就是不论什么事，自己想着是件好事，然后再做。要不是好事，可就做不得。要是做了，自己的名誉，可就坏啦。所以得保护自己的名誉。

（五）戒抛弃光阴。光阴，就是一天一天过日子。凡是一个人，也不过活上数万多天，这算岁数大的。自落生以来，到十岁以内，自然是小孩子家，好歹全不知道喽。这十年的光阴，已经是白费啦。若到二十岁，就耽误啦。若再到三四十岁，以后呢，简直就算是个无用的人啦。所以不论做什么事，就在十岁至二十岁这几年的时候，记性也好，脑力也足。为什么小时候记忆好脑力足呢？就是心里头没有外务所染，学什么都记得住。你们生在十岁里外的时候，要不趁着这年纪练功夫、学本领呀，哎呀，恐怕到了明白要学本领的时候，再学呀，可就全记不得了。所以这几年的时候，很要紧，很要紧，千万不可把它抛弃了。

（六）戒贪图小利。世界上贪图小利的人最多。古人有两句俗语，贪小利，受大害。就是贪小便宜吃大亏。不但银钱叫作利，是有便宜的事，都叫作利。天下的事，哪儿有许多的便宜，必有害处。故此便宜不可贪。

（七）戒烟酒赌博。烟酒赌博，这三件事，是于人无益的。有志气的男子汉，是决不为的。因为他最容易把人染坏了。先拿喝酒说吧，又容易伤身体，又容易耽误事，又容易得罪人，又容易坏自己的名誉。再说吃烟，比喝酒的坏处也不小。要是说赌钱哪，哎呀，你想哪一家的富贵是赢来的。哪一家的子孙有成就是赢来的。所以赌钱这一条道儿，丧德败家极了。

（八）戒乱交朋友。交朋友，是最要紧的一件事情啦。你们长大成人，还能够不交朋友吗。朋友虽然得交，然而千万不可乱交。未曾交这个人，先访访这个人的历史，他是哪行人，他所做的都是什么事，是好是歹，名誉如何，他所交的，都是哪等人物的朋友，自己酌量酌量再交。所谓居必择邻，交必良友。居必择邻，就是住街坊，须要搭那正人君子的街坊；交必良友，就是交那正人君子有用的好朋友。什么叫作有用的好朋友哪，就是我做了什么不对的事，他肯说我，我说什么不对的话，他肯告诉我，我做功课有什么不好的地方，他肯教导我。那就是与自己贴近的人。像这样有恩于我的朋友，必须要报答他。要糊涂人一想，怎么某人竟说我呀，我是实在的不愿意听，慢慢地可就拿他当作不知心的外人啦，不免就要疏远他。把这样的人一疏远哪，自然就没人拘管着我啦。日久天长，那奉承我的人可就来了。当时自己哪儿知道，他是有心奉承我哪。这一奉承我啊，就不免有心要盘算我。处处的奉承我，处处的捧我，不论做了什么不对的事，他都捧着说我做得对，不论说了什么不对的话，他都说我说得对。应该这么说，所谓甜言蜜语哄死人不偿命，真所谓短刀药酒，蜜饯砒霜。要是把这样的人当作自己贴近的人，那可就糟啦。所以交朋友若看不出是好人歹人，有个脑袋，就拿他当心腹人，倒把那真正的好人，扔在一边，将来一受害就不小。我若是受什么样子的害处，千万可别忘了我是怎么受的。以后若要再遇见这样的事，就可以比较出这是件好事还是件坏事来啦。所以俗语说，有恩者须当报，受害不可忘。交朋友能够不慎重吗。

以上八条，乃为人处世之利害，关系至重。切要知世态炎凉。前四条，是必须学它；后四条，是千万不可学它。今特详细列出，望尔众生等均各自遵守。现在门人甚多，讲演一时不能普及，特此粘悬，以为后戒。

（录自《京剧谈往录》，北京出版社，1985年版）

唱戏有什么不好

彭俐侬

　　我是湘剧琴师彭菊生的女儿，在那吃人的旧社会，唱戏的艺人被看作"臭戏子""下九流"！那年月，我们艺人连自己也看不起自己呵！我爹爹就发誓不让儿女再走他的老路，宁肯把仅只十五岁的大姐嫁出去，把十二岁的哥哥送去当童工，也不让我们学戏。

　　1941年的寒冬，那是烽火连天的岁月，刚满十岁的我，跟随爹爹所在的戏班，从长沙逃难到了桂林。由于没有生意，戏班老板和不少演员纷纷离去，演出的"行头"也带走了。留下的只有名小生吴绍芝和我爹等二十多人，欲演不能，欲走不得。剧场老板赶我们出去，饥寒向我们逼来，就在这走投无路、衣食无着的困难关头，田汉伯伯出现在我们这群流浪艺人的面前。

　　记得，在舞台的一角，田伯伯和吴绍芝、庄华原（老生）及我爹爹一起商量。他说："你们都留下来，组织宣传抗日的中兴湘剧团,演新戏,我来写本子。生活困难,我去想办法。"从这天起,田伯伯就为我们整日奔走,找房子,凑"行头",筹办借款。他不顾家里老太太和小孩需人照顾,派他的三弟田洪同志和原是湘剧艺人的弟妹陈绮霞同志住到我们一起来,同艰共苦,组建剧团。不久,中兴湘剧团的旗子就打起来了。

可是,除乐队以外,仅有九个演员,能演什么戏呢?又是田伯伯,熬了几个通宵,给我们改编了湘剧高腔《新会缘桥》,把一个内容一般的传统小戏,脱胎换骨,改编发展成为一出宣传反抗侵略的新戏。特别是他煞费苦心,量体裁衣,根据演员设置角色,以便使我们能够尽快演出,进行抗日宣传。

九个演员,每人都要兼演角色,唯独一个叫春香的小丫鬟,实在没有人演了。田伯伯常看见我唱着玩耍,知道我想学戏,便指着我说:"小春香一角,就让三妹子来吧!"田伯伯了解了我爹心灵上的创伤,就在那舞台角上,找我爹谈心:"菊生,让三妹子学戏吧!我们为什么要自己看不起自己这一行呢?唱戏有什么不好,宣传抗日嘛!什么'臭戏子''下九流',别听这些胡说,我们要自尊自信呵!"

田伯伯真挚和鼓舞的话,使我爹流下热泪。打他操琴习艺那天起,在那黑暗的社会里,只有侮辱和损害,哪曾听到尊重艺人人格的热肠话啊!他终于被田伯伯说通了,改变决定,答应我学戏了。田伯伯立即把我叫到跟前,笑着说:"三妹子,我给你这个小丫鬟写几句唱词,让你试试看。"说着挥笔而就。还记得其中有："走坏了春香，忙坏了春香……哎呀呀，这雁儿，却原来，落在这茶花架儿上……"

第一次演出，田伯伯看了非常高兴，笑着走上台来，抚摸着我的头说："演得不错呀，三妹子！"回头对我爹说："菊生，三妹子学得出呵！"爹爹当然也很高兴，只是惋惜我没有文化。田伯伯爽朗一笑："文化容易学嘛。"第二天，他的夫人安娥同志就给我带来了识字课本、写字的纸笔墨砚，亲切地教我识起字来。

从此，我走上了演戏的道路。

我忘不了那时的田伯伯，他总是一身灰布衣裳，一顶旧草帽，一双麻草鞋，夹着一个鼓鼓的公文包，大清早来到剧团，为我们赶写剧本。他的写作间就在我们演出的舞台，他的写字台就是演戏的公案桌。他不怕大人喊小孩闹的干扰，总是全神贯注，奋笔疾书，有时他边写边哼，有时找几位艺人商量唱段的安排，研究曲牌的运用。到了吃饭的时候，他不愿打搅剧团，为了抢时间，也不回家去，就在剧场门口米粉担子上，靠着墙吃一碗"经济粉"，又回来继续写作。

田伯伯忘我的勤奋的写作，新作一个接一个地出来了，如抨击时政、反抗强暴的《武松》，歌颂南明抗清英雄瞿式耜、张同敞死守桂林、尽忠报国的《双忠记》，反对分裂、团结抗敌的《土桥之战》，表现人民群众抗战力量的《江汉渔歌》，讴歌民族英雄的《岳飞》，等等。田伯伯运用这些历史题材，为当时的抗日民族战争服务。通过我们和其他戏曲剧团的演出，起到了鼓舞人民、团结抗战的巨大的作用。

我也忘不了田伯伯舍己为人的崇高品德。剧团初建之时，困难很多。一天，剧团的公伙揭不开锅了，大家都在发愁，这时田伯伯来了，一听说我们没米下锅，就说："我刚拿到一点稿费，都拿去买米吧！"他把钱全部交给我们的团长吴绍芝后，就到舞台上写剧本去了。过了不久，他的弟妹陈绮霞从家里找他来了，轻轻地在他耳边说："伯伯，家里没米啦，老太太说你今天能拿到稿费。"……这件事，深深地印在我幼小的心灵上。我想世上竟有这样的好人，家里老的小的等米下锅，却把自己得来的钱给我们过活，真像戏上的豪杰一样呵！每当我看见田伯伯，就有一种说不出的尊敬心情，一看到他来了，总要想法到他跟前转转，或是给他泡杯茶，喊一声田伯伯……

我更忘不了田伯伯那种不畏强暴的斗争精神。演出《武松》的头天晚上，国民党广西省政府主席黄旭初来看戏。剧中武松有两句这样的台词，"从来苛政猛如虎""白日街头有虎狼"。这班官老爷听了很是刺耳，散戏后黄旭初竟亲自出马，找田伯伯"商量"，"请"他删去这两句台词，田伯伯当场拒绝："为什么要删？难道还要粉饰太平！"第二天，我们剧团接到勒令式的通知：如不删改，即行禁演。大家议论纷纷，又气又担心，不知怎么办。到晚上开演前，警察、特务来了很多，虎视眈眈，监视舞台，剧场空气顿时紧张，饰演武松的吴绍芝正在为难，田伯伯匆匆上台来了，他站在马门口（上场门口）斩钉截铁地对吴绍芝说："禁演就禁演，一个字也不改，你照念照唱！"他像一名战士，挺立在马门口，两目炯炯注视着舞台，直到武松把那两句台词一字不改地说出来，他才离去。虽然这出戏因此禁演了，但田伯伯那种宁折不弯的精神，受到全团艺人的敬佩。

我还记得，爹爹告诉过我，有次在长沙银宫戏院举行文艺晚会，招待来湘开会的国民党军政要人。有一个骂汉奸的弹词是田伯伯写的，由两位盲人曲艺演员演唱，他们没有文化，又是赶排强记出来，演出时把骂大汉奸"陈公博，陈璧君"，误唱成"陈立夫，陈果夫"，一时全场哗然，特务、警察冲上舞台，要抓走两个盲人演员。这时田伯伯挺身而出，大声说道："不能抓人！他们是盲人演员，没有文化，赶排强记，唱错一句为什么就要抓人？你们要抓就抓我！"特务、警察知道田伯伯是政治部第三厅的处长，又是文化名人，不敢贸然动手。事后，田伯伯没有考虑自己的安危，却唯恐两位盲艺人遭到暗害，连夜帮助他们离开了长沙。

1942年底，我们中兴湘剧团就要离开田伯伯了，在告别的会上，田伯伯一再叮咛我们，要团结一起，坚持抗日宣传。并展纸挥笔为剧团题词，祝我们"歌震湘漓"。

田伯伯不仅是我国革命戏剧运动的奠基人，也是旧剧改革的先驱者。他日梨园修青史，汉师功绩岂能忘！

（原载1980年第1期《中国戏剧》）

跑龙套

新凤霞

　　戏班有句话："老是说自己当年'过五关、斩六将'，从不说'走麦城'。你是属关公的。"我们在人前都喜欢夸耀自己演过什么好戏，有多大的成就；不爱说当年自己跑过龙套，演过小角色，倒过多少霉，丢过多少人……

　　其实旧社会过来的演员，从小唱戏都是从跑龙套演起，这叫"打地基""砸基础"。我从七八岁起就在戏班跟随堂姐姐学戏、演戏，扮的是戏班常讲的"神仙、老虎、狗、车、船、轿、马、旗，轿瓢子带死尸"。这些都是小活儿，没有什么话的小角色，是人扮出的虎形、狗形，轿夫、车夫，拿着马鞭的小家院，打旗的，穿对襟茶衣子扮个小孩，扎上腰包扮个店小二，穿青袍、戴红毡帽扮四个龙套。"轿瓢子"是演小姐的主角在后台换装戴头面，就叫别人替她走个过场，在轿里蒙着盖头看不见，那时都让我们小孩去替演。台上的死尸，也是小孩们去演，如《蒸骨三验》的死尸,《杨三姐告状》的杨二姐死尸。

我们小孩在后台也忙得很,跑龙套、跳金榜,丫鬟、小孩、零碎的小人物什么都来;画个三花脸演个小贼,戴上胡子翻过去梳个髻当头套用,演个彩婆子。演《白兔记》扮个小白兔,演《打狗劝夫》扮个狗形,这些都是我们小孩。《武松打虎》那个虎,要翻、滚、摔,是有技巧的,小孩演不了。

就是跑龙套也有很多讲究哪。如:"一条鞭""二龙出水""双挖门""单挖门""双站门""扯四门""龙摆尾""双摆对"……

我小时候就是这样边学边演,在戏班长大的,什么活都演过。小孩演这些小活也不容易,有时突然叫你来个角色,后台老板叫你扮上戏把你一下推出去,错了一点就要挨打受骂,连挖苦带损,你都得老老实实地听着。

我那时十一二岁,还没有正式拜师,跟着董瑞海大爷一道在后台演戏,跑龙套。穿的青道袍太长、太大,我穿上挑不起来;穿衣服时候把领子顶在头上,腰上扎一条小带,这叫"腰上点儿",伸进袖子,扎上带子然后松下来,露出头。因此我很不利落,很难受,总是踢里突噜的。"跑龙套"不是人家踩了我,我就是踩了人家,跑"急急风"出场"双站门"时,常常是我站错了,出事故。

记得演《王定保借当》末一场公堂,四个小孩演龙套,我就站错了门儿。戏是春莲姐妹告状擂鼓咚咚咚,"急急风"的锣经,上知府大官赵华恩,四龙套跑上,站立两边。我是最后一个，个子最小，穿的衣服最大，怕赶不上，我就拼命跑，跟得太紧了，一下子踩在前边第三个龙套的衣服上了——前边这位也是跟我一样的小孩——一出台我就趴下啦！等我爬起来，人家三个都站好了。我心里害怕，因为演知府的是我师大爷，他常骂我们小孩。这时候他正站在上场门候场，喊我："快点！"我赶快跑去站门，应当站在左边，可我一害怕就站在右边了。左边是单，右边是双，一边三个，一边一个，来了个"幺蛾子"（"幺蛾子"，一张骨牌的名字，一个红点和三个黑点），台下一下子就来个笑场。很严肃的场子叫我把戏搅了。我眼看着对面站着一个龙套，我站在三个龙套里，不敢动，规规矩矩地站着，人家都在笑我，我可一点也没敢笑，面无表情，非常严肃，可心里就想着下台之后，不知会怎样呢？知府满脸怒气，念对子："知府升大堂，替民诉冤枉……"吓得我不知怎么好。演完这场戏，我满头大汗。下场时后台老板早在下场门等着我了，对着我说："你呀！真笨！上场活见鬼，下场逃活命！"他抓着我到祖师爷桌前狠命一推，我就跪下了。他按着我磕了三个头。大声说："起来！墙边站着去！"他一指，我就赶快起来对墙站着。"脱下来！"我低头一看，身上还穿着戏衣呐，赶快脱下来，又老老实实对墙站着去了。这是刚散日场戏，我一直站到开了夜场戏，才叫我回家吃饭去。

每天我都很忙，一开戏就得盯着。脱了龙套衣服又穿上狗形，演个丫鬟，扮个小孩。一连赶几个小角色是经常的，没戏时也不能闲着，给老师们买东西，洗大领，洗小袖，粉靴子底，给乐队大爷洗乐器套，等等。递水，送手巾，热天打扇，扫地，搞卫生，等等，因此后台老师们都喜欢我，说我勤快，有人缘。

记得一次在聚华戏院，李银顺主演《大蝴蝶杯》，我们四个小孩演家郎，李玉山演田玉川。演到"打家郎"这场戏，也叫"打萝卜头儿"，四个家郎走过场，田玉川一拳一个打下去，我又是第四个；因为又是走得慢，李玉山一看生气了，怪我没有跟上，他一把把我抓起来，向下场门一扔，我趴在台上了，来了一个嘴啃泥，我忍着疼，赶快爬起来追上那三个。

演好龙套也不简单哪！我就挨过不少这样的骂："连个龙套都跑不好，你还想当角儿呀？"我长大了从来不说这些，怕人家看不起我，笑话我。这就是总说的"只说'过五关、斩六将'，不说'走麦城'"。其实这是很好的一段经历，从小角色演起，给我后来演主要角色打下了很结实的基础。这不算丢人！

（录自《新凤霞回忆录》，百花文艺出版社，1980年版）

"酸、冷、饿"与"三小通用"

——向著名川剧小生曾荣华老师学戏心得

蔡正仁 周志刚

　　川剧是一个具有悠久历史的剧种，有很多著名的表演艺术家和优秀的传统保留剧目。记得五十年代中期，我们还是小学生，就看过曾荣华演出的拿手好戏《评雪辨踪》，印象极深。而今时隔近三十年，曾老师亲自来上海昆剧团为我们教授此戏和《酒楼晒衣》，我们的喜悦是无法形容的。时间虽然只有短暂的一个星期，但得益匪浅。

　　曾老师说：《评雪辨踪》这戏，在塑造吕蒙正这人物时，要掌握好"酸、冷、饿"三个字，即气度上要"酸"，感觉上要"冷"，形体上要"饿"，从这三点出发，来设计人物的表情、动作和语调。吕蒙正是饿着肚子上场的，窑外冰天雪地，窑内寒气袭人，直到戏结束，那碗稀饭他还没下肚，所以表演中要把握一个"饿"字，而"冷"往往又因"饿"而加深。因此最终在感觉上还要落实到"冷"字上。然而吕蒙正毕竟是个有名的"读书人",要冷得大方,冷得有"气派",这种所谓"大方"和"气派",也正是他的"酸"气所在。寥寥数语,就把"酸、冷、饿"三字的辩证关系说得明理透彻。说到这里,曾老师就边表演边说起来,冷得厉害时脸上的肌肉颤抖,有时还要全身动起来。如:吕为了在妻子面前所谓"争口气",有二句对白十分有趣:

刘翠屏:难道你不冷吗?

吕蒙正:冷什么?岂不闻大丈夫虽寒而不冷,你看我还在出汗哩!

当念到"我还在出汗哩"时,小生的表演是全身颤抖,嘴上说"出汗",身上却在打颤发抖!这就形象地说明"冷"而又反映了吕的"酸"字。"饿"字从表演的角度来讲是比较难的,因为饿的感觉是在肚内。这时曾老师教了一个十分精彩的"小动作",他用双手抚着肚子,然后很快将两手轻轻地一绕,作裤带束紧的样子。这样就可让观众清楚地看到是肚子饿了,而不误为"肚子痛"。掌握好了"酸、冷、饿"三个字,《评雪辨踪》也就可以演好了。

川剧有个特点:"三小通用"。"三小通用"即小生、小旦、小丑的表演方法可以互为运用，只要符合人物的需要。这就给演员的表演带来了更广泛的天地。曾老师教《酒楼晒衣》一个非常突出的特点就是刻画蒋兴这个主要人物时，把"三小通用"运用得十分精彩。

如：当蒋兴听出陈商眉飞色舞地描绘自己和一位美貌女子王三巧私会，而这女子正是自己的妻子时，蒋兴的内心顿时不平静起来。只见此时，曾老师的眼睛里喷射出愤怒的火光，脸上的肌肉不住地抽动，嘴巴微微向旁歪去，右手猛然间在脸上往下一抹，然后摸着下巴，狠狠盯了陈商一眼，那种"穷凶极恶"的样子，生动而又形象化地将蒋兴这时内心的巨大痛苦表现了出来，真是妙极了。我想要是在昆剧中小生碰到这种情况，恐怕还不敢如此"大胆"地运用丑角的表演手法来为人物制造"气氛"。

又如，当蒋兴问陈商：要是王三巧的丈夫蒋兴回来了，你怎么办呢？陈回答：那就一包毒药将他害死！这时候，蒋兴的愤怒已到了难以抑制的地步。曾老师是这样表演的：他立即用左脚将褶子踢起，左手接着，紧跟着用右膝顶起褶子的小襟，随即右手将小襟接起用手绕几下，此时全身顺势一转身，右手将自己帽子往下压，两眼直瞪瞪望着陈商，脸色为之一变。这许多动作都是在极短的时间中随着强烈的锣鼓节奏而表演的，动作的幅度相当大。在这里就不仅仅是个"三小通用"了，有些夸张手法已接近花脸。由此可见，一切表演的技巧都要服从于人物的思想感情，不管什么行当，除了有自己的特点以外，为了人物的需要，有时候互相"通用"一下是十分必要的。

（原载1983年第6期《上海戏剧》）

《丑中美——王传淞谈艺录》前记

王传淞

　　我从事戏曲表演艺术，已历经六十七个年头，由于自己文化有限，不会写文章，所以从五十年代后期开始至今，虽已陆续发表了几十万字的谈艺录和角色分析，但都是由我口述，经人记录整理而成后，再交本人订正和补充的。我的宗旨是，务必使已整理成文的东西，尽可能地保持自己的面貌。因此这些文字，大白话居多。对一出戏、一个人物的具体分析，也许我说出了一些简单的道理，别人可能把这当成理论来看。不过，我总认为自己谈不出什么系统的理论。我们从小学戏，读书很少，在长期舞台实践中虽也提高了一点文化知识，但肚皮里还是湿的墨水少，干的稻草多，总是"火烛小心"。所以我请人代我整理成文章发表，总是特别关照他们，你帮我的忙，很感谢；我出原料，你加工，这是画龙点睛，点石成金。但是我要求四点：

　　一、不要打官腔。我不是什么权威专家，不过多演了几年戏，不要去教训人，不要别人照我的做。

二、不能放空炮。虚张声势的空话，人人讨厌，花花草草的戏曲八股，搅得人七荤八素，浪费时间，这是罪过的。我宁可讲勿出少讲几句，不能把兰花豆腐干拉开来当手风琴拉！

三、不可生搬硬套。我历来反对把古人、洋人的理论哲学，把"四书""五经"、唐诗、宋词，东拼西凑地抄来，弄得我自己也像"山东人吃麦冬——一懂都勿懂"，还要去吓别人。这种卖野人头的事我决勿做。

四、别人早已讲过的东西，就是我的也要删掉，更不可把大艺术家的经验塞给我，我一个字也不要。

总而言之，不要强加于我。记得沈祖安同志1962年在苏州为我代写一篇祝贺两省一市昆曲会演的文章时，后面我随口讲了四句打油诗，第四句押不成韵，句子也不通，要他整理。结果，他和会刊编辑部的同志帮我改成旧体诗，平仄也蛮讲究。我说："我不要，也不认账！啥人勿晓得我王传淞，几时学会做古诗的？"后来他们让步了，仍然改回到四句顺口溜。1982年王朝闻同志来杭州，和我在祖安家做了竟日长谈，我用苏州谚语譬喻老了不中用，他用四川谚语形容越老越健，针锋相对。祖安整理后发表了，文化部《艺术通讯》和《文艺报》也都做了转载。不过，我对王朝闻同志在《文艺报》转载这篇谈话时所做的修订，有点意见。因为他是大理论家，语言要修饰得更深刻简练些，但却附带把我的话也加工了，有点理论腔，这就不能代表我王传淞。我始终认为，自己不会写文章，请人代笔，要真正代表我的意思，虽"土"一点，拿出去，我心里也就笃定一点。

出版社约我这部稿子，前后已近五年，动手至今也四年多了。起先是我生病，记忆不好，后来是整理者工作忙，拖得长了。今天稿子出来了，真是费了九牛二虎之力。这番道场，功德圆满，两位记录整理者出力最多。

沈祖安是我的老朋友、老搭档了，从五十年代后期开始，他就开始记录我的东西。六十年代，他调到浙江昆剧团当编剧，抽出相当一部分时间为我和传瑛记录艺术经验。六十年代中期发表和出版的周传瑛同志的《历尽沧桑四十年》和我的《我的艺术生活》两篇自传体式的长文，就是他整理的。祖安原提出要我儿子世瑶也参加本书的整理工作，这当然是他的好意。但世瑶对我过去的艺术经历和表演经验研究不多，现在又担任了浙江昆剧团的团长，因此抽不出时间，所以只能帮助提点意见了。世瑶继承了我的付丑行当，对我的戏是熟悉的，而且自己也有几十年的舞台生活了，尽管他并不署名，而这点事是推勿掉的，何况也是他学习的一个机会嘛！王德良原是浙江省戏校越剧班的毕业生，从小打了戏曲基本功，有一定的舞台知识和经验。这次他还从各方面找来二十年代和三十年代的有关传习所的史料，充实了我的一些回忆片段。他和祖安作为整理者，配合得较好。

当然，这部稿子的写成，光靠我自己的记忆是不够的。有些东西，我自己当时也弄不清，今天更想不起，最难得到的是当时同在一起或比我更老的前辈所提供的材料。记得1962年我们浙江昆剧团在苏州演出，因为要举行会演，在苏州住了两个月，是近四十多年来我们浙江的几位"传"字辈在故乡住的时间最长的一次。当时我和传瑛由祖安同志陪同，去访问清末民初时期全福班仅存的几位老先生，还有昆曲传习所创办时期的几位前辈。特别是曾长生，他既是全福班的青年演员，又是传习所的小先生，对我们二十年代初从进传习所到仙霓社的情况，往来人事，前因后果，知道得很多。还有当时苏州市文化局局长范烟桥和老作家周瘦鹃、程小青几位老先生，都是昆曲老知音，近百年昆曲掌故，包括我们的成长过程，都在他们肚皮里。他们所提供的资料，对我们"传"字辈师弟兄及戏曲界来说，都是很有史料价值的。可惜这些前辈，都在十年动乱中先后去世。如今掌握第一手材料的，几乎已没有了。上海戏曲界的前辈赵景深、俞振飞，以及陆兼之、陆萼庭等同志，也掌握了不少资料。他们所提供的许多资料，对我的回忆很有帮助。但是即使这些资料，与事实难免会有些出入，就是我和传瑛两个人各自写的回忆，以及对某些事的认识和评价，也会有不同。我想这也是很自然的事情。另外，这部稿子，主要写我自己，所以一切都围绕我的经历和见闻，而不是为传习所和"传"字弟兄立传，更不是为昆曲写近代史。我掂掂自己的斤两，还没有这个条件。

因为稿子长，自然要分个段落。我想，我不是在著书立说，我讲的是大白话，就像说书那样，任意分回，有连续的中、长篇，也有开篇，这倒随意些。我希望读者权且当我在说书。因为说书是口头文学，说错了可以扳叉头，重说过，所以欢迎大家批评，纠正偏差。

1986年1月于杭州

（录自《丑中美——王传淞谈艺录》，上海文艺出版社，
1987年版）

戏校的老师个个有外号

李玉茹

  戏校的男同学爱给老师起名号。大约学校的生活太枯燥了，也许是老师太严厉了，也许是无可奈何地宣泄吧，给老师起外号解解气，开心一番，是学生偷着乐的唯一放肆。这些外号起得还是很幽默，挺有创造性的。焦菊隐校长外号叫"飞机"。因为他走路又轻又快，一点声音也没有，迅速异常，不知什么时候他突然出现在课堂上、练功房、宿舍里、饭厅里、厕所里，使人感到迅雷不及掩耳，仿佛他是从天上掉下来的，所以同学送他一个"飞机"的绰号。有一天，我们都在上课，焦校长突然推开女生宿舍门，发现有位大同学刚刚起床，正端着她家专门为她送来独用的白搪瓷尿盆朝外走。因为已是九点钟上学戏课的时候了，焦校长一见大为恼火，叫这位大同学跪在宿舍门口。女训育员赶来悄声说："大概她不舒服了吧？"焦校长板着脸反问女训育员："她向你告假了吗？"女训育员回答不出。

焦校长厉声地喊："跪下！"女训育员想过去叫同学放下尿盆，焦校长又喊："叫她端着尿盆跪下。"大同学哭了。焦校长又吩咐女训育员："响了起床铃后宿舍上锁。"从此我们女生宿舍一直上了锁，到中午下课时才打开门。这位大同学一直跪到我们下了课，已经十二点了。

　　焦菊隐校长不仅对同学严厉，对待教员、老师要求也极为严格。他给老师们订了许多规矩，譬如上课时老师不能喝茶吸烟，不得与学生嬉笑聊天，等等。同时焦校长又是十分礼贤下士，对老师十分尊重，待遇优厚，客车接送。他自己也向冯蕙林老师学小生，也跟着压腿踢腿。学校有一位了不起的老师，他培养了许多优秀的角儿。这位老师抽旱烟袋。有一天老师在课堂上掏出旱烟袋，边抽烟，边教戏，被焦校长撞见了，他毫不留情地从老师手里夺过旱烟袋，一下子给撅折了。这位老师怎能受得了这样的屈辱，立刻甩手走了，就此不干了。可学校绝不能没有这位老师教戏，他在整个梨园行都是很有威望的。焦先生数次到这位老师家向老师赔礼道歉，终于把老师请回来再给学生上课。过了不久，老师又叼上旱烟袋了，焦先生自然又把它撅了，此后呢，又是赔礼道歉。听说焦校长撅了这位老师三根旱烟袋。

　　看着我们练毯子功的毕老师也很严厉。练毯子功首先是拿顶（人倒竖）、耗顶。过去科班要耗一炷香，学校算是进步了，以表计算时间，也要耗二十分钟到半个小时。我们耗顶一个挨着一个，一排总有一二十个同学。耗一会儿手臂就没劲儿了，双手发抖。在我边上的是比我大一班的男同学，他叫马金仁（现在的马崇仁，马连良先生的长子）。他不住地吹着粗气，连眼珠子都红了，我怕他摔下来砸在我的身上，因为我也在大口地喘气，双手抖得厉害。果然，马金仁摔下来砸在了我的身上，我又砸在另一个同学身上，于是一溜同学都摔下来了。毕老师拿着教鞭挨个儿抽，抽打完了，再让大伙继续耗顶。无论"耗山膀""遛虎跳"，女生翻"前桥、后桥"（"虎跳"：双手按地，腿横翻过去；"前桥"：用腰向前翻过去；"后桥"：用腰向后翻过去），毕老师总是用教鞭有轻有重抽在同学身上，以示纠正。这位老师已秃顶，同学们就叫他"毕秃儿"。

给我们练跷功的张老师，也经常用教鞭抽打，同学们恨这位老师太狠。他留了个月亮门的头，前边剃光，后脑勺留发像板刷，他的教鞭抽在身上火辣辣地痛，所以叫这位老师"张刷子"。我们的校医姓张，外号叫"泻盐张"，因为同学看病，他总是给同学开点泻盐。在那个时期，尤其在这种学校里，认为孩子没什么大病，吃点泻盐拉几泡稀就会好了。同学们不满意，就送他一个绰号"泻盐张"。这位校医还是很有本事的。我们小时候不常生病，每年春天，医务室门口煮一大锅中草药，药名叫"春瘟解毒汤"，苦极了。每个同学被逼着喝一大碗锅里的苦汤，并有训育主任郭瞪眼看着，不喝就打手板。现在想来，这种药也是叫学生拉稀的。北京人常把有点病说成是"上火了"。

因此，拉稀能去火，过去连卖冰棍的吆喝都会喊一声："冰棍败火。"

我们上文化课是在吃完晚饭以后，因为学生总是演日场戏。从清晨五点起床后，时间安排得很紧：上午七个小时课程，排得满满的，吃过中饭到戏院演戏，文化课就只能安排在晚上了。教我们英文的女老师，十分标致，娇小玲珑，总是穿着紧身衣服，高跟鞋，鞋跟高得出奇。因为她好看，同学们送她一个外号叫"糯米人儿"，意思说她漂亮得像假人一般！老师虽然好看但很凶。同学们累了一天，再学外文，实在学不进去，但她依然叫同学背单词，背不出，她就用教鞭抽打学生的光头，嘴里不停地用南方口音很重的国语喊："小孩子不用功，好好交要打，好好交要打……"边说边抽打同学们的光脑袋。她喜欢聪明的孩子，王金璐师兄几乎没挨过她的教鞭。有一天她叫一位德字班大师兄到前边黑板上默写单词。这位大师兄是唱武花脸的，不知他真默写不出来，还是存心不写，他站在那里一动不动。老师火了，照着这位大师兄的光头就使劲敲打起来，还连连喊道："好好交要打……"这位大师兄被雨点般的教鞭给打急了，夺过教鞭开始打这位漂亮女教师的头，一边打，嘴里一边喊："叫你好好交打，好好交打……"老师被打哭了，抱着头逃出了教室。这一下，真捅了马蜂窝了，把焦菊隐校长气坏了。第二天一大早，功也不叫练了，在有戏台的大天棚底下，全体师生集合，舞台上放了一条大板凳，除了女同学挨手板外，男同学一律趴凳打屁股。打老师的这位大师兄被打得皮开肉绽，趴在床上很多天不能动，还亏了"泻盐张"医生用鸡蛋清敷伤处，很久才痊愈。

（录自《李玉茹谈戏说艺》，上海文艺出版社，2008年版）

辑二 京剧是我的乡音

北京国剧学会成立之缘起

张伯驹

北伐战争以后，国民党成立南京国民党政府，八国退回庚子赔款^①，国民党政府指定此款用于文化事业。李石曾乃用庚款退款创办文化事业。彼见熊希龄所办香山慈幼院，颇为羡慕，乃建设温泉村，开办温泉中学，建筑别墅，并以庚款存款开办农工银行。当时李有"文化膏药"之称。其所经办文化事业之卓著者，为1930年创办中华戏曲音乐院。该院内设北平戏曲音乐分院、南京戏曲音乐分院。北平分院由梅兰芳任院长，齐如山任副院长。南京分院由程砚秋任院长，金仲荪任副院长。南京分院实际仍在北平院内，附设戏曲音乐学校，焦菊隐任校长。李拨发庚款十万元助程砚秋赴法国演剧，并邀集各界名流百余

---

① 这里所说的"八国退回庚子赔款"，实际指法国退回的庚款。——编者注

人于中南海"福禄居"会餐，为程砚秋饯行，余亦为主人之一。北平戏曲音乐分院虽在北平，实徒具空名，仅成立一院务委员会而已。冯耿光为主任委员，梅兰芳、余叔岩、李石曾、张伯驹、齐如山、王绍贤为委员。梅、程本为师生，是时程有凌驾其师而上之势。梅氏之友好多为不平，乃挽余约梅兰芳、余叔岩合作，发起组织北平国剧学会，募得各方捐款五万元做基金，于1931年11月在虎坊桥会址（现为晋阳饭庄）成立。选出李石曾、冯耿光、周作民、王绍贤、梅兰芳、余叔岩、齐如山、张伯驹、陈亦侯、王孟钟、陈鹤荪、白寿之、吴震修、吴延清、段子均、陈半丁、傅芸子为理事，王绍贤任主任。理事陈亦侯、陈鹤荪任总务组主任，梅兰芳、余叔岩任教导组主任，齐如山、傅芸子任编辑组主任，张伯驹、王孟钟任审查组主任。教导组设传习所，训练学员，徐兰沅任主任。举行开学典礼日晚间演剧招待来宾，大轴合演反串《蚁蜡庙》。梅兰芳饰褚彪、张伯驹饰黄天霸，朱桂芳饰费德功，徐兰沅饰关太，钱宝森饰张桂兰，姚玉芙饰院子，王蕙芳饰费兴，程继先饰朱光祖，白寿饰金大力，姜妙香饰王栋，陈鹤荪饰王梁，朱作舟饰小姐，其余角色亦皆系反串。叔岩是日因病未能演出，兰芳演戏带髯口则为第一次也。传习所教师皆为前辈任之，兰芳、叔岩并亲自指导。编辑组出版《剧学月刊》《国剧画报》《戏曲大辞典》，成绩颇为可观。梅、程师生见面仍蔼然亲敬，然暗中之斗情形亦可想象。以后抗日战势日紧，梅氏迁居上海。学会遂事收缩，仅陈列戏剧材料，以私人捐助为经费，自不能与以庚款为经费之南京戏曲音乐院抗衡。以时局而紧缩，尚可保存梅兰芳面子。后来北平、上海沦陷，梅氏又避居香港，不曾在沦陷地区登台演戏，又足以增长梅氏之声望。当时曾有人问李石曾，何以如是大力支持砚秋？李答曰，非我之故！乃张公权（张嘉傲之号）之所托耳。盖张嘉傲与冯耿光在中国银行为两派，互相水火，冯捧梅，张乃捧李石曾开办农工银行，而嘉傲正为中国银行总裁，互为利用，李受其托适为得计。由于巨商、政客之争权夺利而造成两艺人、师生之互斗，盖非幕外人之所能知也。

1981年12月

（录自《文史资料选编》第十五辑，北京出版社，1982年版）

戏的续梦

孙 犁

　　过去，我写过一篇《戏的梦》，现在写《戏的续梦》。

　　俗话儿说，"隔行如隔山"；又说，"这行看着那行高"。的确不错。比如说，我是写文章的，却很羡慕演员，认为他们的生活，他们的艺术，神秘无比。对话剧、电影演员，倒没有什么，特别羡慕京剧演员，尤其是女演员。在我童年的时候，乡下的戏班，已经有了坤角儿，她们的演出，确实是引人入迷的。在庙会大戏棚里，当坤角儿一上场，特别是当演《小放牛》这类载歌载舞的戏剧时，那真称得起万头攒动，如醉如狂。从这个印象出发，后来我就特别喜欢看花旦和武旦的戏，女扮男装的戏，比如《辛安驿》呀，《铁弓缘》呀，《虹霓关》呀，等等。

　　三十年代初，我在北京当小职员，每月十八元钱，还要交六元钱的伙食费。但到了北京，如果不看戏，那不是大煞风景吗？因此，我每礼拜必定看一次京戏。那时北京名角很多，我不常去看，主要是看富连成和中华戏剧学校小科班的"日场戏"，每次花三四角钱，就可以了。

中华戏剧学校演出的地点，是东安市场的吉祥剧场。在这里，我看过无数次的戏，这个科班的"德和金玉"四班学生，我都看过。直到现在，还记得他们的名字。

每次散戏出场，我还恋恋不舍，余音缭绕在我的脑际。看到停放在市场大门一侧的、专为接送戏校演员的、那时还很少见到的、华贵排场的大轿车，对于演员这一行，就尤其感到羡慕不已了。

后来回到老家参加游击队打日本，就再也看不到京戏。庙会没有了，有时开会演些节目，都是外行强登台，文场没有文场，武场没有武场，实在引不起我这看过真正京戏的人的兴趣。

地方上原来也有几个京剧演员，其中也有女演员，凡有些名声的，这时都躲到大城市混饭吃去了。有一年春节，我们驻扎在保定附近一个村庄，听说这村里有一个唱花旦的女演员，从保定回来过节，我们曾想把她动员过来，给我们演几段戏。还没有计议好，人家就听到了风声，连夜逃回保定去了。

1972年春天，在一种特殊的情况下，我认识了一位演花旦和能反串小生的青年女演员。说是认识，也没有说过多少话。只是在去白洋淀体验生活时，我和她同坐一辆车。这可能是剧团对我们的优待，因为她是这个剧团的主要演员，我是新被任命的顾问，并被人称作首席顾问。虽然当了顾问，比过去当"牛鬼蛇神"稍微好听了一点，实际处境还是很糟。比如出发的这天早晨，家里有人还对我表示了极端的不尊重，我带着一肚子闷气上了车，我右边座位上就是这位女演员。

我上车来，她几乎没有任何表示，头一直望着窗外。我也没有说话，车就开动了。这是一辆北京牌吉普车，开车的是一位原来演武生，跌伤了腿，改学司机的青年。一路上，车开得很快，我不知道多么快，反正是风驰电掣、腾云驾雾一般。我想：不是改行，他满可以成为一名骆连翔式的"勇猛武生"。如果是现在，我一定要求他开慢一点，但在那个年月，我的经验是处处少开口为妙。另外，经过几年的摔打，什么危险，我也有些不在乎了。

路经保定，车辆到齐，要吃午饭，我提出开到一个好些的饭店门口，我请客。我觉得这是责无旁贷的事，却也没有人对我表示感谢。其实好些的饭店，也不过是卖炒饼，而饼又烙得厚，切得块大，炒得没滋味。饭后每人又喝了一碗所谓"木樨汤"。

然后又上路。到了新安县，天还早，在招待所休息一下，我们编剧组又一同绕着城墙，散步一番。我不记得当时这位女演员说过什么话。她穿得很普通，不上台，谁也看不出她是个演员来。

听说，她刚刚休完产假。把孩子放在家里，有些不放心吧。她担任的那个主角，又不好演，唱段、武打很多，很是吃力。她虽然是主角，但她在台上，我看不到过去的花旦、武旦的可爱形象。她那一头短发，一身短袄裤，一顶戴在头上的破军帽，一支身上背的木制盒子枪，一举一动，都使旧有的京剧之美、女角之动人，在我的头脑里破灭了。可惜新的京剧之美、英雄之美，并没有在旧的基础上滋生出来。

在那些时候，我惊魂不定，终日迷迷惘惘，什么也不愿去多想，沉默寡言、应付着过日子。周围的人，安分守己的人，也都是这样过日子。不久，我得了痢疾，她和另外两位女演员，到我的住处看望我，这可能是奉领导之命，还提出要为我洗衣服，我当然不肯，向她们表示了谢意。

我们常常到外村体验生活，都是坐船去。有一次回来时天晚了，烟雾笼罩着水淀，我和这位演员坐在船头上，我穿着单衣，身上有些冷，从书包里取出一件棉背心，套在外面，然后又没精打采地蜷缩在那里。可能是这种奇怪的穿衣法，引起了她的兴致；也可能是想给她身边这位可怜的顾问增添点乐趣，提提精神，驱除寒冷，她忽然用京剧小生的腔调，笑了几声，使整个水淀都震荡，惊起几只水鸟，我才真正地欣赏了她的京剧才能，并感到了她对我的真诚的好意。

那些年月，对于得意或失意的人，成功或失败的人，生者或死者，都算过去了，过去很久了。我也更衰老了，但心里保留了一幅那个年月人与人的关系的图表。因此，这些情景，还记得很清楚。

我十二岁的时候，父亲给我买了一本《京剧大观》，使我对京剧有了一些知识。在我流浪时，从军时，一个人苦闷或悲愤，徘徊或跋涉时，我都喊过几句京戏。在延安窑洞里，我曾请一位经过名师传授的同志去教我唱，因此对她产生了爱慕之情，并终于形成了痛苦的结果。在农村工作时，我常请一些民间乐手为我操琴，其实我唱得并不好。后来终于有机会和这个剧团的内行专家们，共同生活了几个月，虽然时候赶得不好，但也平平安安，相安无事。

今年春天，忽然有一位唱花脸的同志来看我，谈起了这段往事。我送给他一本书，随后又拿了一本，请他送给那位女演员。

1984年3月7日

（录自《老荒集》，上海文艺出版社，1984年版）

也曾闯宴伴梅边

——梅兰芳大师九十诞辰祭

黄宗江

有些事，不大，老忘不了。

某年某日，时间当在1954、1955年交，黄裳自沪来京，梅兰芳先生请他在恩成居吃饭，记得有阿英、谢蔚明作陪。没请我，黄裳硬把我带去了，我为了遮窘，撇着京腔说：

"我今个儿是闯宴！"自以为很得体，且有梨园风味。

梅先生浅笑轻答："您说的，要请还请不来哪！"

如此谦虚，如此高抬，如此诚挚，真是梅先生独有的语言风貌。

不禁想起，梅逝世后，梅称为"六哥"的姜老妙香，为文哭梅，说了这么一段：

伴梅赴东京演出，空中过台湾，如消息走漏，当时是有拦击或迫降可能的。

梅一手拉着葆玥，一手拉着葆玖，说："那咱们就殉了！"

好一个"殉"字，又是梅独有的语言，说明了他当时的心理状态，那种不惜为国捐躯的精神。

这些事我久久难忘。"文革"后，家表兄冒效鲁寄来给戈宝权兄的诗一首，内容是昔日他俩在莫斯科曾伴随畹华之忆。诗曰：

刻骨难忘大阮贤，记曾吹笛伴梅边。
多情北海盈盈月，曾照朱颜两少年。

我乃和诗一首，平仄不叶，黄裳曾代我改过，如今也找不见了；但还记得这样一句，套自效鲁，那就是：

也曾闯宴伴梅边——

冒又说他的诗仅第二句，即"伴梅边"那句为佳；我也只记得自己这一句，还是联系个人情怀，出自肺腑的。早就想以此为题，写篇小文，以记小事，或见宏大。

又记得，那天在恩成居饭罢，梅要了两包叉烧包，带回家去，并连夸老师傅的包子做得就是有手艺，不同寻常。

乃又想起，某日和黄裳、黄永玉、潘际坰，在西单"好好食堂"共饭，看这名单，时间当在"反右"前。只见梅进入食堂，又只见梅径入厨房，向厨师道乏。梅就是如此谦逊，念旧，能团结一切可以团结的人。其风格生动，洋溢在"好好食堂"，真想为之叫好啊！

乃又想起，那时吴老雪常在"青艺"小礼堂，召集同好欣赏他的乡戏川剧。是日，阳友鹤中场演《秋江》，演罢剧场休息，梅步入后台，我跟进，只见梅紧握着阳友鹤的手，似是初见，连声说："这几位真是有功夫，真有功夫啊！"

阳友鹤一句一个："梅老师！"宛如川剧叫板。

可惜文字不能留音，那种京川声腔交错，音容辉映的情境，真叫人为之心醉。俱往矣！可是先辈艺人，艺高而谦逊的风范，是令人永远难以忘怀的。梅在政治上的高风亮节，艺术上的开宗创业，自有高人宏文记之，我只能捕捉点滴，以享同侪。

甲子入秋，京华寒舍

（录自《卖艺人家》，生活·读书·新知三联书店，1986年版）

京剧是我的乡音

黄宗江

小老儿我行年八十过一，生于北京，势必终老此乡矣。无憾，无憾。

我未卜而居京华，尤难卜地时而出走、出征、漂流、云游……涉足天津、青岛、南京、上海、苏杭、重庆、呼和浩特、乌鲁木齐、格尔木、拉萨、香港、台北、高雄……东京、纽约、巴黎、巴厘、雅加达、孟买、河内、西贡、金边、哈瓦那、关塔那摩，又不止一国的圣地雅谷……

每在异地思乡，首先想到的便是烧饼、咸菜、豆浆、豆汁……大闸蟹、黄泥螺……伴奏的音乐常是西皮二黄。我的已故知交台北张学森（学良弟，人称张五爷），犹健尤健的好莱坞卢燕（我家昵称黄宗燕）莫不如此；我的从事外事外交的朋友也多如此。

我从小至今耳畔常聆长聆的便是梅（兰芳）、尚（小云）、程（砚秋）、荀（慧生）、徐（碧云）、朱（琴心）、张（君秋）……
坤旦章遏云、言慧珠、童芷苓、李玉茹、李慧芳、李世济、
李维康、李胜素、台湾的魏海敏……余（叔岩）、马（连良）、
周（信芳）、言（菊朋）、高（庆奎）、小谭（富英）、杨（宝
森）、奚（啸伯）、于（魁智）并小孟小冬、花季少女王佩瑜……
京剧的三大男高音：净角金（少山）、郝（寿臣）、侯（喜瑞），
裘门三雄、袁世海、尚长荣、台湾的女花脸王海波……隔海
尤寄望于女旦海敏、女净海波、尤慰……更少不了"为祖师
爷传道"的丑角泰斗萧长华及其众家弟子……我生于1921，
老谭（鑫培）殁于1917，未及见，但总算见过"傍"谭的陈
德霖、王瑶卿、龚云甫、钱金福、王长林……他们后来又"傍"
了青年梅兰芳……

怀念艺人，当然也怀念他们作艺的舞台：广和楼、哈尔飞、
吉祥、中和、开明、长安、第一舞台……俱往矣！重整新颜者
亦难存旧貌。尤怀昔日广和楼三面临近观众的舞台，略似莎士
比亚上演的伦敦 Globe 剧场。在这些有如庙宇的剧场里，梅兰
芳显现着天女、洛神……

我对川湘粤越龙江……四面八方的"梅兰芳"也多倾倒，
近日更钟情于《徽州女人》（黄梅戏）、《土炕上的女人》（蒲州
梆子）……

我尤钟情于《波西米亚人》。我的五官并不狭隘，对与时
与地并存的、日益多边化多元化的举世艺术奇品，我多能欣然

接受，以至拜倒。诸如西方的三大男高音、女高音，上溯巴赫、莫扎特……贝五、贝九、老柴的《悲怆》，下及福斯特、格什温……乃至席琳·迪翁、邓丽君、宋祖英……台湾的云门舞集《薪传》《竹梦》……

能不兴呼"世界是多彩的！"然而一切我都从不说此世某某最佳、谁谁顶峰。世上所有超绝艺术在我辈乐痴戏痴听来看来常是顶呱呱的，却不宜封顶、封禅，盖山外有山，海外有海，天外有天也。

自古至今，每有圣徒勇于山外、海外、天外取经。京剧亦如当世一切艺术，力求在传统的基础上求新求摩登。或固守东方，以不变应万变；或乞灵西方，从希腊悲剧到美利坚音乐剧无不可容。敢于"四不像"，更争取一像，像新的自己。说京剧应姓京，我很同意，然也同意伊人可以改嫁，但必须是风流新寡的另一桩美好姻缘，是真正的结合，不是苟合，更非克隆。清末洋务派的口号"中学为体，西学为用"，激进者每不以为然；窃以为此语在京剧现代化上总是可以借鉴的。全盘西化或东化均不可取。或妄论也。

我进入晚岁，每晚枕着的"催眠曲"是余叔岩的绝唱《十八张半》，梅尚程荀的《五花洞》，那迷人的真假潘金莲同声叫板："这是哪里说起！"说来只因为此"催眠曲"也是我的"摇篮曲"，我出世头一声无端的"哇哇"，和我辞世那一声无奈的"拜拜"，必然亦偶然地俱都是京腔京调，我的乡音。我痴爱我的乡音，也爱着你的，因为你我均属于人类中的追星追乡族群。

癸未春节应中国台湾报刊邀写于京华

〔附记〕：写罢忽想起一小段可补入。一晚观剧毕，步行夜归，却见家门内锁。我在门外用韵白呼道："老伴，开门来！"内京白应声："谁是你老伴？京剧才是你老伴！"今老伴已仙逝，果应其言：京剧是我终此生的老伴了。

（录自《我的坦白书——黄宗江自述》，中国电影出版社，2005年版）

姜妙香先生的绘画

刘叶秋

　　姜妙香，本名纹，字慧波，为近代京剧界的小生名宿，有"圣人"之称。因为他知书识字，文质彬彬，而又对人谦和，品德高尚，得到内外行一致的好评，故为上此尊号。先祖寿夫公素嗜京剧，于妙香（以下俱称"姜老"）特别欣赏，与结为忘年之交，来往多年。在三十年代至四十年代初，姜老是舍间的常客。那时我家住在前门外虎坊桥大街，姜老住在西边骡马市大街内的麻线胡同，相距不过现在所说的两站地，姜老总是安步当车地走着来。先祖晚年多病，不能行动。姜老除去每隔一段时间，就来问候一次之外，便中经过，也总进大门向看门的老刘打听打听先祖的近况，其笃于故旧之情，始终不衰，是令人感动的。

　　不过那时由于先祖住前院，我住后院，姜老常来舍间，我并不知道。1936年夏，我偶然检点家中的画箱，找出几把小团扇，画的有菊花、兰草、梅花、水仙等等，笔墨不俗。上面都是先祖的款，下题"晚姜纹学画"，铃着"妙香"或"慧波"二字的阳文小印，原来俱出姜老之手。其中有一把画着牡丹，韵雅色妍，气韵生动，我尤其喜欢。我平日只听过姜老的戏，没见过他的画，也不知姜纹是他。这次发现，引起我浓厚的兴趣，决定也求姜老给我画个扇面，以充实我藏扇的小筐，增加一位著名演员的作品。于是致函姜老，略道仰慕之忱和乞画的意思，表示要去拜访求教。过了没几天，看门的老刘就告诉我，"姜六爷来了，您不在家。他说请您明天上午带着扇面到他那儿去。"我见这么快即有回信，不禁喜出望外，如期往拜。姜老一见我，就握住我的手，拉与并坐，十分亲热，先问先祖："三爷近来怎样，精神可好？"接着说："咱们一直没见过，今天幸会。您的信写得真好，字好，文也好。我给李四爷看了，我们一起为兰爷有您这样一位文孙高兴！"他的举止和谈吐，全很文雅，极似儒生，不怪有"圣人"之称。所说李四爷，指高阳李石曾先生（煜瀛），为先祖的好友，也和姜老极熟。听了他的夸奖，我自然是惶恐逊谢，于是赶紧拿出扇面，转入正题。姜老看扇上一面已有蒋吕梅先生的行书，表示这得好好画，以免糟蹋了这面字，自己已久不动笔，需要练练再说。可是刚刚入秋，姜老已经画好扇面，叫我去取。画的是两枝红梅，一丛水仙和一棵灵芝，笔墨比我家的团扇，更显老到。款题"峰莘先生命画，丙子秋日姜妙香"，仍旧盖的是"慧波"两字的朱文印。我看了，非常满意。姜老还问："您看行吗？我这里另有两个，是先练笔的。还叫我的学生沈鬘华替我画了两面试试，我看不行，只好自己招呼了（这里的"招呼"，指的是画画儿）。"说着，又从旁边拿过几个扇面给我看，我回答："您画得好极了！而且不拘好坏，我要的是真迹，不是赝本！"姜老也笑了。可惜当时我只取回原来的一扇，其实我是应该把他练笔之作和鬘华画的两面一齐要过来的。

1938年，先祖逝世，姜老屡来哭祭，执绋送殡，挥泪不已。后又送还两本清人的花卉画册给我，说是从前向先祖借看的。我说："这一点东西，算得了什么，您就留着作纪念吧，何必送还？"姜老答："是借的就应该还，您收下，您收下。"从此我对姜老的为人，有了进一步的认识，觉得他心地实在，处事不苟，虽小节亦不含糊，令人钦佩！次年，我家老屋易主，移居菜市口西砖胡同，和姜老晤叙遂稀。直到1950年，才在天津和他重见。那时他正随梅剧团到津演出，住在劝业场对面的惠中饭店。友人吴小如兄，曾在一次集会上见姜老一面，仍思访问接谈。知我与姜老有旧，就拉我同去中国大戏院后台，找姜老有所请教。随着又和我以及其他两位朋友，共同出资，假地黄家花园金城银行楼上，请姜老吃饭。姜老见了我，握手并坐沙发，亲热一如往昔。谈起京中旧话，彼此都不胜今昔之感。不过，那天小如是想听姜老说戏，再请他唱两段"绝活"，加上饮食酬酢，无暇和我多叙生平。而且当天晚上，他还在中国大戏院有戏，所以饭罢即匆匆分手，各奔前程。1960年初，偶于北京西单街头相遇，亦只寒暄数语而别。及十年乱作，姜老自然也大受折磨，身心俱损，至1972年秋逝去。老成凋谢，回首惘然，人琴之痛，曷其有极！

至于姜老的演唱艺业，大家早有口碑，无庸多述。我觉得他对小生这一行当，不仅善于继承，而且大有突破。其为梅兰芳、陆素娟配演《西施》的文种、《凤还巢》的穆居易、《黛玉葬花》和《俊袭人》的贾宝玉等，体会剧情，表现性格，俱能情理交至，细腻入微，不拘泥于固有的程式。旧时多谓程继先、俞振飞与姜老在小生中的造诣和声望，可谓鼎足而三。以三人都唱的一些戏目而论，确实互有短长，各具特色，难分上下。但姜老的穷生戏，则非程、俞所能。如《连升店》的王明芳，姜老演来，已入化境，与剧中人浑然一体，实为绝活。这和他的师承与本身的修养气质，全有关系。姜老的老师和岳父冯蕙林，就是以演穷生著称的。曩时屡观姜老演《连升店》，皆由名丑萧长华饰店主，一台二妙，旗鼓相当，令人叫绝。姜萧分扮《西施》的文种与太宰嚭，在《送礼》一场中，也有极其精彩的"合奏"，略同《连升店》。其演《群英会》的周瑜，雍容潇洒的儒将风度，更为别人所学不来。后起之秀的叶盛兰，于此号称擅长，与姜老比，终觉尚逊一筹。谈到唱工，姜老天赋既佳，功力亦深。一条铁嗓，刚柔相济，既能高唱遏云，亦可委婉入耳；而且字字清晰，尖团分明，念白也极其讲究，这又是压倒余子的优越条件，使他成为小生的全才，冠绝一时。《四郎探母》杨宗保的"扯四门"，腔调新颖，富于变化，即系姜老创造，而群起仿效的。在《西施》中文种与太宰嚭送礼后的"行路"一场中，有一段西皮原板，姜老也唱得非常精彩，昔年曾灌有唱片。其"想当年遭不幸家邦尽丧，我君臣身为虏受辱吴江"两句一行腔，总会博得台下的一片热烈彩声。有一次陆素娟在粮食店街的中和戏院演《西施》，姜老照例唱这一段，不知打鼓的怎么回事，竟而起了"倒板"，姜老无可奈何，只好转身向内，把"想当年遭不幸家邦尽丧"一句当倒板唱，这也可算一段有趣的小插曲。我还记得姜老唱《黄鹤楼》周瑜出场"水军冲破长江浪"一句散板，在"长"字这里略为停顿，小作回旋，然后以"江浪"二字提高振起，显得抑扬顿挫，十分动听。至今想起，似乎余音绕梁，犹在耳际。

总之，我认为姜老之值得尊重，首先是品德高尚，性格温雅，待人诚实，办事认真，而且谦和有礼，气质极好。其次是技艺高明，足称大家，但绝不保守。教徒弟，倾囊而赠，毫无保留。谁来问艺，也一样耐心指点，不怕麻烦。对自己的专业造诣，则从不满足，一生俱在精益求精，不断的研究探索之中。即对作为"余事"的绘画，亦致力颇勤，随时向一些老画家如汪蔼士、汤定之、陈师曾等人请教，达到了一定的水平。他的品德和精神，真是大家学习的榜样。现在姜老音容虽杳，而寒斋画扇犹存，当扬仁风以终古也。

1987年8月书

（录自《学海纷葩录》，中州古籍出版社，1992年版）

马·谭·张·裘·赵

——漫谈他们的演唱艺术

汪曾祺

　　马（连良）、谭（富英）、张（君秋）、裘（盛戎）、赵（燕侠），是北京京剧团的"五大头牌"。我从1961年底参加北京京剧团工作，和他们有一些接触，但都没有很深的交往。我对京剧始终是个"外行"（京剧界把不是唱戏的都叫作"外行"）。看过他们一些戏，但是看看而已，没有做过任何研究。现在所写的，只能是一些片片段段的印象。有些是我所目击的，有些则得之于别人的闲谈，未经核实，未必可靠。好在这不入档案，姑妄言之耳。

　　描述一个演员的表演是几乎不可能的事。马连良是个雅俗共赏的表演艺术家，很多人都爱看马连良的戏。但是马连良好在哪里，谁也说不清楚。一般都说马连良"潇洒"。马连良曾想写一篇文章——《谈潇洒》，不知写成了没有。我觉得这篇文章是很难写的。"潇洒"是什么？很难捉摸。《辞海》"潇洒"条，注云"洒脱，不拘束"，庶几近之。马连良的"潇洒"，和他在台上极端的松弛是有关系的。马连良天赋条件很好：面形端正，眉目清朗，——眼睛不大，而善于表情；身材好，——高矮胖瘦合适，体格匀称。他的一双脚，照京剧演员的说法，"长得很顺溜"。京剧演员很注意脚。过去唱老生大都包脚，为的是穿上靴子好看。一双脚，脑里咕叽，浑身都不会有精神。他腰腿幼功很好，年轻时唱过《连环套》，唱过《广泰庄》这类的武戏。脚底下干净，清楚。一出台，就给观众一个清爽漂亮的印象，照戏班里的说法："有人缘儿。"

马连良在做角色准备时是很认真的。一招一式，反复琢磨。他的夫人常说他："又附了体。"他曾排过一出小型现代戏《年年有余》（与张君秋合演），剧中的老汉是抽旱烟的。他弄了一根旱烟袋，整天在家里摆弄"找感觉"。到了排练场，把在家里捉摸好的身段步位走出来就是，导演不去再提意见，也提不出意见，因为他的设计都挑不出毛病。使得导演排他的戏很省劲。到了演出时，他更是一点负担都没有。《秦香莲》里秦香莲唱了一大段"琵琶词"，他扮的王延龄坐在上面听，没有什么"事"，本来是很难受的，然而马连良不"空"得慌，他一会捋髯口（马连良捋髯口很好看，捋"白满"时用食指和中指轻夹住一绺，缓缓捋到底），一会用眼瞟瞟陈世美，似乎他随时都在戏里，其实他在轻轻给张君秋拍着板！他还有个"毛病"，爱在台上跟同台演员小声地聊天。有一次和李多奎聊起来："二哥，今儿中午吃了什么？包饺子？什么馅儿的？"害得李多奎到该张嘴时忘了词。马连良演戏，可以说是既在戏里，又在戏外。

既在戏里，又在戏外，这是中国戏曲，尤其是京剧表演的一个特点。京剧演员随时要意识到自己的唱念做打，手眼身法步，没法长时间地"进入角色"。《空城计》表现诸葛亮履险退敌，但是只有在司马懿退兵之后，诸葛亮下了城楼，抹了一把汗，说道："好险呐！"观众才回想起诸葛亮刚才表面上很镇定，但是内心很紧张，如果要演员一直"进入角色"，又表演出镇定，又表现出紧张，那"我本是卧龙岗散淡的人"的"慢板"和"我正在城楼观山景"的"二六"怎么唱？

有人说中国戏曲注重形式美。有人说只注重形式美，意思是不重视内容。有人说某些演员的表演是"形式主义"，这就不大好听了。马连良就曾被某些戏曲评论家说成是"形式主义"。"形式美"也罢，"形式主义"也罢，然而马连良自是马连良，观众爱看，爱其"潇洒"。

马连良不是不演人物。他很注意人物的性格基调。我曾听他说过："先得弄准了他的'人性'：是绵软随和，还是干梗倔犟。"

马连良很注意表演的预示，在用一种手段（唱、念、做）想对观众传达一个重点内容时，先得使观众有预感，有准备，照他们说法是："先打闪，后打雷。"

马连良的台步很讲究，几乎一个人物一个步法。我看过他的《一捧雪》，"搜杯"一场，莫成三次企图藏杯外逃，都为严府家丁校尉所阻，没有一句词，只有三次上场、退下，三次都是"水底鱼"，三个"水底鱼"能走下三个满堂好。不但干净利索，自然应节（不为锣鼓点捆住），而且一次比一次遑急，脚底下表现出不同情绪。王延龄和老薛保走的都是"老步"，但是王延龄位高望重，生活优裕，老而不衰；老薛保则是穷忙一生，双腿僵硬了。马连良演《三娘教子》，双膝微弯，横跨着走。这样弯腿弯了一整出戏，是要功夫的！

马连良很知道扬长避短。他年轻时调门很高，能唱《龙虎斗》这样的工字调唢呐二簧。中年后调门降了下来。他高音不好，多在中音区使腔。《赵氏孤儿》"鞭打公孙杵臼"一场，他不能像余叔岩一样"白虎大堂奉了命"，"白虎"直拔而上，就垫了一个字——"在白虎"，也能"讨俏"。

对编剧艺术，他主张不要多唱。他的一些戏，唱都不多。《甘露寺》只一段"劝千岁"，《群英会》主要只是"借风"一段二黄。《审头刺汤》除了两句散板，只有向戚继光唱的一段四平调；《胭脂宝褶》只有一段流水。在讨论新编剧本时他总是说："这里不用唱，有几句白就行了。"他说："不该唱而唱，比该唱而不唱，还要叫人难受。"我以为这是至理名言。现在新编的京剧大都唱得太多，而且每唱必长，作者笔下痛快，演员实在吃不消。

马连良在出台以前从来不在后台"吊"一段，他要喊两嗓子。他喊嗓子不像别人都是"啊——咿"，而是："走咪！"我头一次听到直纳闷：走？走到哪儿去？

马连良知道观众来看戏，不只看他一个人，他要求全团演员都很讲究。他不惜高价，聘请最好的配角。对演员服装要求做到"三白"——白护领、白水袖、白靴底，连龙套都如此（在"私营班社"时，马剧团都发理发费，所有演员上场前必须理发）。他自己的服装都是按身材量制的，面料、绣活都得经他审定。有些盔头是他看了古画，自己捉摸出来的，如《赵氏孤儿》程婴的镂金的透空的员外巾。他很会配颜色。有一回赵燕侠要做服装，特地拉了他去选料子。现在有些剧装厂专给演员定制马派服装。马派服装的确比官中行头穿上要好看得多。

听谭富英听一个"痛快"。谭富英年轻时嗓音"没挡"，当时戏曲报刊都说他是"天赋佳喉"。而且，底气充足。一出《定军山》，"敌营打罢得胜的鼓哇呃"，一口气，高亮脆爽，游刃有余，不但剧场里"炸了窝"，连剧场外拉洋车也一齐叫好，——他的声音一直传到场外。"三次开弓新月样""来来来带过爷的马能行"，也同样是满堂的彩，从来没有"漂"过。——说京剧唱词不通，都得举出"马能行"，然而《定军山》的"马能行"没法改，因为这里有一个很漂亮的花腔，"行"字是"脑后摘音"，改了即无此效果。

谭富英什么都快。他走路快。晚年了,我和他一起走,还是赶不上他。台上动作快(动作较小)。《定军山》出场简直是握着刀横蹿出来的。开打也快。"鼻子""削头",都快。"四记头"亮相,末锣刚落,他已经抬脚下场了。他的唱,"尺寸"也比别人快。他特别长于唱快板。《战太平》"长街"一场的快板,《斩马谡》见王平的快板都似脱线珍珠一样溅跳而出。快,而字字清晰劲健,没有一个字是"嚼"了的。五十年代,"挖掘传统"那阵,我听过一次他久已不演的《朱砂痣》,"赞银子"一段,"好宝贝!"一句短白,碰板起唱,张嘴就来,真"脆"。

我曾问过一个经验丰富,给很多名角挎过刀,艺术上很有见解的唱二旦的任志秋:"谭富英有什么好?"志秋说:"他像个老生。"我只能承认这是一句很妙的回答,很有道理。唱老生的的确有很多人不像老生。

谭富英为人恬淡豁达。他出科就红,可以说是一帆风顺,但他不和别人争名位高低,不"吃戏醋"。他和裘盛戎合组太平京剧团时就常让盛戎唱大轴,他知道盛戎正是"好时候",很多观众是来听裘盛戎的。盛戎大轴《姚期》,他就在前面来一出《桑园会》(与梁小鸾合演)。这是一出"歇工戏",他也乐得省劲。马连良曾约他合演《战长沙》,他的黄忠,马的关羽。重点当然是关羽。黄忠是个配角,他同意了(这出戏筹备很久,我曾在后台见过制作得极精美的青龙偃月刀,不知因为什么未能排出,如果演出,那是会很好看的)。他曾在《秦香莲》里演过陈世美,在《赵氏孤儿》里演过赵盾。这本来都是"二路"演员的活。

富英有心脏病，到我参加北京京剧团后，就没怎么见他演出。但有时还到剧团来，和大家见见，聊聊。他没有架子，极可亲近。

他重病住院，用的药很贵重。到他病危时，拒绝再用，他说："这种药留给别人用吧！"重人之生，轻己之死，如此高格，能有几人？

张君秋得天独厚，他的这条嗓子，一时无两：甜、圆、宽、润。他的发声极其科学，主要靠腹呼吸，所谓"丹田之气"。他不使劲地摩擦声带，因此声带不易磨损，耐久，"丁活"，长唱不哑。中国音乐学院有一位教师曾经专门研究张君秋的发声方法。——这恐怕是很难的，因为发声是身体全方位的运动。他的气很足。我曾在广和剧场后台就近看他吊嗓子，他唱的时候，颈部两边的肌肉都震得颤动，可见其共鸣量有多大。这样的发声真如浓茶酽酒，味道醇厚。一般旦角发声多薄，近听很亮，但是不能"打远""灌不满堂"。有别的旦角和他同台，一张嘴，就比下去了。

君秋在武汉收徒时曾说："唱我这派，得能吃。"这不是开玩笑的话。君秋食量甚佳，胃口极好。唱戏的都是"饱吹饿唱"，君秋是吃饱了唱。演《玉堂春》，已经化好了妆，还来四十个饺子。前面崇公道高叫一声："苏三走动啊！"他一抹嘴，"苦哇！"就上去了，"忽听得唤苏三……"在武汉，住璇宫饭店，每天晚上鳜鱼氽汤，二斤来重一条，一个人吃得干干净净。他和程砚秋一样，都爱吃炖肘子。

（唱旦角的比君秋还能吃的，大概只有一个程砚秋。他在上海，到南市的老上海饭馆吃饭，"青鱼托肺"——青鱼的内脏，这道菜非常油腻，他一次要两只。在老正兴吃大闸蟹，八只！搞声乐的要能吃，这大概有点道理。）

君秋没有坐过科，是小时在家里请教师学的戏，从小就有一条好嗓子，搭班就红（他是马连良发现的），因此不大注意"身上"。他对学生说："你学我，学我的唱，别学我的'老斗身子'。"他也不大注意表演。但也不尽然。他的台步不考究，简直无所谓台步，在台上走而已，"大步量"。但是着旗装，穿花盆底，那几步走，真是雍容华贵，仪态万方。我还没有见过一个旦角穿花盆底有他走得那样好看的。我曾仔细看过他的《玉堂春》，发现他还是很会"做戏"的。慢板、二六、流水，每一句的表情都非常细腻，眼神、手势，很有分寸，很美，又很含蓄（一般旦角演玉堂春都嫌轻浮，有的简直把一个沦落风尘但不失天真的少女演成一个荡妇）。跪禀既久，站起来，腿脚麻木了，微蹲着，轻揉两膝，实在是楚楚动人。花盆底脚步，是经过苦练练出来的；《玉堂春》我想一定经过名师指点，一点一点"抠"出来的。功夫不负苦心人。君秋是有表演才能的，只是没有发挥出来。

君秋最初宗梅，又受过程砚秋亲传（程很喜欢他，曾主动给他说过戏，好像是《六月雪》，确否，待查）。后来形成了张派。张派是从梅派发展出来的，这大家都知道。张派腔里有程的东西，也许不大为人注意。

君秋的嗓子有一个很大的特点，非常富于弹性，高低收放，运用自如，特别善于运用"擞"。《秦香莲》的二六，低起，到"我叫叫一声杀了人的天"拨到旦角能唱的最高音，那样高，还能用"擞"，宛转回环，美听之至，他又极会换气，常在"眼"上偷换，不露痕迹，因此张派腔听起来缠绵不断，不见棱角。中国画讲究"真气内行"，君秋得之。

我和裘盛戎只合作过两个戏，一个《杜鹃山》，一个小戏《雪花飘》，都是现代戏。

我和盛戎最初认识是和他（还有几个别的人）到天津去看戏，——好像就是《杜鹃山》。演员知道裘盛戎来看戏，都"卯上"了。散了戏，我们到后台给演员道辛苦，盛戎拙于言词，但是他的态度是诚恳的，朴素的，他的谦虚是由衷的谦虚。他是真心实意地来向人家学习来了。回到旅馆的路上，他买了几套煎饼馃子摊鸡蛋，有滋有味地吃起来。他咬着煎饼馃子的样子，表现了很喜悦的怀旧之情和一种天真的童心。盛戎睡得很晚，晚上他一个人盘腿坐在床上抽烟，一边好像想着什么事，有点出神，有点迷迷糊糊的。不知是为什么，我以后总觉得盛戎的许多唱腔、唱法、身段，就是在这么盘腿坐着的时候想出来的。

盛戎的身体早就不大好。他曾经跟我说过："老汪唉，你别看我外面还好，这里面，——都瘘啦①！"搞《雪花飘》的时候，他那几天不舒服，但还是跟着我们一同去体验生活。《雪花飘》是根据浩然同志的小说改编的，写的是一个送公用电话的老人的事。我们去访问了政协礼堂附近的一位送电话的老人。这家只有老两口。老头子六十大几了，一脸的白胡茬，还骑着自行车到处送电话。他的老伴很得意地说："头两个月他还骑着二八的车哪，这最近才弄了一辆二六的！"盛戏在这间屋里坐了好大一会，还随着老头子送了一个电话。

《雪花飘》排得很快，一个星期左右，戏就出来了。幕一打开，盛戏唱了四句带点马派味儿的〔散板〕：

打罢了新春六十七，

看了五年电话机。

传呼一千八百日，

舒筋活血，强似下棋。

我和导演刘雪涛一听，都觉得："真是这里的事儿！"

《杜鹃山》搞过两次。一次是1964年，一次是1969年，1969年那次我们到湘鄂赣体验了较长期生活。我和盛戏那时都是"控制使用"，他的心情自然不大好。那时强调军事化，大

---

① 西瓜过熟，瓜瓤败烂，北京话叫作"瘘了"。

070

家穿了"价拨"的旧军大衣，背着行李，排着队。盛戎也一样，没有一点特殊。他总是默默地跟着队伍走，不大说话，但倒也不是整天愁眉苦脸的。我很能理解他的心情。虽然是"控制使用"，但还能"戴罪立功"，可以工作，可以演戏。我觉得从那时起，盛戎发生了一点变化，他变得深沉起来。盛戎平常也是个有说有笑的人，有时也爱逗个乐，但从那以后，我就很少见他有笑影了。他好像总是在想什么心事。用一句老戏词说："满怀心腹事，尽在不言中。"他的这种神气，一直到他死，还深深地留在我的印象里。

那趟体验生活，是够苦的。南方的冬天比北方更难受。不生火，墙壁屋瓦都很单薄。那年的天气也特别，我们在安源过的春节，旧历大年三十，下大雪，同时却又打雷，下雹子，下大雨，一块儿来！盛戎晚上不再穷聊了，他早早就进了被窝。这老兄！他连毛窝都不脱，就这样连着毛窝睡了。但他还是坚持下来了，没有叫一句苦。

和盛戎合作，是非常愉快的。他很少对剧本提意见。他不是不当一回事，没有考虑过，或者提不出意见。盛戎文化不高，他读剧本是有点吃力的。但是他反复地读，盘着腿读。他读着，微微地摇着脑袋。他的目光有时从老花镜上面射出框外。他摇晃着脑袋，有时轻轻地发出一声："唔。"有时甚至拍着大腿，大声喊叫："唔！"

盛戎的领悟、理解能力非常之高。他从来不挑"辙口"，你写什么他唱什么。写《雪花飘》时，我跟他商量，这个戏准备让他唱"一七"，他沉吟着说："哎呀，花脸唱闭口字……"我知道他这是"放傻"，就说："你那《秦香莲》是什么辙？"他笑了："'一七'，好，唱，'一七'！"盛戏十三道辙都响。有一出戏里有一个"灭"字，这是"乜斜"，"乜斜"是很不好唱的，他照样唱得很响，而且很好听。一个演员十三道辙都响，是很难得的。《杜鹃山》有一场"打长工"，他看到被他当作地主奴才的长工身上的累累伤痕，唱道："他遍体伤痕都是豪绅罪证，我怎能在他的旧伤痕上再加新伤痕？"这是一段〔二六〕转〔流水〕，创腔的时候，我在旁边，说："老兄，这两句你不能就这样'数'了过去！唱到'旧伤痕上'，得有个'过程'，就像你当真看到，而且想到一样！"盛戏一听，说："对！您听听，我再给您来来！"他唱到"旧伤痕上"时唱"散"了，下面加了一个弹拨乐器的单音重复的小"垫头"，"登、登、登……"，到"再加新伤痕"再归到原来的"尺寸"，而且唱得很强烈。当时参加创腔的唐在炘、熊承旭同志都说："好极了！"1969年本的《杜鹃山》原来有一大段"烤番薯"，写雷刚被困在山上断了粮，杜小山给他送来两个番薯。他把番薯放在篝火堆里烤着，番薯糊了，烤出了香气，他拾起番薯，唱道："手握番薯全身暖，勾起我多少往事在心间……"他想起"我从小父母双亡讨米要饭，多亏了街坊邻舍问暖嘘寒"，他想起"大革命，造了反，几次遇险在深山，每到有急和有难，都是乡亲接济咱。一块番薯掰两半，曾受深恩三十年！……到如今，山上来了毒蛇胆，杀人放火把父老摧残，我稳坐高山不去管，隔岸观火心怎安！……"（这剧本已经写了很多年，我手头无打印的剧本，词句全凭记忆追写，可能不尽准确。）创腔的同志对"一块番薯掰两半"大不理解，怕观众听不懂，盛戎说："这有什么不好理解的？！'一块番薯掰两半'，有他吃的就有我吃的！"他把这两句唱得非常感动人，头一句他"虚"着一点唱，在想象，"曾受深恩"，"深恩"用极其深沉浑厚的胸音唱出，"三十年"一泻无余，跌宕不已。盛戎的这两句唱到现在还是绕梁三日，使我一想起就激动。这一段在后台被称为"烤白薯"，板式用的是〔反二黄〕。花脸唱〔反二黄〕虽非创举，当时还是很少见。盛戎后来得了病，他并不怎么悲观。他大概已经怀疑或者已经知道是癌症了，跟我说："甭管它是什么，有病咱们瞧病！"他还想唱戏。有一度他的病好了一些，他还是想和我们把《杜鹃山》再搞出来（《杜鹃山》后来又写了一篇）。他为了清静，一个人搬到厢房里住，好看剧本。他死后，我才听他家里人说，他夜里躺在床上看剧本，曾经两次把床头灯的罩子烤着了。他病得很沉重了，有一次还用手在床头到处摸，他的夫人知道他要剧本。剧本不在手边，他的夫人就用报纸卷了一个筒子放在他手里，他这才平静下来。

他病危时，我到医院去看他。他的学生方荣翔引我到他的病床前，轻轻地叫醒他："先生，有人来看你。"盛戎半睁开眼，荣翔问他："您还认得吗？"盛戎在枕上微微点了点头，说了一个字"汪"，随即流下了一大滴眼泪。

赵燕侠的发声部位靠前，有点近于评剧的发声。她的嗓音的特点是：清、干净、明亮、脆生。这样的嗓子可以久唱不败。她演的全本《玉堂春》《白蛇传》都是一人顶到底。唱多少句都不在乎。田汉同志为她的"白蛇传·合钵"一场加写了一大段和孩子哭别的唱词，李慕良设计的汉调二黄，她从从容容地唱完了。《沙家浜》"人一走，茶就凉"的拖腔，十四板，毫不吃力。

赵燕侠的吐字是一绝。她唱戏，可以不打字幕，每个字都很清楚，观众听得明明白白。她的观众多，和这点很有关系。田汉同志曾说：赵燕侠字是字，腔是腔，先把字报出来，再使腔，这有一定道理。都说京剧是"按字行腔"，实际情况并非如此。一句大腔，只有头几个音和字的调值是相合或接近的，后面的就不再有什么关系。如果后面的腔还是字音的延长，就会不成腔调。先报字，后行腔，自易清楚。当然"报"字还是唱出来的，不是念出来的。完全念出来的也有。我听谭富英说过，孙菊仙唱《奇冤报》"务农为本颇有家财"，"务农为本"就完全是用北京话念出来的。这毕竟很少。赵燕侠是先把字唱正了，再运腔，不使腔把字盖了。京剧的吐字还有件很麻烦的事，就是同时存在两个音系：湖广音和北京音。两个音系随时打架。除了言菊朋纯用湖广音，其余演员都是湖广音、北京音并用。余叔岩钻研了一辈子京剧音韵，他的字音其实是乱的。马连良说他字音是"怎么好听怎么来",我看只能如此。赵燕侠的字音基本上是北京音,所以易为观众接受(也有一些字是湖广音,如《白蛇传》的那段汉调。这段唱腔的设计者李慕良是湖南人,难免把他的乡音带进唱腔)。赵燕侠年轻时爱听曲艺,她大概从曲艺里吸收了不少东西,咬字是其一。——北方的曲艺咬字是最清楚的。赵燕侠的吐字清楚,是大家都知道的,但是其中奥秘,还有待研究。

赵燕侠的戏是她的父亲"打"出来的,功底很扎实,腿功尤其好。《大英节烈》扳起朝天蹬,三起三落。"文化大革命"期间,我和她关一个牛棚内。我们的"棚"在一座小楼上,只能放下一张长桌,几把凳子,我们只能紧挨着围桌而坐。坐在里面的人要出去,外面的就得站起让路。我坐在赵燕侠里面,要出去,说了声"劳驾",请她让一让,这位赵老板没有站起来,腾的一下把一条腿抬过了头顶:"请!"前几年我遇到她,谈起这回事,问她:"您现在还能把腿抬得那样高么?"她笑笑说:"不行了!"我想再练练功,她许还行。

赵燕侠快六十了,还能唱,嗓子还那么好。

1990年1月9日

(原载1990年第2期《文汇月刊》)

戏缘鳞爪

张中行

　　先解题。"戏"指京戏，原因之一是其他剧种看得不多，学买西瓜之法，挑大的，小的不要；之二是熟能生爱，不爱或爱而不深的，说就没什么意思。"缘"指看和听，不包括自己也唱念做，因为多年以来，我虽有临渊羡鱼之心，却没有下水去捞的时间和勇气。这样说，戏迷就够不上，所以执笔，以之为题诌文，就只能一鳞半爪。而说起这诌，也有来由，是有刊印之权的某公看到我的一篇拙作《余派遗音》，以为我懂戏，而所谈面不广，希望我推而广之，再谈谈。我遇求而应，是因为正率尔操觚，写《负暄三话》，找题材不易，戏送上门，正好顺水推舟，姑且算作捡个便宜吧。

　　由泛而论之说起。人都喜欢看戏。说"都"，逻辑学家会认为胆过于大，我的理由是，根据自己的见闻，只有不喜欢某剧种的，没有不喜欢一切剧种的。我是常人，自然也同于常人，喜欢看戏。至于喜欢的程度，是比上不足，下比有余。何谓上下？以我的师辈为例，顾随先生是上，捧杨小楼，捧小翠花（于连泉），上课说到，也是口讲指画，眉飞色舞；熊十力先生是下，交往多年，没见他看过戏，闲谈，也是口不离大《易》、唯识，而不提马连良和梅兰芳。我是中不溜的，也因为钱袋常空空，有好戏，不追；碰到看的机会，也不轻易放过。

为什么都喜欢看？又俗话有云，"唱戏的是疯子，听戏的是傻子"，何以都这样傻，视假为真？这问题，我年轻时候没想过，后来钻研"天命之谓性"，躲不开，也就略有所悟。这自然是瞎子摸象之类，也无妨说说。人生，被限制于某种狭小的境（如班超，投笔前是面对纸笔，投笔后是面对弓矢），却又不甘于只活动于这狭小的境。求境扩大，实（如变贱为贵，变贫为富，易黄脸婆为绝代佳人），几乎是不可能的；只好由门外缩到门内，用天命加祖传而由和尚说出来的境由心造之法，即实虽未来，可以设想并像是真就感到它来了。形式多种。穷极无聊，吟诵"腰缠十万贯，骑鹤下扬州"，换来片时的心情舒畅，光棍汉，吟诵"今宵剩把银釭照，犹恐相逢是梦中"，换来片时的迷离恍惚，是常用的一种形式。还可以提高一级，看小说，尤其戏剧。小说和戏剧是人生多种境的"浓缩型"，其境是实中可有而罕见的，一般是珍贵的，所以就宜于移情意于内，或观照，或体味，与其中的人物同呼吸，共命运。其结果就取得境的扩大，虽然只是心情的，却是很值得珍重的。与小说相比，戏剧创造的境是更上一层楼，因为更形象化。以杨贵妃为例，我们看《太真外传》，借助想象，像是有所见；戏剧则是挑帘出场，使我们真有所见。真有所见，已身缺者补，已身欲者取，戏之为用可谓大矣哉。

大矣哉还来于夸张性和典型性，夸张也是为成全典型性。例如曹操，大白脸是夸张，表现的是奸雄的典型性。我看京剧，特别欣赏它表现的典型性，如青衣是温婉，花脸是粗犷，丑角是滑稽，到街头巷尾找，就很少有这样性格鲜明的。夸张，还在唱念做几方面趋向艺术化，即求美。以花旦为例，京白的柔媚，台步的轻盈，与台下人比，都夸张了，可是夸张得好，理由是比现实的美，既然街头巷尾找不到，能够存于舞台上也好。这存于舞台上的超越现实的美，又使我们想到角色，或说名角，新名号曰名演员。仍以花旦为例，台步的美，我看过的，以小翠花为第一，其下三科世字辈的毛世来得其仿佛，其他就自郐以下了。说到此，不由得慨叹京剧之难，甚至能略辨酸咸也大不易。慨叹还有个原因，是自从卡拉OK、摇滚等大行其道以来，京剧，不要说辨酸咸，连肯看的人也微乎其微了。

为了躲开慨叹，还是暂不管现在，想想过去。我二十年代后期来过几次北京，由三十年代初开始长期住在北京，其时京剧虽然已是日过中天，却还不少余热。上面说过，我不是戏迷，但时间长，也就多有机会去看看。据记忆库里的储存，早期，看富连成科班的演出次数不少。地点在前门外肉市的广和楼（清朝中晚期的查楼）。设备简陋，可是演员的功底不差，而且卖力气。记得常出台的是盛字辈和世字辈的，如叶盛兰、叶盛章、裘盛戎、袁世海、李世芳、毛世来等。有时也有上一两科的，记得就是在广和楼，也看过马连良、小翠花、谭富英、马富禄等人。那时期，演出时间长，有日（下午）场，有夜场，都五个小时左右。广和楼以外，外城前门外一带，剧场，其时通称戏园子，还有几处，记得看过的有鲜鱼口华乐、粮食店中和、大栅栏庆乐、西珠市口开明等。内城剧场比较少，东城东安市场吉祥，西城西长安街长安和新新，是大家比较熟悉的。名角为名利，不名的为饱暖，要组班或搭班演出，所以，除去过年封箱的一些天以外，每天都有不只一个班在不同的剧场演出，因而如果喜欢看京剧，而且有闲时闲钱，是总有好戏可看的。北京看戏讲看角儿，通常是看一两位，义务戏或某种性质的组合（如丑角大会）看多位。我都看过哪些位？余生也晚，老一辈，如谭鑫培、王瑶卿、龚云甫、钱金福、王长林，等等，没赶上，时间规律，没什么遗憾的。活跃于二三十年代及其后并够上角儿的，只有一位我无一看之缘，是余叔岩。我到北京以后，他只唱过义务戏和堂会戏，加在一起寥寥几次，常是连消息也不知道，更不要说买票或找门路走进去了。除余叔岩以外大名角，如梅、尚、程、荀，直到许多名坤，孟小冬、雪艳琴之流，都有幸一聆歌喉，一瞻丰采。

印象如何呢？总的说是两点。一是名下无虚士，许多有大名的，确是造诣高，人人有自己的拿手活儿，别人办不了。二是阵容齐整，比如演《空城计》，扮老军的可以是马富禄和慈瑞全，用老北京戏迷的话说，是过瘾。专由这两点看，现在是，借用九斤老太的话，一代不如一代了。还是专说上一代，看得不少，留的影子却不多。也无妨说一点点清楚的。以在脑海里冒出来的先后为序。第一位是梅兰芳。记得某戏迷赞扬这位超级名角是这样说："他也说不上有什么好，只是别人，都可以挑出毛病，他就挑不出来。"我同意这位的评论，因而唱念做方面就无话可说。幸而更突出的印象是唱念做之外的，也就还可以说几句。那是二十年代晚期，夜场，我陪着一位乡先辈到中和戏院去看梅演《红线盗盒》。前面几出演过，台上灯光微弱，该大轴了，一挑帘，梅走出来，台上灯光突然大亮，满堂碰头好。我定睛看，全身珠光明灭，露出的面部和手，白而像是透明如玉。身材窈窕，真如文言滥调所说，长身玉立。当时的印象是，难怪旧小说形容美女，常用仙女下凡，我确信世间必没有这样美的。连带说两句后话，梅、程砚秋更甚，体重随着年岁增加，比如五十年代"看"，就不禁有"良辰美景奈何天"之感了。接着说第二位，孟小冬。印象深的是四十年代前期在新新戏院演《击鼓骂曹》，"手中缺少杀人的刀"一句，满堂好，余音绕梁，不是三日不绝，而是至今不绝。第三位是谭富英，不只戏路子是谭派，身世也是谭派。天赋与好嗓子，高亢，洪亮，唱工造诣高用不着说。听他，印象最深的是《法门寺》扮赵廉，面对刘瑾拔高"谢千岁"一句，真予人以冲入云霄之感，可以说是只此一家了。第四位是马连良，唱念做都以洒脱爽脆胜。爽脆，唱就不能深厚，更不能苍凉。可是做和念确是有独到之处，如演《春秋笔》，张恩台步，由仆从变为官，样子灵巧而美，演《打渔杀家》，离家时说"家都不要了"几句，飘逸而脆，都是别人办不了的。第五位是小翠花，花旦，做功可称一绝。至今闭目仍如在目前的有两次，一次《拾玉镯》扮孙玉娇，门外做针线活一段，捻线等动作真是比真的还像真的，一次《活捉三郎》扮阎惜姣，绕行追张文远一段，身不摇动，飘忽如风吹，都是神乎技矣，并可以断言，必后无来者。第六位是侯喜瑞，也是做功一绝。《战宛城》马踏青苗一段，人所共知，可以不说，只说一次看似无关大体的，是《法门寺》扮刘瑾，案审完，起身下场，身移桌外，举左足踢袍，北京话，"那份儿刷（去声）俐就甭说啦"，所以赢来满堂好。其实这一手是外加的，记得郝寿臣演就平平常常走进去，可见京剧，内涵是太丰富了。第七位是萧长华，文丑应功，演《蒋干盗书》，演《连升三级》。其高超为人所共见，也不想说。只说一次罕见的，四十年代早期新新戏院有一次丑角大会，我去看了，大轴是萧长华的《荡湖船》。萧扮乡下老财天明亮，贪看船娘受骗，扮相，台步，苏白，真当叹为稀有。第八位是叶盛章，武丑，我看得次数最多，认为无论武功还是气派，都是前无古人，后无来者。常演的剧目有《巧连环》《酒丐》《三岔口》《打瓜园》等。他并不瘦，可是由高处下坠能落地无声；演时迁，简直就成为真的飞贼。我最爱看他演《打渔杀家》扮教师，那个挑帘后的亮相，气派中寓虚张声势，卑劣中有美，真是绝了。第九位是言菊朋，唱老生，他宗谭鑫培，可是适应他自己的嗓音条件，有变化，老谭只是沉厚，他进而趋向苍凉。人生，到后期，都难免有"一事无成两鬓斑"的怅惘，表现这种心情，显然，唱的韵味以苍凉为上。可惜自他作古，这也成为广陵散，因为他的派，出于他之口是自然的，后继者就成为造作的，形之扭捏，苍凉就变质了。再说第十位是金少山，我不忘他，主要是因为他能声震屋瓦，所谓黄钟大吕是也。这常常使我想到现在，是黄钟大吕改为多种型号的扩音器，硬功夫变为借助于电，自然声变为有如假烟假酒，真使人不能不有逝者如斯之叹。叹完了怎么样？也没有其他办法，只是能不听就不听而已。到此，已经说到第十位，十是整数，依通例，举罪状也不过至此而止，况其反面之好乎，所以改为说别的。

很容易就跳到另一面，看看在戏上有没有什么遗憾。也有一些。其一是有几次集名角于一台的戏，很想看而没看着。最尖端的一次是三十年代前期在西珠市口第一舞台的三个夜场，记得只有一人（马连良？）因外出没参加，其余北京的名角都上场了。戏码多，角色硬，恍惚记得第一出，有一次是叶盛章

《巧连环》，有一次是小翠花、荀慧生、马富禄《双摇会》；大轴当然是梅兰芳，一次是《霸王别姬》，一次是《龙凤呈祥》。其时我在北京大学上学，即使票价没有黑市，三场二十四元，拿不起，也就只能看戏单想象之而过瘾了。其二是有些反串戏，也很想看而没有看。现在还记得的，有梅兰芳反串黄天霸，杨小楼反串张桂兰，郝寿臣反串《天河配》的织女。郝寿臣是我的同乡，应工戏是《连环套》的窦尔敦等，改为织女，出场扭扭捏捏，发言细声细语，一定很有意思吧？其三是另一种性质的，是多年来集了一些京剧早年的唱片。"文化大革命"中当废品处理了。正如其他难以数计的珍奇（包括人）一样，毁了就再也回不来了，怀念无用，也就罢了。只希望我的老友华粹深先生和吴小如先生，藏旧唱片的超级大户，能够受天之佑，平安过关。粹深兄前些年已在天津作古，询之天津友人，藏品也是灰飞烟灭，人祸竟力大于天，可为浩叹。

话有些离题，还是转回来说戏缘。而一晃就到了八十年代后期，京剧努力挣扎而像是仍无起色，有些人担心再向下滑，于是苦心想振兴至少是保存之道。道之一是成立票房，定期集同好于一堂，拉拉唱唱，唱者有进益，听者能欣赏，日久天长，参加者人数增多，总会比都疑而远之好一些吧？站在爱护京剧的立场，这个想法不坏，至少是其动机可嘉。之后是依照王阳明的理论，由某年轻有为者出头，很快就知行合一，成立个票房，因为活动地点在积水潭边的汇通园（因对岸有名胜古迹汇通祠）饭庄，参加者皆同道，命名为"汇通同人票社"。组织由年轻人策划内定，社长三名，其中有我，资格是老朽，有叶盛长，资格是富连成的硕果仅存，有李天绶，官兼言派老生票友。成立之后，活动次数不算少。我的所得呢，主观上可以分为两类。一类是可以白听戏，有时还可以点戏，比如李韵秋，如果我好奇，就可以请她一个人唱《二进宫》。另一类是可以走入名演员之群，寒暄，握手，并肩照相，这在昔日，尤其女演员，所谓坤角，多藏在后台，想看看便装，即本色，也是很难的。语云，权利应与义务对待，我能做些什么呢？组织，既无时间又无精力，唱，不会，苦思冥索，最后还是只能秀才人情纸半张，即诌七绝二首，表示祝贺。不避俚俗，也抄在这里：

梨园旧艺妙通神，白首龟年识古津。
会有宗师相视笑，方知莫逆出同人。

闻道浮生戏一场，雕龙逐鹿为谁忙。
何当坐忘升沉事，点检歌喉入票房。

抄完，重念一遍，不知怎么，忽然想到郑板桥"汝辈书生总是会说"的话，我真能视浮生为戏吗？其实是人生与戏的关系，还有一面，是难得如戏。比如想到戏里的诸多奇遇，乐就真是

"销魂，当此际"，悲就真是"肠断白蘋洲"，生活的实境终是平庸或单调太多了。这样说，是正如在本篇的开头所表示，对于戏，我是始终有好感。可惜的是，随着年岁的增加，看的机会变为很少，剩下的只是这一点点戏缘的记忆而已。

（录自《负暄三话》，黑龙江人民出版社，1994年版）

《武松打虎》·巧克力

吴小如

　　这个故事已流传得很久了：在舞台上表演《武松打虎》，扮武松的和扮虎形的演员，或因彼此有矛盾，或因扮老虎的演员对主角有所要挟，结果武松在台上就是打不死这条"大虫"，最后一面演戏，一面悄悄地交易，达成协议后，这老虎才肯老老实实地"死"去。

　　在我的记忆中，这一讽刺故事创始于三十年代叶浅予先生的漫画《王先生和小陈》。王先生扮武松，小陈扮老虎。小陈想跟王先生借钱，王先生没有答应，于是两个人就"台上见"了。小陈明白表示："你不借给我钱，我就让你打不死我！"王先生经不起台下观众的起哄，终于让步，答应借钱，小陈扮演的老虎乃痛痛快快地死去。

　　这种类似的情况在戏曲舞台上确实存在过。定居香港不久的著名旦角演员陈永玲，若干年前就亲口对我讲过这样一个故事：

四十年代初，陈永玲从中华戏校毕业不久，曾与在天津稽古社出科不久的武丑张春华同台献艺。有一次，两人合演叶盛章的个人本戏《酒丐》（这是三十年代富连成专门为叶盛章编演的，叶扮酒丐范大杯，李世芳演女主角王翠娥），张师承盛章扮演酒丐，永玲扮演王翠娥。正戏出场以前，春华的一位女友带了一盒巧克力到后台来看春华，没有找到张却遇到永玲，由于彼此都是熟人，那位女士便把巧克力交给永玲，托他转交春华，然后翩然而去。临上场时，永玲对春华说："某小姐送你一盒巧克力，我替你存着呢，咱们得见面分一半！"当时两人都不到二十岁，还是小孩子脾气，春华便不答应。永玲二话未说，随即各自出台演戏了。

　　戏演到高潮，王翠娥被困在古堡的顶楼上，要靠侠丐范大杯用绳子把这位千金小姐从堡中缒下来。春华把应该表演的规定动作都演完，长长的绳子也掷到了高高的三张桌子上，眼看王翠娥就要双手握绳缒下来了，这时永玲临时加了"戏"，他对下面的春华说："我心中有些害怕，不敢下来，这便如何是好！"同时却悄声对春华讨价还价，问他："巧克力怎么样？你到底分不分给我？"春华始而不允，永玲便做出种种身段，故意战战兢兢不敢去碰那绳子。这样在台上延迟了好几分钟，台下观众还以为永玲作戏细腻逼真，纷纷鼓掌喝彩。而春华眼看戏演不下去，倒急出汗来，只好答应："一人一半，你快点儿下来吧！"于是这场精彩表演总算收场。这岂不同武松打不死老虎的情景如出一辙么！

　　春华今年已逾花甲，永玲也垂垂老矣，而两人的舞台艺术却依旧精彩不减当年，倘想到这件往事，恐怕都会忍俊不禁的吧。

　　　　　　　（录自《吴小如戏曲文录》，北京大学出版社，1995年版）

杨小楼的《夜奔》

朱家溍

在第39期《戏剧电影报》上（后来并入《信报》），看到曾复兄谈杨小楼先生演《野猪林》一文，引起我想谈《夜奔》这出戏。

《夜奔》的曲子，是迟景荣兄教我的，唱尺字调。一般流行的曲谱都没有《夜奔》，只是《纳书楹》曲谱有这出。但《纳书楹》明白地写着小工调。我请景荣兄吹小工调我试唱过，用小生嗓子可以唱，用武生大嗓唱不上去。景荣兄说："杨老板唱的也是尺字调。"说明这出戏和《探庄》一样，原本也是小生戏。

杨小楼先生未演《夜奔》以前，京班未见谁演过这出戏。我只看过昆弋班王益友的《夜奔》，是一出独角戏。杨先生在一次到上海演戏时和盖叫天先生闲谈提起想学《夜奔》，盖先生说："我不会这出，您要学只有请牛长保。"几天之后请来了牛先生。按习惯学昆腔戏都是先请吹笛子先生拍曲子，等曲子唱熟了再拉身段。一般拉身段的先生都不管拍曲子。不过杨先生在上海演戏是短期的，每天演出，时间很紧，只是抓工夫"钻锅"学这出《夜奔》，所以破例没学曲子就拉身段，由牛先生一边小声唱着，一边拉身段。这种学戏的方式，是行里常说的"站站地方"而已。回到北京，才请方星樵先生给正规地拍曲子，再把牛先生说的身段串起来。也有忘了的地方就自己想主意。举例来说，据杨先生自己讲："'远送登高千里目'，抬左腿、亮左掌、右手向前指的这个身段，我就是看王益友的照片上有这样一个身段，我觉得很好，就借用了。"杨先生把曲子唱熟了，就在家里一遍一遍练，虽然这个时候练的仍然是那一出独角戏，但已经有不少自己的东西，不全是牛先生的原样了。

这出戏已经到了可以下地的阶段，杨先生请来他的把兄王瑶卿先生给看一看，出出主意。瑶卿先生看了之后说："好！这出戏真够累的。可是搁在大轴，还不够'一卖'，还得想主意。"于是把这出独角一场的戏变成一出大戏。头场"数尽更筹……"到"……五陵年少"，除念做之外，唱这两支曲子。其余每一场唱一支曲，中间穿插徐宁起霸，王伦、杜千、宋万坐寨。到开打，由钱金福先生设计一套"剑枪"，到"开档""起连环"的最后林冲换枪和徐宁打一套"九腰封大快枪""双收"下。林冲下场的亮相是把甩发抡起来张嘴咬住，正在底锤锣上，狠、准、脆，异常精彩。杜千、宋万上，徐宁败下，然后唱尾声，这出大《夜奔》改得非常好。所加的过场不但不嫌絮烦，更增加了剧情紧张气氛。每支曲子都有上场下场，身段当然就更丰富。

这出戏的演员，当时是钱金福的徐宁，郭春山的王伦，迟月亭、刘砚亭的杜千、宋万。除徐宁后来由许德义扮演，最后由钱宝森扮演，其他角色始终没换过。徐宁在《水浒》书中是个白面书生，所以钱先生虽然是花脸，但演徐宁也只能不勾脸，净脸挂黑胡子。演过几次之后，钱先生自己觉得太不好看，又改为勾油红三块瓦，带黑满。许德义演时也是勾油红三块瓦，戴狮子盔，绿箭衣。后来又换回钱先生演徐宁，改为不戴胡子，勾一个好像来护的脸谱，戴喀拉毡帽。钱宝森接替演徐宁，继续这个扮相。林冲的扮相，从一开始就放弃了独角戏时期青箭衣、素罗帽的打扮，改为黑绒箭衣，戴倒缨盔。

这出戏上演以后，首先仿效的是李万春。他到上海向牛先生学会之后，完全照杨派路子演。其次的刘宗杨是杨先生教的，迟景荣给拍的曲子。茹富兰演《夜奔》也是杨派路子，向谁学的我不清楚。杨盛春、高盛麟出科之后，都先后向丁永利学的演杨派《夜奔》。富连成原来没有这出戏，在这个时候王连平向刘宗杨学会这出戏，在科班里教给黄元庆、徐元珊、茹元俊，从此富连成有了这出杨派《夜奔》。这出戏的身段我是向刘宗杨兄学的，宗杨说："我姥爷说，这出《夜奔》可别把它唱成短打戏的味儿。"

（录自《故宫退食录》，北京出版社，1999年版）

革命的草台班子

——记延安"鲁艺"平剧小组

华君武

1941年前后，我在延安拉过两年京胡，那时延安平剧院尚未成立，鲁迅艺术文学院办了一个平剧小组，由罗合如主其事，符立衡（后名阿甲）、陶德康（北京辅仁大学学生，曾向叶盛兰学过戏）、王一达、任钧（女）等是当时的重要演员，我也被拉去拉京胡，一有演出就进延安城，来回二十里，有苦有乐。

大约在上初中时我还喜欢京戏胡琴，那时家住杭州，并不是常去看戏，偶尔也去看小达子、雪艳琴的戏，有时听留声机的京戏唱片，学拉胡琴。1933年，我就读于上海大同大学附属高中，那时也无钱去听京戏，只听过一次梅兰芳和奚啸伯的戏，两次在黄金大戏院三层楼座看张君秋和马连良的演出。但在学校里却有几个爱好京戏的同学，当时中学课程不像现在这样沉重，每天晚饭后还可来段清唱，风雨无阻。有位同学茅于恭（是桥梁专家茅以升的侄子）是操琴的，他曾在王少卿门下学过，身手自是不凡，对我也有指点，使我得以长进。

到了"鲁艺"美术系任职，学校有俱乐部，有一把京胡，见了不免技痒，当即拉了一段。陈荒煤还夸我指音不错，就被指派到平剧小组拉胡琴。因为"蜀中无大将，廖化作先锋"，这点我还是明白的。

我们小组的文武场面击鼓板的是陈冲（进城以后到铁道部工作了），小锣是陈叔亮（书法家，后任中央工艺美术学院副院长），大锣是大名鼎鼎的作曲家刘炽，主饶钹的是简朴，后来他又拉了二胡，我是拉京胡的。除了陈冲，其余的恐怕连玩票的资格都没有，居然练了一阵就开戏登场。我平时拉琴只是伴奏清唱，对于场上的锣鼓点一概不懂，虽然在排练时陈冲也教了半天，真要上场时仍不免怯场，只好请他在该拉胡琴时暗示一下，因此进城以后冯牧说我是"用鼓槌捅一下再拉的琴师"。我们这些文场武场，技艺不高，漏洞不少，陈叔亮和刘炽有时看戏走了神，忘了打锣，陈冲也不好意思训斥，只好用鼓槌打自己脑袋，连呼"哎呀"不止。演员除了阿甲、陶德康几位还算老练，其余丢词走调也不少。演《武家坡》，薛平贵初学乍练，本来第一句是"一马离了西凉界"，结果唱成"八月十五月光明"。演员认真，又回到后台重新出场。演花脸的石畅，本来是在南京戏校学话剧，但也爱好京戏花脸。因为帽盔扎得不紧，未出帘子就挂下来了，他临危不惊，光着脑袋起霸，有始有终，台下笑得连眼泪也掉下来了。

尽管如此，我们的观众可是了不得的，毛主席常来看戏，听戏时用手拍板，周恩来同志常驻重庆，回延安时也看演出。延安有时要招待统战人物过境，也要专场演出。所以我们演出也是一种政治任务，演毕可以有一顿面条或黑面馒头犒劳。延安生活艰苦，抽烟都是劣质烟草，但每次散场，观众退席，我们几位烟民就奔到毛主席坐的长板凳下寻找他老人家抽剩的烟屁股。我们的毛主席抽的也只是旧社会劳动者吸的老刀牌（一种价钱最低的香烟），我们把烟屁股拆开用纸重卷，就是最高的享受，至今不能忘怀。

城北同志嘱写文人《梨园集》，我文章写不好，梨园门槛尚未迈进，只好写我在革命草台班子一段往事交差。

（录自《梨园集》，华夏出版社，1997年版）

戏缘

叶广芩

我爱戏，爱得如醉如痴。

这种爱好，从很小的时候就开始了。

我父亲有本叫《梦华琐簿》的书，闲时他常给我们讲那里面的事情，多是清末北京梨园行中的逸事，很有意思。我大约就是从这本书以及父亲那颇带表演意味的讲述中认识了京剧，迷上了京剧。同时，将那本书看作神奇得不得了的天下第一书。后来我才知该书出自蕊珠旧史之手，知道"旧史"便是清末杨懋建氏。翻览全书，发现并无多少深刻内容，盖属笔记文学之类。文字也嫌粗糙肤浅，我遂明白，当初对它的崇拜，很多原因是因了父亲的缘故。

我的父亲在美院从事陶瓷美术的教学与研究，艺术造诣甚深。不唯画儿画得好，而且戏也唱得好，京胡也拉得好。我们家是个大家庭，几重的四合院幽深幽深，晚饭后，父亲常坐在石榴树前拉胡琴自娱。那琴声脆亮流畅，美妙动听，达到一种至臻至妙的境界。几位兄长亦各充角色，生旦净末丑霎时凑全，家庭自乐班就此开场，热热闹闹一直唱到月上中天。我在其中充任捣乱的角色，所以不太受欢迎，往往开戏不久，就被母亲哄进屋去"睡觉"，声称晚上院里有狐仙，且以白胡子老头的形象出现，专跟小孩子过不去。躺在床上，听着外面悠扬的乐曲，我的心一阵阵发痒，以致怀疑父亲是为狐仙之化身，因了他的白胡子，因了参与兄长们的亲热——这不是跟我过不去嘛！

日常我最企盼的莫过于回姥姥家。姥姥家在北京朝阳门外坛口，那里有个剧场，经常轮换演出一些应时小戏。我常常跑到剧场后面，隔着门缝看一个名叫李玉茹的演员化装。现在看来，李玉茹不过是京郊戏班的一个普通旦角，但当时在我眼中却是辉煌至极、伟大至极的人物。开演前半个小时，李玉茹来到后台，从画脸贴片子到上头面穿戏衣，我都看得特别仔细。想象那些东西装扮到自己身上也一定不会逊色，于是就有些莫名的嫉妒。后台门缝的宽度容不下一只眼，所以看李玉茹如同看今日之遮幅银幕。不过那银幕是竖着的，恰如徐悲鸿画的那幅"吹箫"写生画，细长的一条，大部分被黑遮盖着，给人留下了无穷无尽的遐想。一天奇热，后台的门大大地敞开了，整个后台连同李玉茹便一览无余地暴露在我面前，我终于看到了一个全面、完整的李玉茹。那天她演的是《穆柯寨》里的穆桂英，一身锦靠扎得匀称利索，一对雉尾在头顶悠悠地颤，威风极了。李玉茹看了我一眼，使我至今记忆犹新，难以忘怀。看过我之后，她走到水池边朗朗吟道："巾帼英雄女丈夫，胜似男儿盖世无，足下斜踏葵花镫，战马冲开摆阵图。"对李玉茹来说，这或许是上场前的情绪酝酿，或许是一般的发声练习，但我则认为她这一举止是专门为了我的，是专做给我一个人看的。我在门缝里向她张望了这许多时日，她自然是知道的。总之，为了她吟的那两句诗，我丢魂落魄般，整整激动了一天。

后来我问父亲，全中国，戏唱得最好的是不是首推李玉茹。父亲说他不知道李玉茹，他只知道马连良、裘盛戎、叶盛兰、谭富英……这都是当今名角，他们合演的《群英会》是名副其实的"群英会"。集中国京剧艺术之大成，称得上千古绝唱。我问父亲喜欢谁，他说谭富英唱腔酣畅痛快，他喜欢谭富英。我说那我就当谭富英，何况这人的名字跟李玉茹一样的好听。父亲就教我唱谭富英的《捉放曹》，大意说三国时曹操刺杀董卓未遂，被下令捕拿，曹操行至中牟县被捕获。中牟县令陈宫私自将曹释放并与曹同逃。途中过吕伯奢家，承吕热情款待，曹却疑心吕要害他，杀死吕之全家，陈宫怨曹操心狠不仁，乘夜丢下曹操自己走去。

父亲教的是陈宫见曹操杀死吕家数口后的大段唱词"听他言吓得我心惊胆怕，背转身自埋怨我自己做差"。我唱不好，用父亲的话说是"生吞活剥走过场"，又说这两句西皮慢三眼并不是谁都能把谭老板那"云遮月"的韵味儿唱出来的，叶家门里除了老四，谁都不行。父亲说的老四是指我的四哥，四哥整大我二十四岁，我们都是属耗子的，性情上就有些贴近。他在故宫博物院工作，长得帅气，人也清高，三十多了，还没对象。老人们常为此事操心，我想，恐怕只有李玉茹那样的漂亮姐儿才配得上他。

有一回他业余演出《四郎探母》，将演出剧照拿回家来让大伙看，母亲和大伯母举着照片细细地瞧，不是瞧四哥，是瞧他旁边坐着的铁镜公主，看"公主"跟"四郎"是否相配。两个老太太将"公主"姓字名谁、家住何方、兄弟几人、父母做甚问了个遍。听说"公主"尚待字闺中又穷追不舍，问是否有可能真嫁四郎成为叶家媳妇。四哥说那女的个儿太矮，穿着花盆底鞋还不及他的肩膀。母亲说个儿高了不好，女孩儿家大洋马似的看着不舒坦。四哥说那女的才十八，母亲不再吭声了。是啊，岁数太悬殊了过不到一块儿去怎么办？我为四哥感到遗憾，安慰他说我将来一定长得很高，陪他去唱铁镜公主一定很般配。他对母亲说，丫丫这模样演刘媒婆不用化装。我不知刘媒婆为何许人，想必与父亲喜欢的谭富英，与我喜欢的李玉茹一样，是个娇美俊俏的花花娘子。

每日跟父亲学唱"听他言"，并自报家门系谭派正宗。逢到我唱兄长们便撇嘴起哄，说刘媒婆的"痰"派的确唱得无与伦比，一遍跟一遍毫不相同，比天桥的绝活还绝。父亲的琴拉得很认真，托、随、领、带一丝不苟，并不因了我的稚嫩而稍有疏忽，我便也唱得极努力，信心不为兄长们的讽刺与挖苦所动。父亲说过，学戏与做人事理相通，凡事都要尽力，都得用心，不能投机取巧。

有一日随父母去吉祥剧院看戏，听说里面有谭富英，有刘媒婆，所以一整天都在盼着，不敢淘气，怕父母生气变卦而换了别的孩子。吉祥剧院在东安市场，老式的。我个子小，坐在椅子扶手上，垫着父亲的大衣，高出别人一头，就看得极清楚。台上有花花绿绿的男女在转来转去，我果断地推定那个穿粉衣的喂鸡小姑娘为刘媒婆，父亲说小姑娘是《拾玉镯》里的孙玉娇，刘媒婆是那个脸上有黑痣穿肥短衫的。肥短衫是个又丑又老的婆儿，扯着公鸭嗓，挤眉弄眼很不中看。我很生气，敢情憧憬了许久的刘媒婆竟是这般嘴脸，当下我眼里便含了泪。第二折是《捉放曹》，一个戴黑胡子的男人出场，唱出我熟悉的"听他言吓得我心惊胆怕"，我才知道这就是父亲喜欢的谭富英。数日来我效仿的竟不是什么美娘子而是这么个半大老头子，窝窝囊囊地追着个大白脸，该睡觉的时候不睡觉，一个人站那里傻唱……现实与想象的错位对我是个沉重的打击，一种失望的悲哀终于使我失却了看下去的愿望，我将身子缩进座位，盖着大衣，在"背转身自埋怨我自己作差"的慢板中昏昏睡去……

按说我的"戏剧生涯"到此该画个句号打住，孰料，一个出乎意料的转机将我对京剧的热爱推向了更新的高度。还是那天晚上，一阵紧锣密鼓将我催醒，直起身见台上一着白甲英俊男子正平地跃起，横身悬空又旋转落地，游龙似的洒脱，比穆桂英更有吸引力。我马上问这是谁。父亲说那是《长坂坡》里的赵云，独闯重围，单骑救主，是个了不得的英雄。我说我就当赵云了，再不更改。父亲说你怎么能当赵云？武生可是不好演的。看戏回来问遍兄长，果然无一人会演赵云，都说没那功夫。我很瞧不起他们，决定自己练，遂脱了小褂，掂来根扎枪，嘴里给自己打着家伙点儿，围着院里的金鱼缸跑开了圆场。不知是谁按下了快门，至今给这个家庭留下了一张小丫头光着膀子耍扎枪的照片。二十多年后，我领着还未成亲的爱人进门，便有好事者将此照片拿给他看，倒把他弄得很不好意思。

八九岁时，中国戏曲学校招生，我决计去报名。那时父亲已去世，便与母亲商量，她不答应，一气之下我在墙上拿大顶抗议，声称不答应就决不下来。母亲不睬我，也不让大家睬我，人们从我身边过来过去，任我头朝下用胳膊支撑着身体，竟没有一个肯为我说句话的。我下不来台，开始寻事，喊着七哥的小名开骂。七哥过来，揪着我的两条腿把我摔在砖地上，使我一颗门牙脱落，我号啕不止，扯住老七让赔牙。母亲说我们不懂事，她一个寡妇拉扯我们已经很不容易，我们却还要这样让她为难，说着掉下了眼泪。七哥在母亲的泪中认了错，我也在母亲的泪水中绝了唱戏的念头。这一念之差是否使中国京剧界失了一个角儿，我不知道。

之后我也进了文艺宣传队，人们赞赏我这一口脆亮京白，就让我演阿庆嫂。有小时的戏曲功底，演阿庆嫂也没费多大力气，那大段的二黄慢板"风声紧雨意浓天低云暗"唱下来也很自如，自我感觉颇为不错。给兄长们写信，告知演阿庆嫂的事，以期得到祝贺。然而却如同当年在墙上拿大顶一样，没得到一个人的反响。演出在即，队长找我谈话，说让我演沙奶奶，将阿庆嫂角色交一王姓女子担任。王系广西人，说话带有明显的哑哑腔，而且台形也略显粗短，与阿庆嫂形象相差甚远。我谈了自己的看法，队长似无商量余地，我则只好由青衣改唱老旦。临上戏前，队长又让我改演革命群众，即初场迎接伤病员，末场迎接新四军……后来，我便离开了宣传队，自此再不唱戏，连口也懒得张了。紧接着是一场大病，嗓子被彻底摧毁，由此唱戏的一颗心终究是冷了。

　　转眼年已不惑，一切也都看得开了。现今五彩缤纷的舞台和电视屏幕较几十年前丰富多了。我的女儿当然再不会出现当年刘媒婆、谭富英一类的错位，这个追星族所追的星星也已不是她母亲当年推崇的穆桂英与赵云，而变作郭富城、张学友之类，其热烈程度较我当年有过之而无不及。我还是爱看戏，爱看谭富英、梅兰芳后代传人们演的戏。从那些艺术家们的精湛表演中，体味到中国古老民族文化的深厚底蕴，体味到昔日无数个甜酸苦辣的梦。

　　前不久，有人说我长得与某历史人物相像，就有人想邀我去演电视剧。照倒写信给诸兄长，征求意见。哥哥们的回信如出一辙，均持反对态度。我亦就此罢休。

我的家庭使我认识了戏，爱上了戏，却又阻碍了我与它的亲近，有时把我推入很尴尬的境地。遂得出结论：此生与戏无缘。

（原载2004年第3期《美文》）

京剧《伍子胥》

王元化

京剧老生戏中，我最爱看的是《伍子胥》。《伍子胥》这出戏主要包括了《战樊城》《文昭关》《浣纱记》《鱼肠剑》等。我看的是杨宝森演出①，他把这几个折子戏串在一起，成为全本《伍子胥》。好的京剧不以情节取胜，像《伍子胥》这出戏，我看了好几遍，并不因剧情早已熟悉就减少了兴趣。我不知道在杨宝森演出此戏之前，更早的老艺人是否也同样把上述几出戏串在一起连演②？早期汪桂芬演出此戏最负盛名。汪派音调高亢，很适于表现剧中的悲愤和焦灼心情。梅兰芳在他的文集中

---

① 王元化先生很欣赏杨宝森。1952年，他在华东局文艺处工作时，正好赶上杨宝森在百乐门演出全部《伍子胥》，他特地包了两排座位，让大家去看了。那个时候，杨的戏上座不好，他是诚心去捧场的。

② 早年，程长庚、汪桂芬等将这几折戏串联演出，名《鼎盛春秋》。杨宝森则在上世纪四十年代其组班宝华社时如是首演。

曾记载，他年轻时与王凤卿搭班，到上海丹桂第一舞台演出。王凤卿也是汪派那一路子，同样有阳刚之气。梅兰芳说，每逢王凤卿贴出《文昭关》这出戏，他就在门帘后聆听。一开场，台上传出两句西皮散板："伍员马上怒气冲，逃出龙潭虎穴中。"顿时悲愤之情弥漫全场，迎来了观众的满堂彩，使梅击节称赞。

伍子胥是个伟丈夫，力能举鼎。平王追捕，他逃出樊城，单身持弓箭，追兵不敢近。汪派演唱此戏最为合适。杨宝森由于天赋所限，在唱法上和汪派比较，就未免有些低柔衰颓了。有些人喜欢阳刚之气，爱聆黄钟大吕之声。我的老师公严夫子就曾经说过，张之洞不喜皮黄，爱好梆子，觉得京剧有靡靡之音。今天，也还有人仍持此见。但是为什么杨宝森演《伍子胥》仍获得大量观众的喜爱？这是很值得研究的一个问题。最近思再从徐州开会回来，他向我谈了几点意见。他说后来的京剧多向韵味发展，在唱腔中使感情深化了、复杂了。从前的唱腔比较单纯，而后来的就显得好听了。以杨宝森来说，自然没有汪派那种昂扬刚劲之声，但他的唱腔更挂味儿，耐人寻味，使人爱听。我觉得这话有道理。一般论者说到戏剧的历史，都称赞那种浑然未凿、敦厚质朴的古典戏剧，而对后来的戏剧则多加贬抑。例如，黑格尔就把希腊悲剧置于莎士比亚之上，而我国有些论者，也往往认为明清的传奇远不及元曲。这些说法不能说没有道理，但有时也要看具体情况而论，后来的戏剧并不一律今不如昔。

我虽然看过多次《文昭关》，却未学会。思再把那几段二黄快原板唱给我听，使过去看杨宝森演出此剧的情景重现脑海。伍子胥隐藏在东皋公的后花园内，因昭关阻隔，内心焦灼，一夜之间须发皆白。

第一段他戴黑胡子（内行称黑三）唱①："心中有事难合眼，翻来覆去睡不安。背地里直把东皋公怨，叫人难解巧机关……"第二段改为戴花白胡须（内行称黪三）唱："我本当拔宝剑自寻短见，爹娘啊，父母的冤仇化尘烟。对天发下宏誓愿，不杀平王我心怎甘……"第三段，听东皋公惊告他，他已须发全白。他唱："一见须白心好惨，点点珠泪洒胸前。冤仇未报容颜变，一事无成两鬓斑……"伍子胥无可告诉的心中冤仇，困居昭关一筹莫展的苦闷，双亲遭杀害引起的内心惨痛，这些交织在一起的复杂情绪，化为一腔悲愤在这几段唱中宣泄出来。这种危难之际所迸发的真情，怎能使人不感动，不震撼呢？京剧能够表现这样强烈、复杂的内在感情，恐怕由于它是一种虚拟性、程式化、写意型的表演体系，它可以让演员自由自在地表露自己的内心衷曲。而话剧是写实的，就往往难臻此境。当话剧演员站在台上使用内心独白时，我总感到别扭、不自然。例如，改编的《家》，觉新在新婚时虽然用诗一般的语言来吐露内心

---

① 王先生这里记忆有误，快原板前，即唱"心中有事难合眼"一段时，伍子胥便已经换"黑三"了，此段唱罢，再换"白三"。

隐秘，但我仍有这样的不满足感。

　　顺便说说，我还看过其他京剧演员演的《伍子胥》，当演到渔父将伍子胥渡过大江，知道伍子胥怕他泄露真相，就投江自尽这一场戏时，竟把情节改作渔父是假装投江，暗地里却悄悄潜水游走了。我不知道这改动是为了什么？伍子胥那个时代的人，都有一种重然诺轻生死的侠义气概，正如莎士比亚剧中所常常提及的罗马人有一种壮烈精神一样。春秋时侠士情愿为义而捐躯，荆轲、专诸皆此类人物，而渔父和《赵氏孤儿》中的钼麑也显示了那个时代的侠义风骨。不谙此理，任意篡改原剧，那真是非愚即妄了。

2005年12月9日

（原载2005年12月21日《新民晚报》）

迷火记

张立宪

　　"9月1日，张火丁在天津演出《春闺梦》，不对外售票。"这是2006年我的电脑桌面上存的一条信息。据悉，这场《春闺梦》是为了庆祝天津艺术学校建校五十周年而演，张火丁老师曾是这所学校的学生。

　　不看行吗？

　　对张火丁的戏，我向来是抓住一切机会、克服一切困难，去看现场。这次发动群众同去，我老说，"看一场少一场"，就有许多人动了心。不对外售票？没关系。那就发动一切力量，就是从后台钻，也要钻进去。

　　红尘俗事，赴津看戏的名单增增改改，确定为六人。但由于发动的搞票队伍太过庞大，结果却落实了十张票。无数次短信电话，辱骂邀请，运筹帷幄，个中波折不说也罢，最终有九个人顺利赶到天津，吃得饱饱的来至在中华剧院大街口。富余的那张票，送给了检票口的一位天津老戏迷。

票来自三人之手，优劣有别。我们几个老男人自告奋勇，领了其中最差的几张。其实依照我的经验，最好的那几排座位，肯定坐不满。进去后，我和杨葵杨大婶径直走到前面，我特意选了六排六号坐下，然后被人要求挪两个座，就一直看到落幕，再不用起身。看戏的人，还是少啊。

《春闺梦》的现场，我看过已经两次，《春闺梦》的DVD，我看过大概三十次。待张火丁粉墨登场，我依然是激动难抑，看至得意处，大婶的毛胳膊被我使劲揉搓了好几下。

看现场的感觉就是不一样啊，音响特别给劲儿，这次由于是回母校演出，张老师也是铆足了劲儿。看戏途中，我常有痛惜的感觉涌起，希望时间就停留在某一刻，那个身影和声音就凝固在某一处，我的凝神屏息就停在那一刻。但是做不到。

谢幕时，一堆"火迷蜂"拥至台前，其中许多还是艺校的学生。张火丁加唱了《春秋亭》和《梁祝》一段。当四周掌声如潮水一般的汹涌，我想起了《霸王别姬》中程蝶衣和段小楼第一次见识角儿的情景。《新京报》的杨彬彬兄弟与我一起往外走，他也想到了这一幕。他说，听到一位老太太说，单加唱的这两段，就已经值回票价了。

我全身汗湿，手掌麻木地走到剧场门口，内心怅然若失。人间能得几回闻？

打开手机，看到一条短信，是一日不见不欢的陈晓卿老师发来的，"抵蓉。没住，直接到'凤来栖'吃石爬子，一种生活在雪水融化区域的鱼，好吃惨了！"依其句式，我回复曰："抵津。没喝，直接到'中华剧院'看张火丁，一种和一个角儿生活在同时代的荣幸，好听惨了！"

分乘两辆车返京。我车上的葱葱兄弟说，这是他第一次看京剧。我便提及了我发明的"唤醒人"的概念：你这一生中，总会被某个人、某个作品，甚至只是某个片段、某个瞬间，唤醒你对美、艺术的感动和冲动。你的唤醒人要是张火丁的话，那起点可真够高的。

行至廊坊，开另一辆车的杨大姊发来短信："俺已坐在家里。正在回味，美好的夜晚！"我俩曾约定，尽量在文章中不用感叹号。但这次她用了。哦，刚才我也用了。

接下来，俺要集中火力，对张火丁老师进行六次赞美。

是为之一。

我不是戏迷，只是"火迷""瑜迷"。

火是张火丁，瑜是王佩瑜。这就叫因人爱戏，因人看戏。其他相关兴趣，只不过是被她们二位勾连起来而已。崇拜上王佩瑜之后，我也开始听一些其他的老生，琢磨一些与之有关的东西，奈何中国的老生戏太过博大精深，时至如今，才仅仅对其谱系有了一个大致了解，浅窥皮毛，不说也罢。

而对程派的热衷，更是张火丁给激发出来的，可以说，张火丁是我程派艺术的唤醒人。当年第一次在长安大戏院看《春闺梦》，我当即倾倒，并吃惊居然有这么好看深刻的新编戏。惭愧，之后通过业务学习才知道，人家这出戏七十年前就写出来了。而像《锁麟囊》，我已经认真学习了程砚秋的1941年、1954年录音版本，李世济版，"五老"版，刘桂娟、李海燕、迟小秋分别的版本，不为别的，就为对比一下与张火丁的不同。

　　这样半路出家的偏科学生，是不会有大出息的。我的京剧知识就少得可怜，出的笑话却多得丢人。比如这次天津春闺圆梦后，我对杨彬彬说，感觉"一霎时"那段，张火丁的动作做得不够充分。彬彬马上予以澄清："那叫'卧鱼'。"比如曾经问瑜老师，她自己最想演、最想让戏迷看的几出戏是什么，她答曰，《击鼓骂曹》《搜孤救孤》《打棍出箱》。我记下来，几杯酒下肚，就给说成了"打棍出柜"。瑜老师仰天长叹，您还出台呢。

　　但是，我一点儿也不以此为耻，而终止对火瑜二人的喜欢，有谁规定她们只是留给那些真正懂戏的内行人崇拜的，而没有我这种二杆子选手什么事？

　　相反，我以自己的这种一根筋精神为荣。对火瑜二人的喜欢，使我基本放弃了对其他角儿的兴致。有人说，宁咬鲜桃一口，不吃烂杏一筐。错，对于我们这样忠贞不贰的烈男来说，毕其一生，桃子都吃不够，压根就没兴趣探究别的水果是什么味道，是烂的还是鲜的。套用李文秀老师的一句话：那都是很好很好的，可是我没有时间去喜欢。

　　这样的偏执狂，也是充满趣味的，尽管有时候是恶趣味。

我经常疯狗劲儿就起来了，做一些鸡毛蒜皮的事儿，却乐得屁颠屁颠，比如《春闺梦》中的几个角色，他们的姓氏合起来正是张王李赵四家，这难道只是个巧合吗？比如"新婚后不觉得光阴似箭"一句，穷哥们哪里管什么这是原板还是流水，我只是觉得，张火丁那个"箭"字，唱得格外好听，就贱劲发作，对比了能找到的其他版本《锁麟囊》，看别的薛湘灵是如何发出这一箭，顺带我还比较了一下唱之前的那个上轿动作，还得承认，张火丁演得好，唱得好。

有鉴于此，我对张火丁老板的这六阕赞美诗，完全是一个滚刀肉选手的自说自话，自娱自乐，自我犯贱。不想贻笑方家，不想惹起事端。也谢绝资深戏迷对我的批评，无非是想说我是一偏之见，一浅之见，一谬之见，这些毛病，俺早已主动承认了下来。

是为之二。

我为什么喜欢张火丁的戏呢？扮相之美，身段之美，水袖之美，张氏橄榄腔之美……但只有这些是不够的。

小时候还是听京戏的。家里有唱片机，父亲喜欢裘派铜锤花脸。我对京剧的热爱，却源自几个老旦，《遇皇后》里的李多奎，《杨门女将》中的王晶华。后来为求学、生计奔波，没有了看戏的闲情逸致。更痛苦的是，工作后采访了许多梨园界的人，却对京剧的感情日渐淡薄。

那些年看了一些戏，经常惊讶一个拿自己当"著名表演艺术家"看待的所谓国家一级演员，怎么可以这样？台下的做派姑且不说，单说台上，我将他们的演戏状态称为"讨掌声"或"等掌声"。一出场，眼睛滴溜溜一转，做一个亮相，明摆着对你说：鼓掌啊，官人我要。你不鼓行吗？一通掌声响罢，他老人家开唱，流水看谁吐得快，慢板比谁拖得长，一句高技巧的唱腔抖罢，必然又是一个POSE，眼睛滴溜溜一转，或眼睛一转不转做气定神闲状，那意思同样是明摆着的：鼓掌啊，官人我还要。似乎你要不喝两声彩，他就要罢演似的。这样一会儿出戏一会儿入戏的，让俺那颗勇敢的心饱受撕扯。

京剧就是一门舞台艺术，就是要与观众互动，彩声和掌声就是演员的兴奋剂，这都没错儿。问题是，我们的许多演员，都被调教坏了，没学会体味角色，却学会了在舞台上抖弄。

原来的梨园界，我没看过实况演出，听唱片，感觉这方面的毛病几乎要少很多，他们真的是靠实打实的功夫让你不得不喝彩。一个真正的角儿，必然是这样的：老子唱就唱了，喝彩，鼓掌，那是你的事儿，爱咋咋地。我喜欢这样有驴脾气的演员。

我喜欢张火丁，不是因为她在舞台上比别人做得多，而是因为她比别人做得少，除了演戏，她不再干别的。

台风之外，就要说说程派青衣的魅力了。许多戏迷都这样评价张火丁，"她是天生的青衣"。何谓青衣？她是大家闺秀，是闺门淑女，她是小姐，是娘子，不是丫鬟，更不是那类"小姐"。而我见过一些青衣，浑身一抖，似乎全身三万六千个毛孔都张开了嘴，媚眼一抛，仿佛全场几千个观众都成了她的恩客。

人家张火丁，没这样过。

一说到青衣，人们总是会用端庄、娴雅、温婉、凄迷这样的形容词来概括。没错，但这只是一层直接的意思，我要再阐述一下自己的美学观点：活力和魅力来自反差，来自另一端、与之相反的那些特质，在这方面，张火丁深谙以简胜繁，以静制动，以柔克刚的真谛，这也是程派的精髓。聪明伶俐、反应敏捷、目光灵动、待人热络、精于算计，这些字眼跟程派是没有关系的，程派青衣，表现出来的应该是这样一些词：冷、涩、轻、慢、温、憨。

"想当年我也曾撒娇使性"，薛湘灵这样检讨。其实不是这样的，她上台第一句话就是，怕流水年华春去渺。这句话，往小处说是少女的婚前恐惧症，往大处说是对人生的深刻感喟。薛姑娘并不像如今的女孩，自爱得满满当当，根本没空间再插得进你对她的爱。尽管娇滴滴，但她怜爱的是别人，所以才引别人怜惜。

这正是大家闺秀的所谓"大"，她有着悲天悯人的菩萨心肠，表现出来又是一片天真烂漫的赤子之心。不说赠囊，且来看她落难时的情景：薛湘灵饿得眼睛发蓝，胡婆到粥棚要来最后一碗粥，刚接到手中，见到一个老婆婆没赶上施粥叫了一声"苦"，转手就把那碗粥递了出来。

我见过的李世济版、"五老"版（由王吟秋出演）、刘桂娟版（程砚秋版没了这一段，而是直接由胡婆介绍到卢府），这一段多是如此演绎，薛湘灵叫一声："老婆婆，你拿去吧。"将粥送出，胡婆叹一声："我的碗也没了。这都到了什么时候了，您还行好呐（或：您还顾她）。"薛继续唱道："看见了年迈人想起萱台。"

而张火丁版是这样：薛湘灵叫一声"老婆婆"，将粥送出，胡婆叹一声"我的碗都没了"，薛继续唱道"一个个男和女骨瘦如柴"。

这一版最符合我理想中的程派青衣：只是一碗粥而已，就该这么简单地送出去，绝不拖泥带水。这样处理，并不是为了节省时间加快节奏，而是"大"字使然。于是后面薛在卢府安顿下来，与胡婆告别时一步三回头："胡婆，你可要快些回来看我啊。"娇憨柔弱之状，有着更强的力道。

联想到自己的母亲，甚至为自己的怜贫济困喝一声彩，那是雷锋，不应该是薛湘灵。

是为之三。

该说说《春闺梦》了。

在我看过的屈指可数的几出京剧中，《春闺梦》是最好、最美的一出，用句文艺评论的行话，是难得一见的艺术性与思想性并重的佳作。不像《碧玉簪》《桑园会》《汾河湾》什么的，看得人憋一肚子气——程派的角色为什么都是悲剧女性？实在是因为她们嫁的男人太过混蛋了。

《春闺梦》首演时，程砚秋先生三十岁。我第一次看张火丁演的《春闺梦》，她大概也是三十岁吧。

写到这里，却发觉自己不知道说什么了，套用《老残游记》里那句话："他的好处人说得出，《春闺梦》的好处人说不出。"我在网上看到对这出戏的结论性评价：唱、念、做、表各种程式，无一不发挥得淋漓尽致。

没错，但也得看是谁演。程先生的只闻其唱，空留遗憾，而张火丁的表演，在我看来，已是堪称完美了，唯一有点儿别扭的，是"莫非他，他，他他他他又往军中去了"那句，我在心中默念多遍，觉得还是以四个"他"为宜，但愿这只是我一个人的感觉。

这出戏里的几段唱，已经到了不需多说的地步。单说张火丁的做和表，亦喜亦嗔，如诉如慕，令人柔肠百结。我曾经跟一个朋友探讨，看张火丁表现张氏的羞态，一处是丫鬟开玩笑，一处是王恢"莫再要辜负了尺寸光阴"后，一处是唱至"陡想起婚时情景"，这才是中国女性的美，综观当今舞台荧屏，已经找不到会害羞的女子了。

我要赞美宋小川老师。以他的作为，甘做绿叶这么多年，实属难得。更难得的是，小川老师的不温不火，既能体现出自己的功力，又不夺戏而让人反感。常年的辅弼使得两人配合默契，"可怜负弩充前阵"简直就是一段沁人心脾的双人舞，而到了那段著名的南梆子，"算当初曾经得几晌温存"一句，张火丁在前面且歌且舞，有人注意到小川老师坐在椅子上的配合吗？多数戏剧舞台的情景是这样的：当一个人开始忙活时，其他人就在旁边呆若木鸡开始思考人生。

张氏对丈夫推搪道："劝痴郎莫情急且坐谈心。"此前的一版，王恢一摔衣袖："要谈你谈，反正我是不想谈的了。"耍的还是跟"你也不曾寄信与我"一样的小男人脾气。而这次天津演出的版本，小川老师改了念白，匆忙间我没有记下来，但感觉舒服多了，体现出王恢深情款款的男人气度，也不枉了张氏"可怜侬在深闺等"，并且与紧接在后面的那段柔靡万端的音乐衔接，更显得无比登对。

杨彬彬对我说，小川老师是现今小生演员中最具书卷气的一个，信夫。

写到这里，我忽有一想，《春闺梦》全剧最风光旖旎的一段，是张氏对王恢说"哎呀呀，看你如此情急，你道是羞也不羞么"。我见过音配像的一版，程先生1946年的录音，配像是张火丁与宋小川，此前一句"劝痴郎莫情急且坐谈心"时，张氏已将王恢扶到椅上坐下，再到说这句时，便是俯身与他耳语。而张宋二人自己演出的版本，均是站着念白，张氏仰视对丈夫说话，窃以为不如前者的俯身相向更好看。不知两位老板为然否？

是为之四。

再说《锁麟囊》。

这是一出被称为"戏保人"的大戏，意即只要上台演，就肯定是满堂彩。我却不这么看。熟悉这出戏的观众太多了，一千个戏迷，就有一千出自己心目中的《锁麟囊》，前面的珠玉太多，心中的标杆太多，经受的挑剔也太多。

我有一个也许不入行家法眼的判断标准：看他怎么唱那句"哪有个袖手旁观在壁上瞧"。老戏发展到现在，形成了许多默契的"喝彩处"，戏迷早就摩拳擦掌待那一点的出现，演员也往往刻意求工展现对那一点的造诣。遗憾的是，对这句的表演大多用力过度，伴随着一个亮相，那个"观"字一出口，我经常就会掉鸡皮疙瘩。张火丁处理这句，算是比较舒服的。

《春秋亭》太脍炙人口了，观众听到这段，大多陶醉地跟着哼唱起来，我却恶趣味发作，注意起演员身段动作的配合。张火丁并不只是占了扮相的便宜，像"莫不是夫郎丑难偕女貌，莫不是强婚配鸦占鸾巢"两句，她手上的动作交代得清清楚楚。而有的薛湘灵唱到这段流水，就只能顾得上嘴里的流水了。还可以看一眼张火丁的"门环偶响疑投信，市语微哗虑变生"，且唱且做，一点都不局促，确实属于手上有买卖的人。

表现悲剧女性是程派的强项，于是水灾过后，薛湘灵得其所哉，苦相毕露，整个人就像泡在泪水中。这同样是令我腹诽的地方，正如前文所说，大家闺秀大概不会这样哀乐太形于色。所谓"顷刻间又来到一个世界"，是一个她完全不熟悉的世故遭逢，张火丁的表现让我觉得比较妥帖：她的薛湘灵，多是一副茫然无措的怯弱表情，没有那么多哭腔，也没有那么多苦相。

"不过分，不刻意"，这应该是程派青衣真正的美学境界。

"轿中人必定有一腔哀怨"一段，"她泪自弹"的"弹"字，我听张火丁唱得却有些过度。找来其他版本听，在我力所能及的视野范围内，觉得以王吟秋先生的演唱最佳。

再说些与张火丁无关的话题。此文正写得兴起，接到朋友的饭局邀请。他们贤伉俪，托人从台湾为俺购入时报文化出品的章诒和先生所著《一阵风，留下了千古绝唱》和《伶人往事》。后者是我梦寐以求的书，其副题就是"写给不看戏的人看"，多符合穷哥们的口味啊，急忙去吃了饭，取了书。

《伶人往事》中，有六十六页篇幅写程砚秋。拜读之前，先在这里写下一点儿对程先生的观感。

小时候听父亲念叨《锁麟囊》，说是薛湘灵赠囊后，人穷志不短的赵守贞没有接受，只是将囊儿留作纪念，内里的珠宝原样奉还，长大后看戏，发觉与父亲讲述的不一样。再后来才知道，他看到或听到的大概是1954年程先生的版本。关于这一版，有一段官方解释是，限于当时的历史情况，程先生对全剧进行了较大改动。

我的疯狗脾气发作，对这一版展开了认真的业务学习。除了受囊还珠这一关键的情节改动之外，还多了许多嘲笑富贵阶层、歌颂劳动人民的戏码，如开头就交代，薛小姐要嫁的是个吃喝嫖赌五毒俱全的花花公子；新婚后，梅香一上场就说，两口子经常吵架，小姐非常不幸福云云。一些明显带有阶级差别的字眼也被改动，薛湘灵本来是到卢府当老妈子，在这一版中却成了家庭教师，称呼由"薛妈"变成了"薛老师"。全戏最后那段"愧我当初赠木桃"唱，也变成了抗洪救灾的动员令："休将往事存心上，协力同心来拯荒。力耕耘，勤织纺，种田园，建村庄，待等来年禾场上，把酒共谢那锁麟囊。"

再仔细统计，我发觉，这版面貌全非的《锁麟囊》，除了落幕前这段唱，以及薛老师对赵守贞的两句赞美"那女子心高洁世俗不染，留下了锁麟囊把珠宝送还"之外，凡是改动的部分，多是由其他角色来表现，属于薛湘灵的戏份，基本依照老戏旧样。

这是大家对程先生的迁就，还是程先生自己要的一个心眼？不得而知。只能理解为，在那样的年月，一位大师仅堪自保的一点点艺术尊严吧。

是为之五。

先看了《伶人往事》中章先生的自序，其中一句话是，恐怕有朝一日，中国舞台真的成了"《长坂坡》没有赵子龙，《空城计》没有诸葛亮"。确乎如此，京剧已然成为博物馆艺术。大学刚毕业时，室友酷爱京剧，有人给他介绍对象，我提醒他，千万别让人家姑娘知道你喜欢京剧，这个爱好已经宛如一个人的生理缺陷了。相完亲回来，急忙追问一句："生理缺陷暴露没有？""没有没有。"于是成其好事。

喜欢看戏的人本来就是稀有动物了，可偏偏就是这群大熊猫之间，还帮派林立，观念各异。这次天津之行，就产生了队伍的分裂，有另一队人要看9月底的老人老戏老唱法专场。这帮哥们当然有充分的尊老崇老的理由，但我却是个坚定的青春派。就像张火丁，正是表演生涯的巅峰状态，少看一场，都是损失。

而看老艺术家的戏，非不愿也，实不忍也。

前面说过，李多奎是我京剧艺术的唤醒人，张火丁是我程派艺术的唤醒人，而唤醒我的"角儿"概念，真正见识大师风范的，则是裴艳玲老师，最后一次看她的戏是八年前，《武松》。这个角色是需要打半个赤膊的，我看着她在舞台上的英气以及老态，怀念着她当年的惊才绝艳颠倒众生，当即热泪盈眶。从那以后，就没机会再看她的戏了。但内心也不愿问自己，如果真有机会，还敢去看吗？

《锁麟囊》的"五老"版同样是这样，我仅看一遍，就不想重温。特别是最后一个上场的新艳秋老师，让人直欲闭上眼睛。这次演出是在1983年，五位艺术家刚经过"文革"浩劫，估计那十年以及由此上溯若干年的政治运动中，几位老人根本没机会保持自己的艺术生命，基本属于武功半废的状态。只能让人一声叹息，掩卷而去。

还有一个原因就是，京剧不是文物，并非越老越值钱。天赋太重要了，我相信张火丁天生就是该吃这碗饭的人，她三十岁达到的成就，有人九十岁也达不到。

我同样不愿拿张火丁与程砚秋、赵荣琛等前辈相比。这样的关公战秦琼，对双方都是不公平的。如果拿年龄说事儿的话，当年四大名旦如日中天的时候，也并不比现在的张火丁更老。更关键的是，程先生、赵先生，我们只能通过老唱片闻其声，而其念、做、表的风采，都已经无从领略了。即便有《荒山泪》这样一部程先生自己都不满意的电视存世，也已经是他巅峰状态已过的留痕。

写到这里，该说说现场看戏的事儿了。京剧，一定要去看现场，去看现场。我读一些老时代戏迷的文章，经常可以看到他们这样写"我常常恨自己出生得太晚，没有能看到他的绝艺，实乃人生憾事"，云云。如今好了，有了高科技的录音录像设备，但光看录像、听CD当然是不行的。京剧的声音，就得有现场的混响，录音棚里的过滤，其实是一种损伤。曾有一次在车里听一个朋友放张火丁的CD，单薄乏力之处，让我简直怀疑是另一个人唱的——我们又怎么能相信程先生、赵先生通过唱片遗存下来的声音不失真呢？

再说录像，我看过三个版本的张火丁《春闺梦》录像，单"独自眠餐独自行"中"行"时的水袖，就没有一版录的是完整的。

现场，只有现场，才是一个立体全息多维的张火丁。而按照科学家的解释，所谓多维，是包括时间这一维度的。忽然想起席慕蓉《七里香》里的一句诗，盗其意境：一定要在她唱得最好的时候，去看她的戏。

看孙养农先生写的《谈余叔岩》一书，里面提到谭鑫培收余叔岩为徒后，"每年新正，老谭照例打扮得整整齐齐，坐着骡车赶厂甸，让大家看他的风采。从民国五年开始，即由叔岩坐在旁边陪他"。这番描述让我心生遐想，但脑海中浮现出的，并非是"携徒儿在车中长街游遍"的老谭，而是在谭老板游街前那些净水泼街黄土垫道的戏迷们。他们看着老谭从眼前经过，心里就踏实下来，知道新的一年里还有他的戏可看，就抱拳拱手："您硬硬朗朗的。"

再翻出前夜发给陈晓卿老师的短信。是的，能够跟一个角儿生活在同一个时代，能够在现场看到她的戏，实在是一种幸福。

是为之六。

（录自《读库》，新星出版社，2009年版）

辑三　　一方水土一方戏

七十年看戏记

张允和

　　如果说做戏的是疯子，看戏的是傻子，那么我已经做了七十年的傻子了。

　　辛亥革命那年（1911年），我由故乡合肥跟父母到上海，我仅仅是二十二个月的怀抱中的幼儿。我母亲陆英是个戏迷，她生长在"二分明月、三月烟花"的扬州。童年乘凉的时候，她为孩子们低低地唱过《林黛玉悲秋》《杨八姐游春》的歌词。她到上海后在戏院里包了包厢，每季算账。她是一家之主，当然不能天天晚上去看戏，她认为是好戏才去看。常常就让保姆带孩子们去看。大姐元和住在祖母后房，去的不多；跟着保姆看戏最多的就是我——二姐允和，三姐兆和有时也去。我是这样坐在或是跪在保姆腿上看了六七年的戏，主要是京戏。1918年我不到九岁就搬家到苏州了。

　　起初看戏时，保姆专心看戏，我则专心睡在她怀里，不管锣鼓打"急急风"，我也睡得安静香甜，什么好戏我都莫名其妙。在锣鼓喧天中睡觉，使我练就了一种本事，能在人声鼎沸中安然入睡。

到四五岁时，在保姆的训练下，我能够不睡觉看戏了。这可给她们带来许多麻烦，我打破砂锅问到底，提出了许多可笑的问题：譬如说台上的老头儿胡子怎么长得那样长，除了黑、白、灰胡子外，怎么还有红胡子。当任何一个角色出场时，他还没走到九龙口，我就问："是好人还是坏人？"保姆回答的是，生旦多是好人，小丑和花脸多半是坏人。戏完时她们的预言往往不符合事实，我就和她们斗嘴了。

我最不喜欢看武打戏，打得满台灰土。我们的包厢离台又近；武士们在台上连翻十七八个跟头，也使我心烦，现在想想很对不起这些武功结实的演员。这也许是小女孩对打架没有兴趣的缘故。

我喜欢小生、小旦，扭扭捏捏、哭哭笑笑的表演，对剧情并不十分了解。可是"私订终身后花园，落难公子中状元"的戏，深刻印在我的小小的脑子中，和我长大了选择丈夫要一个知识分子有关。

我很喜欢小丑的戏。那鼻子上一块"白豆腐"，勾上几笔又像字又像画的黑线条，很逗人喜爱。再加上一副滴溜溜的黑眼睛在"白豆腐"上更有味。对于小丑说白介绍他自己和别人，我听得懂，因此也渐渐了解整出戏的故事。尤其对演跟我差不多大小的琴童、书童感兴趣，因为他们都是孩子，都是淘气的孩子。我参加北京昆曲研习社后，曾自告奋勇演过几次《寄柬》中的琴童、《守岁》中的书童、《出猎》中的咬脐郎小军和《后亲》中的丑丫头。这与童年的爱好是有渊源的。

老生的戏那时注重唱，可我不懂词儿。名角上台时，台下掌声雷动，我也跟着拍手。但是我却很佩服麒麟童，他的《徐策跑城》中"……我的耳又聋眼又花，耳聋眼花、眼花耳聋观不清城下儿郎那一个……"和《萧何月下追韩信》的"……我和你一见如故三生有幸……"，我都摇头摆尾会唱几句。

我最喜欢大花脸的气派。那么奇特的勾脸、洪钟般的唱腔，都使孩子振奋，我最熟悉猛张飞和美髯公关羽，他们一出场我就认识他们。张飞的天真、妩媚、莽撞、粗野都使人好笑而又爱煞人。大花脸中最使人钦佩的是关公，我认为他是历史上最伟大的人物。关公对于刘备和刘备一家，甚至于对他的敌人曹操都那么义气，都叫人钦佩。他的丹凤眼、卧蚕眉、大红脸，那一副威严、庄重、正义凛然的样子，实在令人肃然起敬。记得有那么一个晚上看戏，一进戏院就闻见清甜的松香味。一进包厢，后台更浓馥的香烟缭绕到前台来。原来那天演的《麦城升天》。关公死了，成了神。的确，舞台上的关公，是我心目中的活偶像，引起我小时看《三国演义》的兴趣。戏剧常常是小孩子们最早接受教育的场所。

烧香拜神固然是一种迷信，可是它让观众没有入座时就已经"入戏"了。现代的戏大可借鉴这种渲染气氛，使观众和演员拉近距离，息息相通。

稍稍大一些看懂了几出戏，我们三姊妹就在家演戏了，《三娘教子》《探亲相骂》《小上坟》《小放牛》是我们经常演的戏，我们的戏是没有观众的。大姐、三妹有戏剧天才，演戏是主角，我则永远当配角。《三娘教子》中，大姐是三娘，三妹是老薛保，我是小东人，跪在地上顶了家法（家法往往是一只筷子），说："娘啊，高高举起、轻轻落下。打在儿身，痛在娘心，娘啊！望母亲一下也不要打了。"我还是挺有感情地说这句白。《探亲相骂》中大姐是城里亲家母，三妹是乡下亲家母，我又当儿子又当媳妇。"亲家母来您请坐，细听我来说"，我仍历历在耳。《小上坟》中大姐是萧素贞，三妹是刘禄金（景），我则是鸣锣开道人。我大声嚷着："开道呀！"三出戏我都配合得极好，我也很得意，虽然我不是主角。

我认为配角很重要，现在不是有配角奖吗？我的童年如有配角奖，我可以受之无愧。以后，我在学校里、曲社里都爱当配角、凑热闹。

祖母对于母亲看戏并不反对，可是做媳妇的总不能说我天天要看戏。看戏前母亲总不忘记到祖母前请晚安。我大弟宗和是长孙，他比我小五岁，晚上总在祖母面前请安玩耍。每次问我大弟："你妈在家吗？"大弟总是认真地说："在家，洗脚。"有一晚母亲奉祖母之命出门有事去。可是问大弟时，大弟仍然说："在家，洗脚！"祖母大笑。所以母亲看戏，对祖母来说是公开的秘密。

我母亲三十六岁就去世了，丢下九个儿女，只留下人家给保存的戏装照片，后来又在大姐处找到这张照片，我保留到"文化大革命"时不见了。是我母亲给我种下看戏的种子。我今年七十五岁，从五岁算起，看戏看了整整七十年。

1985年

（录自《曲终人不散——张允和自述文录》，湖北人民出版社，2009年版）

不须曲

张允和

　　我们不敢唱昆曲，连笛子也没有人敢吹，已经有十四个年头了。1978年春天，江苏省昆剧院在南京成立^①。第一天演出，我坐在小剧场的第八排。

　　曲子是那般悦耳动听，身段是那般美妙婀娜，使我过去十年铅样重的心，一下变得轻松了。我抛却了十年的悲惨世界，像插上翅膀飞入了童话中的神仙世界。我飘飘然，心口又甜又酸又有点苦。我偷偷摘下眼镜，揩拭腮边的眼泪，是苦水，也是蜜水。

　　一句"梦回莺啭"（《游园》第一句），唤醒了我六十年前童年的梦。记得那年大年初二，家里人多。新年有很多玩意儿。我和大姐元和喜欢"掷状元"。可我爸爸反对赌博。他把我和

－－－－－－－－－－

　　①　实际成立时间为1977年11月。

大姐叫到他平日里不让我们进去的小书房里，用花花衣服和上台唱戏引诱我们。我姐妹俩就乖乖地跟尤彩云老师（全福班唱旦的）学《游园》的曲子和身段。

小书房里明窗净儿。一套笨重的紫檀家具。满屋书籍，四壁字画。我们毫不理会。我有兴趣的是小书房外的一个小小院落。其中的一座太湖山石上，种着芭蕉。我喜欢那棵青翠的芭蕉，它在春夏之际，更青翠得可爱。我母亲的书房和我父亲的书房当中就是这芭蕉院子。直到现在，我记忆中的芭蕉还是那般青翠，像王维画里的"雪中芭蕉"，永远翠生生的——王维没有画错。

在南京，第一天我看完戏，已是黄昏，回到四弟宇和苜蓿园的家。夜色迷蒙中，我觉得苜蓿园是"姹紫嫣红开遍"。春天，春天毕竟来了。四弟给我一封美国四妹充和寄来的信，信上说，几年前"有人"在她演出《思凡》之后，送她两首诗，其中一首是：

一曲《思凡》百感侵，京华旧梦已沉沉。
不须更写还乡句，故国如今无此音。

我不以为然，和了"有人"两首诗：

十载连天霜雪侵，回春箫鼓起消沉。
不须更写愁肠句，故国如今有此音。

卅载相思入梦侵，金陵盛会正酣沉。

不须怕奏阳关曲，按拍归来听旧音。

我回到北京家里，很快就接到四妹的信，信里有两首诗。"答允和二姐观昆曲诗，遂名曰《不须曲》：

委曲求全心所依，劳生上下场全非。

不须百战悬沙碛，自有笙歌扶梦归。

收尽吴歌与楚讴，眄年盛况更从头。

不须自冻阳春雪，拆得堤防纳众流。

有一天，万枚子先生寄来两首诗。"读允和姐佳作《不须曲》，奉和两首，并希哂正"：

忘却十年噩梦侵，波涛四涌几浮沉。

不须俯仰人双劲，一曲高歌济世音。

依旧阳春白雪讴，民生国计上眉头。

不须铅粉添英气，吟尽古今天地流。

我后来又和了"有人"一首：

闻歌《寄子》泪巾侵，卅载抛儿别梦沉。

万里云天无阻隔，明年花发觅知音。

　　这首诗也是在南京看昆曲引起的。我坐在第三排下场角，左手坐的是俞振飞先生，右手坐的是刚从美国回来的项馨吾先生。我正看到包传铎、包世蓉父女演出《浣纱记》的《寄子》，忽然感觉项馨吾先生哭得伤心。我吓了一跳，问项老："怎么啦？"项老抽噎说："我去美国，把儿子斯伦寄在上海三十年，三十年！"项老泪痕满面，我握着他被眼泪弄湿了的手。台上正演的伍子胥的儿子晕倒后苏醒，几声哭叫："爹爹在哪里？"台上台下哭声相应。我也陪着流泪了。散戏时，在门口遇到项斯伦，看来还没有三十岁。项老为我介绍。我一看，笑了："长得很像年轻时候的朱传茗。"项老也笑了："可是他一句昆曲也不会唱。"

　　我把《不须曲》寄给南京的谢也实先生，我是在南京小剧场第一次认识他的。那天，坐在我右边一位先生满口扬州话。扬州是我母亲的出生地，和镇江一江之隔。我们相互请教姓名之后，我告诉他："1937年7月1日，我们曾在镇江江苏省立医院成立十周年纪念会上演过昆曲。"谢先生说："不错，确有其事，就是我父亲主办的，我的弟弟还记了日记。"

　　当时有一个小插曲：我儿子小平，那时三岁，让保姆钟妈带去看戏，坐在第一排，那天我演《游园》中的春香，一出场，小平指着我大嚷："妈妈！"观众大笑：怎么叫小姑娘"妈妈"！抱小平的钟妈说："真是他的妈妈！"

谢先生很快回了诗两首：

> 何期一曲识知音，提起京江丝竹情。
> 白发红颜惊梦里，莺声犹绕牡丹亭。
>
> 点点秋霜岁月侵，京江旧友几升沉。
> 鱼书寄语天涯客，莫负天波赏佳音。

另有一首是胡忌先生写的，他是我的昆曲师兄弟。我那时住上海山阴路东照里，胡住山阴路恒盛里。由赵景深先生介绍，他到我家跟我的老师张传芳学昆曲。他二十多岁时写了一本《宋金杂剧考》，现在他正在美国研究昆曲史。诗中"平桥"就是苏州我的娘家所在地。胡忌诗步我四妹的韵，如下：

> 俚曲俗词无所依，狂歌醉草是邪非。
> 年来百物催霜鬓，惟愿平桥踏月归。

要解开"有人"的谜，且看当年（1978年）11月17日我的日记：

我向不送往迎来，今天破例去送傅汉思（四妹充和的夫婿，洋人，耶鲁大学东方语言文学系主任），同去送行的有周有光和张之佩。我们是下午二点三刻到了飞机场，三点半到了接待室，见到刘仰峤、夏鼐等人。四点半，汉思最后来，他在外面找我们，不知道我们已先被接待了。汉思是美国汉代文学代表团的副团长，他介绍了他们的团长余英时教授。我就坐在两位团长的中间，和余团长讲了不到十分钟的话，他们就上飞机了。

　　余英时教授一见到我，说我很像四妹。我说："我今天一半来送汉思，一半来拜望您！我知道您太忙，在您访问的时候，不敢打扰。"他说："是的，我在来飞机场的汽车上就睡着了。"我说："我糊里糊涂和了您三首诗，直到今年八月四妹充和回来探亲时，才知'有人'就是您，我真是胆大妄为！"他说："那是十年前写的，您的诗和得很好。"他又问："您是老几？"我告诉他："我是老二。老三兆和，她的丈夫是沈从文；今天他们派儿媳来送汉思。"我介绍了他们的儿媳张之佩。余教授又问："近来写诗没有？"我笑了："我十年写不上十首诗，我不会作诗，四妹能写。近来我写了一篇《全福班走江湖》，已交汉思带给四妹，请您指教。"

八年之后，我又收到了第十二首《不须曲》，是扬州曲社郁念纯先生写的。"次韵允和先生《不须曲》，敬奉郢正。郁念纯呈稿，1986年3月"：

九畹才苏暴雨侵，钧天广乐十年沉。

不须重话昆池劫，梁魏于今有嗣音。

《不须曲》的首创者是哈佛大学—耶鲁大学的余英时教授。和者络绎，这是国内外昆曲爱好者谱写的心声，道出对祖国昆曲艺术的关心和希望。愿昆曲艺术传之后代，愿兰花香溢海内外。

1985年8月12日

（录自《曲终人不散——张允和自述文录》，湖北人民出版社，

2009年版）

看戏

程乃珊

    年轻时的我，浅薄得可笑。一提戏剧，言必莎士比亚，或者《蝴蝶夫人》，似非如此不足表示自己的脱俗和知识分子气质。唯待人到中年，才敢于承认一切自己喜欢的东西，发现自己挺喜欢看上海独脚戏、沪剧折子戏和《阿必大》等。至于京昆，虽然水平还只停留在外国人看京戏那个水准，却很为这古老的艺术所折服。一场《拾玉镯》，将我迷得如痴如醉。

    看戏曲与看话剧、听歌剧很不同。看歌剧似要求端庄及仪表，自始至终，视自己也成为戏中的一员。记得第一次听音乐会，很留神很拘谨地观察左右邻座，以判断什么时候该鼓掌，什么时候只是乐章结束。在西德汉堡曾看过一场歌剧，似隔天，已在考虑该选择怎样的服饰，深怕不合场合。西方人在这方面尤为慎重。然后，在剧场大厅彬彬有礼地与人交谈，入场后正襟危坐……这一切既辉煌又高雅，但我想，很紧张、很拘谨。

看中国戏曲就不一样了，拿一包花生米，可以边听戏边跟着哼，在觉得精彩之处，可以尽情叫好。衣着更是无人管你，只要不是背心拖鞋……中国人看戏，纯粹是娱乐，是放松，是尽兴。你在台下剥花生、呷瓜子，台上绝不会觉得你在轻视他们的劳动，而台下的呷瓜子，也决不妨碍他们认真听戏。书场里，现今又恢复边吃点心边听书，很合社会上老人心意，以为这也是一乐。因此从某种角度讲，中国戏曲的剧场礼仪，不能说差，只是一种不同文化的表现，只要加强管理，我以为这种边观剧边"吃"的形式，也是一种传统文化，不必强求改过。

近年来，卡拉OK，音乐茶座，电视连续剧及录像，等等，都在与我们的传统戏曲争夺观众，然而我坚信，尽管戏曲在危机中辗转，但作为一项历经时世涤荡的文化传统，历史的尘埃遮不住它的夺目光彩，那凝聚着几代艺术家的心血和智慧的艺术形式，是无法取而代之的。人们看电影或电视，是追求一种身临其境的真实，寻求一份共鸣。但人们看戏，尤其传统折子戏，是把它作为一件玻璃橱窗里的精品来把玩欣赏的。在这太匆忙，太现实并日益国际化的都市里，传统折子戏让你悟到，还是有一种永恒的超现实的美呈现在我们生活中的。观看传统折子戏，情节和故事已隐退淡化了，人们欣赏的，是做功、身段、唱腔，一种唯美的欣赏。

"文革"前，我常跟着外祖父去位于陕西南路上的戏曲学校的蒙古包里看戏，见识了《盗仙草》《秋江》等，也算耳濡目染了。荣幸的是，当初在蒙古包里的舞台上让我羡慕不已的"佘太君"和"公子小妞们"，现今不少成为我生活中的朋友。这一代戏曲名优的培养成才，确是解放后上海一件了不起的文化工程。

戏曲迷对自己的演员的爱护，让人感动。前阵有江苏省京剧团来沪演出，家中几位老年亲友为此兴奋不已，我也有幸有老戏迷魏绍昌先生赠票给我，挤着公共汽车赶到剧场，大厅里，只是一片白发苍苍的老观众，激动兴奋地互相交谈着，似是他们的一个大节日，他们如数家珍地道着：某某是某某的弟子，某某又拜某某为师……剧场里喝彩声不断，偶尔一位青年演员失手，剧场上一片惋惜，直至那青年又成功地做了一次，观众即报以一片诚挚的热烈的掌声，真是情真意切。

当《伐子都》里的演员从三张台子上做了个漂亮的后翻动作跃下时，我对这位青年演员（可惜没记住他名字）不禁肃然起敬。学戏之苦，众所周知。而戏曲演员的报酬标准，我们也心里明白。如果不是为着艺术，为着民族文化的弘扬发展，演员是很难熬得住那份清贫和寂寞的。值得安慰的是，他们拥有爱护他们的观众。

戏曲缺乏青年观众，我以为，一方面，是因为现今青年历史和古典文学修养上的欠缺；另一方面，也是因为青年的心理条件所致。人在年轻时，一般地不会经常地想到回顾的。哪怕是文化。唯有经过一番人生后，才会悟彻，才会想去寻觅一份永恒的美……因此，尽管家中也有了电视，交通也很拥挤，但有好的传统折子戏，我是不愿意错过的。

（原载1990年第2期《上海戏剧》）

我的戏剧观

贾植芳

《上海戏剧》编者同志约我为他们刊物举办的"我与戏剧"笔谈写点什么，我答应下来后，提起笔来，又觉得有不知从何说起之难，感到茫然。因为从现实说来，我长期索居市郊，加以年迈体衰，腿脚不便，因此，除公务外，绝少进市区，至于逛马路、进戏院，那早是记忆中的事物了。但我又侧身文教两界，戏剧作为文学的一种艺术样式，更不能说与我无关，何况我在年轻时学习文艺创作的那些时光，也尝试过写剧本、译剧本，更不用说读剧本了。至于看戏，那更是生活中必要节目，传统京剧，各类地方戏，中外话剧、歌剧，以至"革命样板戏"，也程度不同地接触过，它们帮我从正面、负面以至侧面认识人生、历史、政治、社会、世情、民俗以至我自己这个人生角色。盖所谓"天地大舞台，舞台小天地"也。所以还是有不少话好说，那就信笔地说下去，说到哪里就算哪里了。

我出生于山西南部的偏远山区。我那个小山村，民性淳厚、朴实，但又刁野、强悍，好武斗，不好文斗。那是个荒漠、贫穷、闭塞的世界。这种生活环境和民情风习，深深影响了我的生活性格和戏剧审美观念。幼小时期，逢到村里或邻村迎神赛会时演社戏——即我们晋南的"蒲剧"，它也是中国古老剧种之一，我就喜欢看武戏，不喜欢看文戏。蒲剧很有地方特色，它的音乐、唱腔都高昂、悲凉而又热情、豪迈，因此很适合演历代社会悲剧，演喜剧、闹剧就有些装模作样，显得不那么真实可看了。从戏剧角色说，我喜欢武生、武旦，他们扮演的绿林好汉，行侠仗义，视死如归，讲信义、重然诺，在我看来，这是些英雄豪杰，人生楷模。但对他们扮演另一类角色，如做强盗受官府招安后（如由清朝公案小说《施公案》《彭公案》改编的这类戏）以一个"大人"为依靠，为皇上尽忠出力，甘供驱使，捉拿或破获他们原来的同类——不受招安的绿林好汉，如鲁迅先生所说"捉拿别的强盗"的为虎作伥、卖友求荣的行径，又感到不齿和愤慨。对武丑，我也有好感，但多属于扮演上面说的那类绿林好汉的角色。对于文丑，那些摇小扇子的角色，无论他们陪大人或员外（即官僚或豪绅）饮酒赋诗，插科打诨，那种胁肩谄笑，拍马溜须，自轻自贱的帮闲行经，或是为官府或员外出谋划策，陷害善类和小民的阴险奸诈的帮忙帮凶嘴脸，我都感到十分厌恶和反感。以忠孝节义这类封建伦理道德为立身行事宗旨的道貌岸然的须生和青衣，这类舞台上的正面人物形象，假正经角色，也使我厌恶反感；当然，须生也有演好戏的时候，即他们扮演那些历史上的重气节、明大义、轻生死、为国捐躯、为民请命的光辉的历史人物形象的角色，也使我心折赞叹。对于舞台上的男仆（"家人""院子"）、丫鬟、使女，这类富贵人家的仆役，我可怜和同情他（她）们，但又瞧不起他（她）们的那股奴才相。这就是我少年时候的戏剧观，可惜年深月久，我不能举出具体的剧目和剧中人物来了。

我少年离乡后，进入城市当学生，多年在动荡的中国社会生活、飘荡，又多接触了许多剧种，比较起来，我喜欢陕西的秦腔，河南的豫剧，河北的梆子这些北方地方戏，因为它们和我那地方的蒲剧属于一个艺术系列，它们不仅有浓厚的民族风味，也各有其特有的地方色彩和艺术个性。我不喜欢看京戏，认为它是宫廷戏剧，它虽然被雕琢得精细典雅，富丽堂皇，但缺乏真实的艺术生命力，那就是说，离真正的生活世界很有距离。比较起来，我倒喜欢经过改造的，诞生在上海这个工商业现代化都市的海派京戏，认为它有开放性的艺术心胸和从生活真实出发的表演特色，因为它粗放，所以它有真实的艺术生命。

我多年旅居上海，对于流行的越剧则颇看不惯，不爱看，因它的剧情以男女爱情、家庭纠纷为主，哭哭啼啼，婆婆妈妈，这些感情太细腻，为我这个禀性粗犷，又历经人生坎坷的性格所不能接受，正像我从少年时期看小说看不进《红楼梦》《西厢记》这类言情作品一样。

我倒喜欢看上海的独脚戏和滑稽戏。因为它以上海这个复杂的市民世界为取材对象，是一种市民文化，它很能及时反映上海弄堂市民的复杂生活和感情世界，那种颇有特色的上海社会习俗和心态。

关于话剧，我就不多说了。只提出一个具体事例，以见一斑：1935年唐槐秋先生领导的中国旅行剧团在北平协和礼堂上演陈绵教授导演的法国小仲马的《茶花女》，这是当时轰动北平的一件艺术界大事。观众大都是当时北平的上层社会人士，即所谓有教养的绅士淑女们，票价要大洋壹元，这在当时算是很贵的戏票了。我哥哥是陈绵先生的学生，也替我买了一张票，我进去观赏了一番。虽然演员的阵容很整齐，都很有艺术素养，导演陈绵教授又是多年生活在法国的法国戏剧专家，但戏中主角玛格利特这个妓女的爱情悲剧却引不起我的感情震动。相比之下，1936年我在东京一桥堂看留日同学上演夏衍同志改编的老托尔斯泰的《复活》的演出，虽然演员都不是职业演员，但通过演出，对那个妓女玛斯洛娃却很同情和敬重，因为她在被迫沦落中，经过生活的严重打击身陷囹圄后，在与同难的政治犯的相处中，终于认识了人生真谛，走上了追求真正人生价值的生活道路，这正像同年我在东京筑地小剧场，看了日本新协剧团上演的高尔基的《下层》后感到过瘾一样。而现在说来都是半个世纪以前的往事了。

（原载1990年第5期《上海戏剧》）

苏青：越剧界的张爱玲

傅　骏

·　苏青与张爱玲

　　沉寂文坛数十年的上海女作家苏青，前几年，和她当年同时代（四十年代）走红的女作家张爱玲，在我国文坛掀起过一股新的热潮，小说集、散文集先后大量问世，现在，随着张爱玲在美国逝世，热潮才逐渐冷却下去。苏青因为比张爱玲早死，她的作品的影响似乎也不如张爱玲那么大，所以有关苏青的身世、经历、评析、传闻，报刊上发表得比较少，其实，苏青和张爱玲相比，自有其不同的经历和遭遇，也有其独特的可贵之处。她没有像张爱玲那样思想复杂，解放后，张爱玲参加过上海的第一次文代会，在《亦报》上发表小说《十八春》，但没多久就到海外去，写过"反共小说"，最后漂泊美国，老死异乡。苏青解放后一直留在上海，她始终没有离开过祖国。她在上海依然从事文艺创作，不过，她不是写小说，而是写戏曲剧本，她与越剧结下了不解之缘，而且还写出了一些很好的越剧剧本，为越剧事业作出了一些贡献。

· 苏青进了戏曲编剧学习班

我和苏青曾经是同班同学。1951年上海市文化局举办第一届戏曲编导学习班，那时，我是社会青年，是通过考试录取的，她好像是在开学以后才进班的，大概是通过什么"有关人士"介绍进来的。那时，我是二十岁左右的小青年，她已是四十岁左右的中年妇女了，是我们班中的"老大姐"。她用的是本名，冯允庄，一口宁波土话，整天衔着一个烟嘴，唠叨，啰唆，看上去像个很"俗气"的"家庭妇女"，完全看不出有了什么"女作家"的"灵秀之气"。但是她性格豪爽，脾气直率，想说就说，快人快语，很有特色。当时我们对"苏青"这个名字也不太熟悉，大多数人也没有看过她的小说，只知道有这么个"女作家"而已。

编剧学习班有四十个学员，班主任是周信芳和刘厚生、刘南薇，主要管理班务的是教务长流泽，他后来当过上海沪剧院院长和黄浦区文化局局长，那时也还不到三十岁。学习班前期，请来陈白尘、叶以群、唐弢等等文艺专家上课讲授文艺、戏剧概论，后期就是每个学员写一个戏曲剧本作为结业考试。有写京剧的，也有写沪剧、滑稽戏的，写越剧的最多，大概有十几个人，分成两个小组，我和苏青编在一个小组写同一个题材。集体讨论，统一提纲，各写一本。剧名是《兰娘》，故事是新编的，形式是古装的，说古代的反特故事。兰娘大义灭亲，检举自己的丈夫。这是为配合社会上正在开展的镇压反革命运动。当时最流行的就是这样的剧目。后来，《兰娘》这个戏，被上海一家青年越剧团排练演出，搬上舞台。挑中的是我执笔写的那一部剧本，署了我的名。但是，这是集体讨论的成果。所以《兰娘》这部越剧剧目，可以说是我参加编写越剧的第一部开门之作，也可以说是苏青参加编写越剧的第一部作品。

· 苏青为芳华越剧团编戏

编剧学习班结业，分配工作。原来这个班主要是为新时代培养戏曲编剧的，但是解放初期，剧团情况复杂，并不太欢迎文化局派下来的新编剧，同时，我们这些新编剧，只经过几个月的培训，一时也不能适应剧团需求，所以派到剧团的人并不多。

倒是文化管理部门需要一批"戏改干部"，所以学习班里大多数政治上比较强的学员都被文化局和戏改协会"取其精华"收留下来。

我和苏青大概都算是政治上不强，业务上还算好的学员，被分配进剧团。她进了戚雅仙的合作越剧团，我进了高剑琳、筱水招新成立的更新越艺社。谁知后来事情起了变化，正是天下巧事多。她大概是这个直率多话的脾气，容易得罪人，和合作越剧团的同事们合不来，去了没有几个月，就离开了合作越剧团。而我呢，更新越艺社成立不久也是没有几个月，就解散了。在第三届上海地方戏曲研习班学习时，遇到了合作越剧团的编剧红枫，他正在为剧团物色新编剧，就将我聘到合作越剧团。于是，我和苏青"走马换将"，我进了合作越剧团。不久，苏青进了尹桂芳的芳华越剧团。她进"芳华"，不知是她的"女作家""光辉历史"依然吸引着戏曲剧团呢？还是文化部门"有关人士"的推荐介绍。从此以后，她在"芳华"，我在"合作"，我们从编剧班的同班同学成为越剧界的编剧同行。不时有机会在学习会和研讨会上见面。写到这里，想起一些小事，倒也是文坛的逸闻趣事，可以一提。解放初期，有不少写武侠小说和侦探小说的作家，都参加过戏曲剧团的编剧工作，像写《江湖奇侠传》的还珠楼主李红就曾在一家京剧团编写京戏，我曾在学习会上遇见过他，写《侠盗鲁平》的孙了红，也曾是我们越剧编剧同行，他为当时丁赛君的天鹅越剧团编写过一些越剧剧本，用的是笔名"狄弥"，是"籴米"的谐音，意思是"为了生计"，可惜都很短暂，有的贫病而死，有的不知去向。苏青是长年坚持，并且做出成绩的。

- **苏青的两部戏：《宝玉与黛玉》和《屈原》**

1951年底苏青进芳华越剧团以后，为尹桂芳编写了好几部越剧剧本，影响最大的有两部戏，一部是《宝玉与黛玉》，一部是《屈原》。《宝玉与黛玉》根据古典小说《红楼梦》编写，是解放以后越剧舞台上较早出现的红楼戏，比后来上海越剧院徐进编写演出的《红楼梦》要早好几年。这个戏，受到当时越剧观众的热情欢迎，连满了好几个月，是芳华越剧团卖座最盛的一部戏。这部戏还在报上引起过讨论。因为受当时文艺"左倾"思潮影响，苏青编写的《宝玉与黛玉》，在剧中塑造了一个大观园的丫鬟典型：蕙香。这是个虚构的人物，原小说是没有这个人物的，她是集晴雯、金钏等很多丫鬟的情节、细节合在一起。因为丫鬟是受压迫最深的最低层的劳动人民，所以应该热情歌颂，蕙香的戏很重，形象也很突出，这个"新创造"受到当时一些戏曲专家如赵景深先生等的赞赏，然而却受到当时上海剧协青年评论家夏写时（现在已是上海戏剧学院退休研究员）的批评，认为这样改编损伤原著，于是展开论争。这场争论，比后来全国开展的"批评《〈红楼梦〉研究》"还要早几年。当然影响很小，就在上海《新民晚报》上热闹了一下。但是，这个戏却不受批评影响，依然卖座很盛，甚至可以说，是报上批评使它越演越热。

苏青编写的第二个有影响、有成就的越剧剧本就是《屈原》。《屈原》是根据郭沫若的话剧本改编的,《屈原》也是尹桂芳突破小生行当,在艺术上有创造革新的优秀剧目。苏青为这个戏,是花费了很大精力,也显示出她的才力的。她自费赴京观摩话剧《屈原》,还专程求教于郭老,又到北京执学生之礼,住进了研究屈原的专家文怀沙家中,写出剧本。这个戏后来不仅成为芳华越剧团的演出剧目,1954年还作为上海市戏曲代表团的越剧剧目,参加华东戏曲会演。那时,袁雪芬、范瑞娟、傅全香、徐玉兰、王文娟等代表华东越剧实验剧团,演出《西厢记》《春香传》等参加华东戏曲会演。上海的越剧剧目就是《屈原》,以芳华越剧团为主,合作越剧团的戚雅仙来参加演出《婵娟》,再联合其他剧团的演员商芳臣(云华越剧团)、许瑞春(新新越剧团)等同台演出。《屈原》在华东戏曲会演中获得优秀演出奖,尹桂芳和戚雅仙都获得演员一等奖。但是,《屈原》这个剧本却没有获得"优秀剧本奖"。对《屈原》这个剧本,我们编剧班几个同学都认为写得不错。过去大家有个"先入为主"的概念,认为苏青的作品嫌"俗",唱词也俗气一些,然而《屈原》却还"雅"得不错。剧本最终没有评上"优秀",是苏青"雅"得还不足,还是有别的什么作者"历史"因素,这就不得而知了。但是,无论如何,《屈原》终是越剧历史上,特别是尹派历史上一个重要的优秀剧目,苏青是有贡献的,苏青是有功劳的。

·　苏青之死

　　苏青与越剧"绝缘"之后，我和她就不太往来。不久就发生了"文化大革命"，知识分子都遭难，以她的"身份"和"历史"肯定受灾更多。她死于1982年，听说很沉寂凄凉，只有几个亲人送葬。

　　最近出版的《上海越剧志》，倒是为她立了传，虽然很简略，但终算是记下了她为越剧事业所做的贡献。

　　"苏青之死"，似乎太简略了一些，还有不少文章，留在以后做吧。

（原载1998年第9期《上海戏剧》）

我看傩戏

叶　辛

　　我看过这么几次奇特的戏剧演出。

　　舞台嘛，仅仅只是山坡、田野或是村寨上平顺的坝子，戏便在坝子里或是地坪上演出。观众大多站在坝子四周的山坡上，或是村寨团转的木板房上、树上、坝墙上，里三层外三层地围着观赏。很像城市中路人围观"猢狲出把戏"那么一种情景，只是气氛要热烈得多。演员们不像一般戏剧中那样需脸部化妆，而是穿着清一色的蓝黑双色长衫，黑面白底布鞋，同其他戏剧不同的，是每个演员都戴着一只木雕的面具。考究的面具必然连着头盔，油刷得金碧辉煌，神采奕奕。面具雕出的形象，便是剧中人的身份。男人可演女角，反过来，女人也可扮演男角。戏演出中，有唱有打也有对白，对白的韵律总让我想起小时候，上海弄堂里曾经在孩子们中盛行一时的绕口令："蜜蜂叮瘌痢，瘌痢背洋枪，洋枪打老虎，老虎吃小孩……"最精彩的要数武打。傩戏的武打是任何现代戏剧舞台上都没有的表演程式，称作"套路"。一旦戏到高潮、矛盾尖锐、武打激烈时，那"套路"便一一变幻转换，恰像千军万马在那里死命厮杀。无论哪个名称的"套路"都得跳，跳得激烈处，演员们全都进入了角色，锣响鼓也齐，坝子里地坪上的尘土跟着飞速踢踏的脚步轻扬起来，活似硝烟弥漫的战场。围得密密实实的观众群中自然更是鸦雀无声，一起入了戏。

这便是我在曾经插队落户的贵州安顺看到的傩戏。当地老百姓照着自己的习惯，称作"地戏"。可能是地戏少不得打、少不得跳吧，故而演地戏也就叫跳地戏。

对我来说，看地戏不单单是看演出，去熟悉绕圆场便表示千里行军，蹬爬椅子便说明是在翻山越岭。即便随意地瞧瞧那些四乡八寨来看跳地戏的老少乡亲，不能不说也是一种享受。在我的眼里，这些男女百姓本身也如同地戏一般稀罕好看。

原来在贵州安顺附近的山乡里，居住着不少自称是"京族"的乡民。他们男子穿长袍与尖头钉鞋，女子则几乎是清一色古装，据考证谓纯粹的明朝服饰：天蓝色的宽袍大袖镶着红艳艳的花边，还缀有乌黑发亮的丝罗带，未婚姑娘的辫子长得过膝，已婚妇女则在脑后挽髻，贯以十字簪。在贵州乡村，和西南诸省一样，村子大多数被称为寨，诸如洗马寨、岩脚寨、落网寨，等等。而京族聚居的村寨，一色地被称作"屯"或是"堡"。他们的房子也不同于其他村寨的泥墙茅屋、木板房、砖瓦房，住的绝大多数为石板房，也有被远来的旅游者直接叫作"石头寨"的。这些村寨，有石头垒的坝墙，还有寨门。又因为这些以屯、堡命名的村寨往往散布在山光水色的田坝乡野间，风光古朴宜人，常常会令人产生流连忘返、恋恋不舍之感。

地戏便产生在这样一片乡土和环境之中。

询问当地人，答复是当然的自豪和肯定：这地戏的一招一式、一服一饰，全都是依照古老年代传下来的样子设计，没得啥子变化走样的。可能是因了这点，竟被国内外的学者专家们惊呼为戏剧的"活化石"。

是否真系"活化石"我不敢断言，我只晓得，地戏复苏于八十年代初。那时节贵州乡村实行了联产承包责任制，乡民们有了饭吃，手上有了活钱，身上的服饰也自然讲究起来。逢年过节，更不满足于燃放鞭炮欢吃一顿。于是在"文化大革命"中被横扫几近绝迹的"地戏"复又苏醒过来。在我插队落户的那些年月中，是没人把这称作"戏"的。乡间即便有人偶尔提及，也会轻则被斥之宣扬封建迷信的"跳神"而扣一顶帽子；重则拖了去办"学习班"，陪着"迷信头子"挨斗。

事情奇就奇在这里。一旦说要跳地戏恢复传统的民间娱乐形式，自然会有人将苦心冒险保存下来的脸具献出来。有了原始的面具样式，早就缩手的能工巧匠又挺身而出，重新雕出式样各异的种种面具，供寨邻乡亲们选用。

当地人把这一类面具称作"脸子"或"脸壳"，把雕脸子的汉子称为"雕匠"。一时间，雕匠声名远扬，大受欢迎，被人请了去，酒肉款待是不消说的，他们也便纷纷发挥着自己的聪明和才智，于是乎，用白杨木、丁香木雕刻而成的丑鬼、道人、女将、小军、忠臣、良将等千奇百怪的脸子，就在方圆数十里内的村村寨寨传了开去。

有了"脸子"，喜欢竞争讲究的地戏班子，遂而配齐了包头的黑布或黑纱，黄花背旗野鸡翎，大红绣花的背板和水红上衣，浅绿战裙，黑底绣花腰带，甚而至于扇袋、香包、银铃铛、竹骨扇一应齐全，披挂整齐。

配备齐全的行头，五颜六色的"脸子"，再加上封箱的"脸子"在开箱之前，必须得依照几百年传下来的规矩点蜡烧香，供滴血雄鸡。正式演出之前，还需"扫开场"，演出后得"扫收场"，连带着祭土地，给村寨上家家户户招财进门，所谓"日落黄金夜落银，牛成对来马成群"，并保佑全屯堡的良民百姓平安富足，来年风调雨顺，五谷丰登。

如此重大的场面和活动，岂能不造成声势和影响？只消哪个屯堡的地戏一开锣，四乡八寨都有人赶了去凑热闹。就如同城里人看灯会、庙会和逛小吃街的心情一样。

也该贵州安顺的地戏如同出土文物一般扬名于世界。在乡间的地戏纷纷扬扬越闹越红火的那几年中，安顺附近的黄果树瀑布、犀牛洞和龙宫等等引起世人瞩目的景点，正被有计划地辟为西线风景区，吸引众多省内外、国内外的游览者。先是那些被一股一股西洋化吹得晕晕乎乎的美术工作者对"脸子"发生了兴趣，其中一些颇有见地的美术家们被那返璞归真的"脸子"所吸引，忽觉得那不正是踏破铁鞋无觅处的宝贝嘛。于是乎仿造者有之，受此启发举一反三运用于砂陶、雕塑、绘画创作中有之，很快地携自己的美术新作冲向世界艺坛的也有之。

美术界人士捷足先登，戏剧界岂能落后，地戏很快受到重视，不但跳出了屯堡跳出了乡间，一下子跳到外国去了。和贵州侗族的大歌一样，地戏在巴黎等地不但受到青睐，还引起了轰动。这一来身价便顿时高了十倍、百倍。自然很快地遭来了众多的研究者，写出了洋洋洒洒的论文。

诸如唐太宗李世民的那个"脸子"头盔上，为何要刻十八条金龙？诸如薛仁贵的那张"脸子"头盔上，为何又得刻上白虎？诸如那武打中的"套路"何以取名"敲九棍""小牛擦痒"？诸如退场的演员为何非得将"脸子"置于地上才能离开？诸如地戏为何演的全是武戏？诸如打退场时为何得让麻脸和尚与土地公公上场领唱、众演员伴唱，最后还得放鞭炮、杀公鸡绕场洒血，等等。全都有人细致深入地研究了个透。

地戏有了这么多人关照，还能不把来龙去脉搞得一清二楚？连我这个开初只是凑个热闹去乡间顺道看看的外行，也享受到了专家们的研究成果。晓得了地戏起源于原始社会的"傩"。那是原始人类对很多自然现象诸如雷电、洪水迷惑不解的产物，用于避邪驱灾、感恩酬神。这一起源同宗教的起源实有相同之处。"文化大革命"中被指责为迷信遭到横扫可能也因为此。由最早面对困惑不解的自然现象而跳的"傩舞""傩仪",逐渐演变为"傩戏"。傩戏又分为民间的和宫廷的以及军队的多种。贵州安顺的地戏,该属于军傩,是明朝开国皇帝朱元璋"调北征南"的军队由江南一带带了去的,随着入乡随俗又同西南的地方戏剧结合演化而来,有故事有情节有人物,保留了从说唱形式向戏剧过渡的民间样式。深入石板房中采访,善于侃侃而聊的乡民,眉色飞舞之间,会不无自豪地道出,他的祖上是南京石头城内哪条巷子的官宦人家后裔。且不忙先露出不屑的脸色,据博学之士考证,这一带自称京族的乡民,确系明朝移民之后裔,那是不掺水分的。如今莫说江南,就是更为古老的中原大地上,傩戏也早绝了迹。而在贵州安顺一带,却保存得如此完整,这不能不说是件奇事幸事。似乎该归功于那一片乡土的偏远和闭塞。

据说,他们念念不忘地一代一代延续下来跳地戏,除了驱灾避邪,图吉祥如意,求得节庆的娱乐祝福之外,更是一种对于祖先故土的怀念方式……

就冲这一点来说,不也值得我们尊重和另眼相看吗?

(原载1991年第2期《上海戏剧》)

周企何扬琴鼓板

车　辐

　　去年四川省第二次文代会时，举行了一个曲艺晚会，由七十七岁的四川扬琴大师李德才演唱《船会》。李德才自打自唱，特别邀请周企何打鼓板。

　　为什么要特邀周企何打鼓板呢？说来话长：

　　周企何年轻时，曾在成都三庆会学唱扬琴，打鼓板。那时，凡唱扬琴的，有一个规定：必须每人摸一件乐器。正如行话所说："扬琴无木匠。"意思是不能像一块木头坐在那儿干巴巴地唱，每人手头总要玩一件乐器。

　　周企何的扬琴鼓板节奏感和音乐感都很强。他经扬琴老师一指点，在"七眼一板"极其严格的鼓板点子上又下了功夫，不多一会，不但能把"七眼一板"的板子打稳，而且能将板打出"合"字的味道来（川戏板一般是"工字板"取音）。以后他在勤学苦练中，又把鼓签子打鼓的点子，一一打在工尺上，花样百出，繁而不乱，轻重合度。该浪的如波浪翻腾，该滚的如掷地风波，鼓点匀称，韵味深长。特别是他在打〔紧中慢〕的〔快一字〕时，更如行云流水，潇洒极了。不单是给听众一种悦耳享受，他自己也十分得心应手。

抗日战争中，三庆会成立了自己的扬琴票社，名为"嘤友会"，取《诗经》上"嘤其鸣矣，求其友声"之意。扬琴鼓板，请的专业艺人李明清、肖必大等任教。每天中午，扬琴一打响，就只有周企何的鼓板，才配得上专业艺人的手。特别是他打《香莲闯宫》中的三罪〔快三板〕过门，岂仅是关东大汉打铁绰板，有如疾风骤雨一般，而鼓点与板拍之间，快时也密不通风，打得洒脱自然。在当时业余扬琴玩友中，周企何的鼓板当推第一了。越四十余年直至今天，还没有人超过他的打法呢！这使人想起两千多年前哲学家亚里士多德的名言："没有天才，学也无用；不努力学，天才无用。"周企何在扬琴中的鼓板，正同他在川剧中的丑角一样，艺术造诣都是很高的。

说到他的扬琴鼓板，这里又引出一段缘由：成都扬琴玩友中，前辈老先生何茂轩（1964年去世，终年八十九岁），有一副黄杨木扬琴板，两片。这副板原本是扬琴宿老、南门大街九道门坎公馆内魏仁山所藏。据魏老先生说：最初这副板和一般黄杨木一样，色白黄，无光泽，在清代百余年中，逐渐打成浅黄色，最后变成象牙黄了。真是不知道几度春秋，几经辗转。又经若干扬琴中爱好打鼓板者，你玩我打，汗渍油浸，变成黄桑桑、光滑滑、细如绸、音扣心弦的一副成都有名的扬琴板！又不知道哪年哪月，这副扬琴板由九道门坎出来，为何茂轩老先生所得了。何老先生在北打金街开一家专门修理钟表的店铺，他的手很灵巧，除修理钟表外，削点扬琴上的码子、打琴的签子、胡琴上的木簪子等，都做得很精致，打磨得很光生。凡经他手里做出来的玩意儿，工艺程度都很高，它本身就是一件艺术品，逗人喜爱。如此这般的一副年辰久远，耍成象牙色的扬琴板，何老先生自不能轻易放过的，经他仔细琢磨之后，便做一个大绸套子套着，每到热天都带在身上，坐在茶馆里时取出来，如久别重逢的故人一样，抚摸之、玩弄之，不时拿它到鼻尖上、面颊上，浸润皮下脂肪，日积月累便增加了色泽。从清朝末年到蒋介石反动统治的崩溃，从九道门坎魏仁山老先生收藏此物算起，这副黄如象牙的黄杨木板，至少有两百多年历史了。实事求是地说：这副板到了何茂轩老先生手里，才算焕发了青春。

何老这副黄杨木板在成都扬琴界中，很多人想得巴心巴肝，都难到手。何老当然有所察觉，他放出话说："成都这么多的玩友，哪个把这副板打好过，打出韵味来？请问哪个配得上这副板？"问得他们一个个哑然失色。

周企何是懂得何老这番话的，但是他却笑而不答。他们二位琴友在"面面相觑"之中，互得心领神会之意。又道是："宝剑赠予烈士，红粉赠予佳人。"琴板赠与企何，这几乎是天经地义的事了。水到渠成，就在那一天，一场扬琴刚刚打完散席时，白发红颜的何茂轩老人，突然上前把周企何的手拉着，将他这副黄杨木、象牙骨颜色的扬琴板，亲手交给企何，而且诙谐地引用扬琴唱本中《处道还姬》一句："将原物还旧主不假强为。"

周企何双手接过板，笑容满面，恭恭敬敬地向何老师鞠躬，激动得好久说不出话来。

以后几十年中，凡有唱扬琴的场合，只要有周企何在，他也必然带来这副板。总是将它撇在腰杆上，在鼓架旁边坐定之后，才将它取出来，打得个挥洒自如，取板上的"合"字，有如空谷回音，厚重踏实。1964年何老死后，他更珍惜这副黄杨木板了，睹物伤情，有一种"万事伤心对管弦"的味儿。他之于何老，何老之于他，尽在不言中矣。

1966年"文化大革命"开始，周老感到事儿不妙，在十分困难的处境中，命他的大儿，悄悄地把那副扬琴板，带到渡口乡下去，然后，如释重负地长长地叹一口气说："为良朋难把人的心猿锁，顾不得千里奔驰践旧约。"

大约在1977年冬，省政协举行的晚会上，周企何才又将他珍藏的这副板，拿出来重新敲打。他当时的感想是多的。"白首相逢征战后，青春已过乱离中。"见板如见何茂轩，他总算将这份情谊保存下来了。

在省文代会举办的曲艺晚会上，扬琴大师李德才指定要特请周企何来打鼓板。那一夜扬琴《船会》的演唱，真是珠联璧合，余音绕梁。有的代表听后说："这样的盛会，听一回少一回了。"

扬琴行家说："今天晚上的琴与鼓板，还用说么！上走到天灵盖，下走到脚底皮，一身舒服，至矣尽矣！"

（录自《采访人生——车辐文集》，中国文联出版公司，

1995年版）

看戏

韩　羽

　　如果问起我们家乡的农村庙会，可以这么说：一个用苇席、杉杆搭起的戏台。戏台的左前方有一个烧水的炉灶。不管戏台上是正在唱着还是打着，从后台里总不时地走出一个人站在台口大喊："开水！"戏台底下也总少不了一两处押宝赌钱的摊子。戏台四周半里方圆内，布满买卖人的布棚、席棚。饺子、丸子、烧饼、油条、炸糕、凉粉，还有布匹百货……到处挤满了人，尘土飞扬，一片嗡嗡之声。真怪，现在连去走动一趟都没了兴致的地方，那时不知怎么有那样大的魅力，使得小时候的我们，兴奋得发疯。

　　戏台前面，人挤成了柿饼子。拥过来，挤过去，屁味、汗味、酒味，但这并不妨碍人们仰起脸全神贯注在戏台上。

　　看戏的最好位置是"扒台板"，这好比现在戏院里的头一排，看得清，听得真。这是宝地，谁都想争。可是，能在这儿站上个半钟头谈何容易，这不只要腿须膀粗身强力壮，还得会挤，在不断的力量的冲击下保持平衡。那时农村里的人们不兴打球、跳高、跳远之类的运动，却懂得赛一赛。因此，有的小伙子挤进这"宝地"，一半是为了看戏，一半也是为了一显身手，事后好向人夸口："我整整扒了一上午台板，纹丝不动，你行吗？"有时还搞串联："今儿看戏时咱们前街上的齐心点，说什么也不能让后街上的小舅子们挤上来！"

姑娘媳妇们，穿红着绿，远远地站在凳子上消闲地吃着花生、瓜子，看戏倒在其次。孩子们则在大人的腿缝里挤来挤去，听着戏台上的锣鼓声，急得要命。于是会爬树的爬到了树上，不会爬树的也终于逼出了办法，一头钻进戏台底下，仰起脸从台板缝里往上瞧。虽然看见的仅是晃来晃去的身影，但总比什么都瞧不见要好得多。突然，一片漆黑，一只靴子正好踩在板缝上。真气人，随手捡根树枝捅这靴底。一来二去，却发现这也颇为好玩，互相仿效，大伙都"捅"起来。孩子们可能是"重男轻女"，也许是欺软怕硬，总是不大敢去捅花脸武生，专爱对付坤角，捅着一下，便觉得占了便宜。还要眯起眼从板缝里往上瞧，检验一下捅的效果。效果最好的，就是能招来上面的骂声，听着那气急了的腔调，真是其乐无穷。

孩子们对戏的评价与老太太们不一样。如果问老太太们戏好不好，她们会说："可好哩！戏台上的小媳妇穿的都是绸的、缎的。"孩子们对这种"只重衣衫不重人"的评断是嗤之以鼻的。

可是，小伙子一看到戏台上的小媳妇，眼睁得比枣还大，嘴张开得像傻了一样。我们也不以为然。这有什么好看的，扭扭怩怩，咿咿呀呀。而且，我们也实在捉摸不透，譬如，县官用木头一拍桌子，旁边走过两个人来，把跪着的小媳妇的手指掰开，夹上几根筷子，一夹，她就唱，一夹，就唱。

最使孩子们动心的莫过于花脸，总是怀着敬畏的心情看着他出来，看着他进去，再盼着他出来。要是戏里没有花脸，就像包子没有了馅一样，太没滋没味了。

（录自《韩羽小品》，河北教育出版社，1997年版）

川剧恋

魏明伦

落花时节，我望着名画《父亲》沉思……

这幅画的作者自白奋斗目标：让世界知道，中国除了黄河、长江，还有大巴山。

我的抱负较小，没有全球意识。

半生积累，十年奉献，只是想让国内的青年——奢望了，再降个调子——只想让川内的部分青年明白：除了电影、电视、流行歌、迪斯科之外，还有值得一看的川剧。

说起来是菲薄愿望，做起来是登天的难题。

发射火箭上天空，吸引青年看川剧，两者哪样更难？实践结果，似乎是后者。

火箭毕竟由人操纵，现在的青年可不是驯服工具。别说请他们买票进场看川剧，即使通过荧屏媒介，免费送戏上门，小青年一见生旦净末丑，一听昆高胡弹灯，便不问青红皂白，十分果断地关掉。

这还算是文雅的谢绝。

武辣者，例如某城某厂工会招待职工观看某一台川剧。戏票发到班组，青工们竟以票作赌。四圈麻将打下来，谁输光了，罚谁看戏。

燕都戏圣关汉卿，临川才子汤显祖。二十年代的川剧作家黄吉安老先生，五十年代的巴山秀才李明璋老大哥：您们遇见过如此薄幸无礼的青年观众吗？

连"观众"的称呼也欠妥切，小淘气们对川剧是"不观之众"！

秦琼卖不掉黄骠马，顽童奚落，怨得谁来？

怨十年浩劫导致了民族文化的断裂，怨西方思潮蛊惑了巴蜀儿孙的童心，怨小字辈狂妄无知，不识祖国瑰宝、家乡明珠……

怨艾无济于事，青年无动于衷。他们离了川剧，文娱选择甚多，活得悠哉游哉。

而川剧失去青年一代，势必活不了多久，别无选择。

那么，我呢，可有自家的选择余地？

我一百次打算改行，一百零一次恋恋不舍……

川剧，孕我的胞胎，养我的摇篮。

川剧，哺我的乳汁，育我的课堂。

她与我形影相随长达半个世纪，结下了千丝万缕的血缘关系。她对我的陶冶，我受她的影响，写出来，将是一部沉甸甸的书。

当年她像海绵一样，吸峨眉的秀色，取剑门的雄姿，借青城一缕幽，偷巫峡三分险。她敢于盗走神女峰的云雨，才形成与神女媲美的艺术高峰。

她的绝妙，她的丰富，她的天然蜀籁、地道川味，早已化入我的潜意识。就连我"荒诞"的思维方式，和笔下这点幽默，也来自她的遗传基因。

川剧，大堰河，我的保姆！

川剧，在人间，我的大学！

从大堰河走来的诗人艾青，从人间大学毕业的文豪高尔基，您们最能理解我的回眸乡思。

弗洛伊德博士，我的恋母心理，可符合您命名的"俄狄浦斯情结"？

我像儿时扮演过的孽龙，回首处——二十四个望娘滩！

但我没有奔流到海，而是像一部台湾影片中的小孩，跑向无人问津的古庙，缠绕于被人遗忘的母亲膝下，唱一支纯情儿歌……

那电影插曲风靡了红男绿女，我眷恋川剧的呼声，却少有青年应和。

我不得不向川剧母亲进言：您的更年期到了，创造力减退，排他性增多，很难吸收新鲜血液。您外貌苍凉，内耗频繁，整人比整戏有劲。您脾气固执，近似一块铁板，您可贵的海绵精神丢到哪里去了？

妈妈，原谅我直言尖锐，原谅我孝而不顺。

我背靠传统，面向未来；身后是川剧，眼前是青年。

面向着瞧不起祖宗的愣头青！

背靠着看不惯后代的倔老太！

我把最难伺候的老少两极揽过来一起伺候。

我力图调节两者的隔膜，增添几分理解，缩短几寸代沟，搭一座对话的小桥。

我一戏一招，时而向祖宗作揖，时而向青年飞吻；一招侧重于此，一招侧重于彼；探测两岸的接受频率，寻视双方的微妙契合点。

惨淡经营的小桥，是一弯残虹，还是一道怪圈？

甲说我是川剧的吴下阿蒙；乙说我是当代的弄潮戏妖；丙说我一窍不通一塌糊涂一团漆黑一无可取；丁说……

谁识寸草心？我将拙集《苦吟成戏》题赠远方朋友：育我者巴山蜀水，知我者浦江秋雨。

黄浦江，余秋雨，年轻的教授。是您识破我的佯狂，拂去妖气，揭开鬼脸，还我"稳妥的改革者"的本质。您以犀利的眼光、严密的逻辑，层层推理，滔滔雄辩，指出"魏明伦的意义"是在戏曲危机时刻开拓了一片传统精神通向现代化观念的"中介天地"。

这片天地虽然中不溜儿，总算争取了一部分"不观之众"——小伙子大姑娘破例接近川剧舞台，坐下来问一问青红皂白，看一看生旦净末丑，听一听昆高胡弹灯。逐渐被吸引，被打动，禁不住为演员技艺喝彩，替人物命运担忧。观后纷纷来信，畅谈感受，索要剧本，并且打听我的下一招。更有难忘的奇迹，曲终人不散，青年蜂拥台前，形成啦啦队，连续呼唤幕后人出场"亮相"，渴望瞧一瞧川剧作者是何模样！

莫等闲轻视这声声呼唤。

请宏观审视，这是空谷足音，是川剧界的共荣，是咱们这个古老剧种有可能适应青年观众的一声信号！

信号的余音，融进我的恋歌……

信号告诉人们，当代青年具有可塑性，并非是一成不变的铁板。

那么，川剧呢？

您能否以自身的变革去适应下一个历史阶段的文艺风云际会？您能否在强手如林的生存竞争中保持一席之地呢？

川剧，如果您强化铁板性格，请去凭吊比铁板更僵硬的恐龙化石、悬棺古迹、夜郎遗址……

妈妈，如果您要恢复青春，请继承发扬您的优秀传统——海绵精神！

（原载1999年第2期《中国戏剧》）

一言难尽的几个看戏记忆

霍不思

• 一

　　我第一次看见梅兰芳，是小时候在一本戏曲画报上。他正在做出《贵妃醉酒》里的种种姿态，其一是"卧鱼"。图片说明是他已经颇为高龄了，仍能扮出这高难的动作。

　　那时我还小，不能理解那沧桑之后的妩媚，不会欣赏凋零之余的风情，不懂得苍老背后的甜美，不知道历尽劫难的雍容，只是觉得诧异，觉得可惜。和借给我画报看的小伙伴一样，对那些陈年的繁华热酽我们有些隔膜。

• 二

　　我还记得更早时候被母亲带着去看越剧电影《红楼梦》，

我站在她前面。一句也听不懂，可是满眼都是华丽晶亮的珠串、衣裙，雕梁画栋，花团锦簇的一大家子。他们两个不是在山坡上好好地看一本书吗，怎么周围的人都抽抽噎噎的。母亲的泪水大滴大滴地落在我的头发上，我很害怕地回头看看，她却若无其事。

那时候的剧场经常爆满，不久之后我还跟着去看了京剧《双玉蝉》，只看懂了一点，那就是那个中了状元的书生的姐姐不是亲姐姐，后来她拿出了一件玉蝉，说了些什么，就咳嗽着死去。惯有悲情的年代啊，所有的悲欢离合也被赋予了大喜大悲的起伏。比如也是在那时跟着大人单位包场看的《泪洒相思地》，忠心的丫鬟舌头被剪了说不出话来了，看得人有些心惊胆战。看完了听见在散场的寂静人流里有人小声骂戏里的俏书生不是东西，是忘恩负义的陈世美。

那是一个戏曲电影大放异彩的年代，《孙悟空三打白骨精》《梁山伯与祝英台》《野猪林》《追鱼》——彩色的电影剧照和招贴海报开始成为孩子们炙手可热的新宠。评剧《刘巧儿》简直就是黑白的青春偶像剧，黄梅戏《牛郎织女》比大人讲的神奇得多，豫剧《七品芝麻官》就是强力爆笑喜剧，还有京剧《铁弓缘》结尾的一对花烛可真没得说。

• 三

我小时候在老家过年，看过当地乡民自己组织的小戏班拉乡演出。打上油彩就很俊秀的脸和比划出的劳作的手形成鲜明的对照。迄今我还记得后台有个小生在大雪飘飞中冻得瑟缩候场的样子。他们演出的大都是一些被称为"小吕剧"的本子，《小借年》呀《小姑贤》呀什么的，要么就是《墙头记》啊《秦香莲》之类的。汽灯明晃晃地照着，唱戏的和打板拉弦的都一丝不苟。

后来，某年路过陕西渭南，大路边看见有人摆开台子唱草台班子戏。停下来看看，说是晚上要演《周仁回府》。演员们在农用车的后斗里已经化好妆了，催场的锣声弦板声急促得紧，看见一个龙套演员在大口地吃着方便面，旁边的老生正在理顺髯口。天色暗下来，满天都是彩霞和乌云，一切好像千百年来都不曾改变。

（录自《做戏》，山东人民出版社，2006年版）

记粤剧"小生王"白驹荣

任溶溶

在庐山上，打开半导体收音机竟听到广东电台的广播，正好又听到介绍已故粤剧演员白驹荣的唱腔，不禁有感。

我虽是广东人，却非粤剧迷。但小时候长在广州，商店竞相播送的是粤剧，街头巷尾贴的是粤剧海报，因此对粤剧也不能说一无所知。当时白驹荣被称为粤剧的"小生王"，其长期搭档是著名男旦千里驹。千里驹的家在荔枝湾我的学校附近，他去世出殡时，像轿子一样可以抬的放祭品的"亭子"摆满了一整条多宝路。他们合作过一出戏很有名，叫《泣荆花》，还拍成了电影，我看过，其中白驹荣的一段唱词我也会唱。打个不恰当的比方说，他的嗓音清脆有如京剧的谭富英，但节奏舒展潇洒，广州话谓之"滋油"。

1937年底我离开广州时，还在香港看过一部宣传抗日的粤语片叫《最后关头》，白驹荣扮演一位老工人，在片中慷慨陈词。

抗战胜利后不久我去广州，他正好演出，我慕名去看，其时他已十分潦倒。

那是在第十甫路一个小剧场里，十分简陋，像个小学礼堂，座位少，舞台也小。粤剧素以布景和服装漂亮著称，可这里完全相反，非常寒碜，有如演文明戏。戏的内容也庸俗，讲怕老婆的故事。白驹荣演一个自吹如何不怕老婆，但一见老婆就浑身发抖的老头。当时白驹荣已双目失明，但使我忘不了的是，他丝毫不像一位失明老人，在台上动作挥洒自如，特别是从一张桌子上拿藤鞭，他不用摸，一伸手就拿起来演戏了，我简直为之惊讶不已。他的嗓音依然是那样清脆、"滋油"。

堂堂一位演技精湛的粤剧名伶，竟落魄到这般地步，我尽管敬佩地观看，心中却惴惴不安，实在不敢想象再下去他的晚景会怎么样。

然而解放后白驹荣担任了粤剧团的团长，上世纪五十年代还领队来上海演出过，受到称誉。我此时的欣慰心情是可想而知的。

（录自《浮生五记——任溶溶看到的世界》，上海译文出版社，

2012年版）

看庙戏是为图热闹

孙崇涛

  家乡城内、城郊有很多寺庙，逢年过节，庙台常要演戏祭神娱人。小时候我常被家人或亲戚带到寺庙看戏，像城内陶尖庙、五显庙，城郊关老爷庙、杨老爷庙等处，都曾去过。演庙戏时，庙内香火缭绕，台下人头攒动，人声鼎沸，买卖吆喝声四起，好不热闹。

  庙台有盖在庙宇内的，如城东的硐桥庙；也有在庙门外头空旷地面临时搭台的，如城北的关老爷庙。在家乡去往温州的塘河水路沿岸，我还见到搭在河边的庙台，人称"水台"，据说需要划着船看戏。我没有这番经历，想象不出那是一番怎样有趣的情景。长大后，我读了鲁迅的小说《社戏》，里头描写"迅哥"跟随"双喜""阿发"们去"赵庄"看水台戏的情景，令我无限神往。

  我读大学四年级时（1960年），被学校派往绍兴东昌坊口鲁迅故居见习，跟鲁迅小说《故乡》中的主人公闰土原型章运水的孙子章贵和鲁迅生前家中小仆王鹤照老人共事。章贵大我不多，一张嘴说话就眯缝起笑眼，使人感到亲切。王鹤照老人是个有激情的小老头，十分健谈，担任故居讲解员，讲解起来眉飞色舞。他有空时就陪我去鲁迅故家访亲问友，踏访鲁迅作品中写到的真实故地，像阿Q栖身的"土谷祠"，鲁迅幼年拜师的"长庆寺"等。一回，我要求他带我去鲁迅外婆家走一趟，私心就是想了却体验《社戏》所写看水台演戏的真实情景的长久愿望。老人痛快地答应了。

到了鲁迅外婆家所在的安桥头，就是《社戏》中称作的"平桥村"，只见《社戏》里写到的"平桥"，豁然斜对鲁迅外婆家家门。站在门口，我将目光投注桥石，脑子里浮出许多奇怪"意象"，使劲去搜索当年"双喜"拔篙点船、磕桥石的处所。

出了鲁迅外婆家，我俩雇了一只乌篷船，沿着《社戏》所写水路，一直划到鲁迅大舅父家所在的皇甫庄，那就是《社戏》所写的"赵庄"。在那儿，我见到了真实的"赵庄"水台，它正像鲁迅小说里描写的，"屹立在庄外临河的空地上"，十分"惹眼"。这一天，我一路兴奋过来，到了此刻，简直欣喜若狂。想不到童年家乡庙戏和鲁迅小说所写"社戏"，会有如此巨大的潜藏魔力。历史与现实的对接，虚构与真实的交融，产生的情感冲击，真叫人难以抵挡。

在家乡，还有在近郊空旷地面上临时搭台演出的贺节戏，人叫"草台戏",场面更为壮观。它由地方"头家"出面,集资演戏,祈求风调雨顺、国泰民安。像元宵节、清明节前后,就是草台戏演出最频繁的日子。城内南门头江边"飞云亭"东首那片空旷地——新中国辟做长途汽车站和汽车轮渡码头场所,现为"外滩"一段——的草台戏,人气尤其兴旺。戏台未搭,周边早早就张贴起许多写有名字的红纸条,全是在那儿抢先占地准备搭看棚的主人的预定记号。

我二姑父是城南有名的"仁记渔行"东家,店址、住家都离那儿不远,每年演戏,都要选个好地,搭起看棚。看棚,也叫厂棚、戏厂,是山寨版的"包厢";高约五尺,十来尺见方,上铺地板,顶蒙篾棚,用来挡阳遮雨。看台上摆放家中搬来的高高矮矮形状不一的椅凳,家人、亲朋好友挤坐一起,谈谈笑笑,其乐融融,还备有很多好吃的茶点零食,是我少时最盼望去的地方。

看戏其实并不主要。看棚离戏台距离远,看到的只是一面不大的台框,像今天站在远处看电视,什么都很模糊。何况那时我才三四岁,压根儿就看不懂戏,图的是看台下热闹。

戏台前留出供散杂观众站着看戏的大片空地。演戏时,四方看客汇拢,看棚里坐满大小红男绿女,周边买卖摊贩遍布,到处是扶老携幼、呼朋唤友。娱乐、会友、营生、相亲等,各有所需,呈现各样生活状态,宣泄各种真实内心,是一幅比戏还要热闹好看的"清明图"。

戏开锣时，台下人群更是摩肩接踵，推推搡搡，好像大家都很乐意在这辛苦拥挤中去享受刺激和快感。更有站在后头的年轻有力的后生，故意往前推挤人群，制造一浪比一浪高的人浪，寻求开心。家乡人管此叫"打淘堂"，平日形容人多拥挤，也说"像戏台下打淘堂"。坐在看棚里的我，很为只看别人"打淘堂"，自己不必吃力"打淘堂"而感到庆幸。

　　我拜二姑父为"亲爷"（干爹），几年间每月的初一、十五，要吃他家让人用金格（挈盒）提来的内盛六碟菜和一碗上盖红剪纸"太平钱"的米饭，说吃了准保将来长命富贵。凡是碰上戏班演戏，亲爷家还会给戏班送红包"利市"，换来米饭送我吃，说戏里天天有"状元"，我跟状元同镬吃饭，将来好当状元。我一辈子不当官、不买卖，永久牌的工薪阶层，"富贵"说不上，"状元"更是没影的事，至于"长命"，现在还说不好，看来这戏班"状元饭"算是白吃了。

　　演"草台戏"的多是温州乱弹班，今称"瓯剧"，那时是登不了大雅之堂的草根艺术。通常午后开锣，先是"跳魁星""跳加官"。戴黑面具的魁星，瞪眼、咧嘴、叉胡，面目狰狞。戴白面具的天官，肥头富态，眯缝笑眼，喜气洋洋。他俩不语不唱，只是踩着锣鼓点踏场舞蹈。末了，那白面具会抖出一幅字轴，上写"吉庆平安"。抗日战争胜利时刻，字轴改写为"庆祝抗战胜利"；家乡政权更替辰光，就写"欢迎中国人民解放军进城"。看来这白面具还真懂得"与时俱进"。家乡人称这种开场为"小八仙"。据说还有"大八仙",上台人物众多,场面非常壮大,我没见过,成了耿耿于怀的童年缺憾。

"打八仙"过后,是三至四小折"散出",即今日所说的折子戏。前几折演文戏,看不懂,耐着性子等待末出武戏开场。武戏拳打脚踢,弄枪舞棒,跌扑腾挪,令我异常振奋。武戏过后,要演很长的"正本"大戏,有时要一直演到深夜。这时候,我也已困乏了,但仍不愿离开看棚,就窝在大人怀中先睡上一觉,等待中间另有武打场面出现再看。如果一觉醒来,眯眼一瞧,仍在演看不懂的文戏,就干脆接着睡去。

我特别不愿意看到的,是乱弹班里那个老头儿扮的老旦出场。大大的脑袋,佝偻着身躯,模样丑陋不说,还有那声音怪怪的说白、唱腔,叫人听了实在难受。我全不明白他在唱念什么。一回,我竖起耳朵使劲听了一阵,总算听懂了半句。他好像是在念:"咿呀,小生——着蓑衣——耶!"因他把"生""衣"二字拖得老长,我才有如此感受和收获。

一回正月间,城内小东门校场宫演庙戏。开场前,我从台下熙熙攘攘的一群人堆里认出那个在叫卖"十八变"——一种用多样彩纸叠糊起来,翻动变出多种形状的儿童玩具——正是那扮老旦的老头。只见他衣衫褴褛,佝偻身子,手持缠着厚厚稻草的扁担,上头插着好多"十八变",站在寒风里哆哆嗦嗦地叫卖。

有人说,老头家境贫困,自己不是戏班主角,戏份不多。

包银很少，很难度日，只好靠演戏空隙到台下叫卖"十八变"赚钱贴补生活。好像大家都不理会他有戏班老旦"形象代言"的身份，买他"十八变"的人照样很少。这使我对他产生起许多同情，先前的厌恶也不再有了，倒是希望他多出场，多赚钱，宁可自己不看戏，多睡觉。

草台戏也偶然有"昆腔班"演出，伴着笛子咿咿呀呀地唱个不休。我依然看不明白，而且很少见到武打，兴趣不高。后来，"京班"，就是京剧团，渐渐多起来，舞台新潮亮丽，武戏又多，加上这时我已五六岁，稍解人事，渐渐看懂戏情，便对京戏产生更浓兴趣。家乡戏迷津津乐道的京班"大三庆""大高升""金福连"什么的，常会引起我看戏欲望。

那时父母已放手让我一人去外头自由闯荡，只要求三顿饭和晚间按时回家就行。旧社会孩子没有别处可去的娱乐场所，独自去戏台下"打淘堂"或者"趴台板"看庙戏是唯一可选的文娱活动。

一回下午，"大三庆"京班在南门头空地演《凤仪亭》，演一老一少两个男人（董卓与吕布）争抢一个美貌女人（貂蝉）的故事。我大致看懂了，看得入迷。当我看到那青年后生（吕布）从外头归来，发觉自己心爱的女人（貂蝉）被那白胡子老头（董卓）接娶到家中，气得跺足捶胸的时刻，发觉天色将黑，想起该是到了家长吩咐吃晚饭的钟点，就赶紧快步跑回家，扒拉扒拉几口，快速吃完饭，一搁碗筷，迅即又跑回台下，想把底下情形看个究竟。只见这时戏已散场，检场人正在收拾台面。我感到失望极了，舍不得离开，独自呆呆地站在台下，就像戏里吕布给弄丢了貂蝉一样失魂落魄。

记得我最后一回看庙戏，大约在虚岁六岁的时候，独自一人去火神庙看夜戏。那晚，"金福连"京班演《天雨花》，讲一名叫左维明的清官断案的故事。清官装扮真是好看，穿戴一身经过改良的官衣与官帽，飘逸潇洒，面目一新，一出场就赢得台下一片叫好。人说这是从上海麒麟童（周信芳）那儿仿来的，现在知道，这是出于著名海派京剧演员白玉昆的发明。

后来戏里出现了女扮鬼魂，脸上油彩闪亮，披头散发，口吐长舌，一身白衣，长裙拖地，双袖下垂，耸起肩膀，飘飘忽忽地在台上游走。这时候，台顶照明的煤气灯被蒙上绿纸，表示夜晚，阴森恐怖，看得我毛骨悚然。散戏回家的路上，要路过几条小街、弄巷，昏暗的路灯把人影拉得很长，模样像是阴间来索魂的无常，更增添一层可怕。我一路加紧跑路，一路干咳壮胆，还时时回头，看看那台上的女鬼是否跟随过来。

从此以后，我再也不敢独自一人去寺庙看夜戏了。

（录自《戏缘——孙崇涛自述》，山西教育出版社，2015年版）

乌衫之美

梁卫群

　　如果舞台上有那么个一身青衣褶子的寒素妇人，观众心里就了然，她就是今晚的主角了。她是场上怯生生的、最卑微的一个，可最终，所有人都将围着她转，帮她铺排情节，推波助澜，别看他人锦衣华服，都是给她抬轿子的。因为几乎没加赘饰，潮剧舞台上的乌衫基本一个装扮。

　　乌衫，是潮剧对已出嫁的中青年妇女的特定称谓，多属贤妻良母或贞节烈女，重唱工，多为悲剧人物，无害人畜。

　　乌衫着装的寒素，包括这个行当表演上无甚花样技巧，对人物在舞台上引人注目是没一点助力的，但乌衫，是潮剧舞台上最绵厚的情感支撑，整出戏里，观众追随的就是她了。然而她的出现通常是弱的，形象、气场，无一不弱，最终却收到最强的效果。

　　听过一些转过行当的老演员彻悟地说：换了其他行当，才知道乌衫实在是不好做的，抑郁得慌。

这个悲剧行当，长期处于敛着的状态，小心本分，不敢高声大语，因为卑微，容易受欺，受人欺负还得忍气吞声，遭遇多不幸，悲苦地活着。因为一直敛着，感情都蓄着，聚敛的目的在于倾诉，所以一旦倾诉，就不得了。潮剧的乌衫重曲，有大段大段的唱，是最见唱工的行当。好乌衫会唱曲，她们的曲是传唱最广的唱段。当你心里有了她，对她有了恻隐，有了同情，她的寒素是最得当的服饰，最对得起她的苦难，经历了这样的苦难，她有种升华的美，你的心有种如洗的清新和宁静。乌衫的动人，在"情"。

乌衫着装朴素已极，因为有内在的丰盈，故而不惧朴素，甚至，这种外在的朴素，更彰显了内在的饱满。眼里的东西，有时可能是一种干扰，只有心里的东西，才是最有价值的。高明的艺术家，要的是占领人们的心灵。拿掉干扰项，外在的东西甚至不惮一减再减。

范泽华老师是潮剧名青衣。已近八十的人了，几十年前从艺的点滴仍顽固地不时来访。她说，排《磨房会》的时候，马飞先生就同她说，只要站在那里唱就好。虽然先生的态度很明确，还是问先生，不需动作吗？先生道，一点小动作，不要多。《磨房会》的开头，是一大段乌衫角的唱，有十来分钟。很多人记得女主角李三娘这段曲。还有《春香传》狱中一节，泽华老师当年饰春香一角，颈上套一个大枷锁，跪于尘埃，长枷支地，就这样，基本零动作变化，并无意想中的手足无措，唱完《狱中歌》，愣是感动台下无数老少。

真是朴素到家了。

现在的演员不敢，台下那么多眼光，不卖力心里不踏实。

可是，为什么那么卖力，观众还不买账？观众要的并非是演员的卖力，卖力或许能博得观众同情，但绝不是赞赏。

马飞们的笃定，是一种自信！

因为强大，所以用减法。把旁枝尽数削去，唯恐除之未尽。连演员的动作都不要多，多了，就花哨了，就分散了，就浅了。

在以前潮剧旦行的行当划分中，中妇这个年龄段只有一个"乌衫"，显然不足容纳这个年龄段对应的所有角色。其实，戏曲界惯用"青衣"来代表中年妇女，也有以偏概全之嫌，着青衣褶子者，往往正在经受磨难。但字面感觉上，还是要比潮剧的"乌衫"好，在潮剧中，最明艳的闺门旦被称为"蓝衫"，也颇不明艳。

有些事情，想想还是有意思的。"青衣"的说法，来自扮相，而且是"苦扮相"。中年妇女者，当然有着青衣的贫妇，也有着锦衣的贵妇，却以"青衣"代替锦衣，可见中国古代中年妇女的代表形象是苦难的，也许女人到了中年，都是需要承担的，在亲老儿幼的时候。

青衣仍是现在潮剧舞台的重头戏。新剧目的女主角，往往锦衣盛装，气势气场都不小，然而，仍怀念那个外在质朴无华、卑微谦细而内涵丰富的乌衫。她的出场，是把自己放得非常非常地低，低到尘埃里去了，但她最后却亭亭立于观众的心中，在那里占了一席之地。

从潮剧的乌衫旦身上，可以明了一个道理：原来一个人，把自己放得很低，她的升腾空间就会变得很大。现在的演员，谁能有这样的底气，把自己弄得如此不起眼？倒是反过来，恨不得一出场，就罩住全场。然后，观众就在一场接一场的激昂和亢奋的带领下，变得疲劳麻木。现在的曲子为什么不敢慢，因为生怕观众不耐烦。这种理由道破了一个事实：表演团队与观众之间的关系并不对等，"迎合"是明摆着的。但迎合并不能真正讨好，还是"理解"万岁。

（录自《潮剧的味道》，中山大学出版社，2016年版）

说秦腔·生命的呐喊

陈　彦

　　截至目前我还没发现哪一门艺术能如此酣畅淋漓地表达一个人的生命激情，如此热血涌顶地呼喊一个人的生命渴望，如此深入腠理地宣泄一个人的生命悲苦，那就是秦腔。无论你喜欢不喜欢，待见不待见，珍视不珍视，它都以固有的方式存在着，不因振兴的口号呼得山响而振兴，不因"黄昏"的论调弹得地动而"黄昏"，也不因时尚的猛料生余桑拿烹熘蒸煮而时尚，总之是我行我素，处变不惊，全然一副"铜豌豆"做派。

　　秦腔到底生成于什么年代，至今尚无大家都接受的论断，有人在《诗经》里就找到了"秦腔"二字，当然那个秦腔明显不是今天所说的这个"以歌舞演故事"的秦腔；有人说秦腔原创于秦代，这话初听似有道理，可时至今日也无太多史料可供佐证；还有人说秦腔糅成于西汉百戏涌流长安时期，但研究资料缺乏相互支持，尤其是无成形唱本传世，似乎也不足为取；

倒是秦腔成于盛唐之说，不仅有正史野史考据，而且有唐人评李龟年唱《秦王破阵曲》"调入正宫，音协黄钟，宽音大嗓，直起直落"的说辞，这种演唱特点和方法，也正是秦腔至今都在传承效法的正宗腔调，因此可以说李龟年的"秦王腔"，当是有史可考的早期秦腔。

秦腔至明朝已是比较成熟的形态，不仅盛行于陕甘一带，而且随着明末李自成农民起义军的四处征战而流播八方。据载起义领袖们个个都是秦腔爱好者，有的甚至是高级"票友"，而李自成出身乐户，唱秦腔更是够得上专业水平，因此连军乐都采用的是秦腔曲调。有如此多的说了话就能算数的大领导关心爱护，加之大规模的战争席卷，自然使秦腔得到了前所未有的推进与发展。到了清朝中叶，秦腔更是登上了中国戏曲的霸主地位，在有名的"花雅"之争中，甚至"打败了"（引用曲籍语）昆曲、京腔，成为一个时代的戏曲最强音。所谓"花雅"之争就是民间与正统之较量，以秦腔为代表的地方戏曲自是花部，而以昆曲为代表的上流戏曲则是雅部，花即旁出、非主流、野路子、下里巴人之意，而雅则是正出、高档、中规中矩、温文尔雅之资质。今天看来，"花雅"之争其实是民间力量对少数士大夫阶层所固守的"小众文化"的一种潮汐与遮蔽，胜败之说似乎有点过于意气用事。所谓秦腔"打败"昆曲之时，正是洪昇写出《长生殿》和孔尚任诞生《桃花扇》的传奇创作巅峰时期，因其思想性与艺术性都达到了太高的境地，随之形成了文人雅士更进一步的雕琢之风，终使昆曲成为花瓶，而被广大受众所抛弃。以秦腔为代表的花部戏曲，则带着与生俱来的生命率性与忠孝节义的恒定思维，使观众重新找到了心理适应，它的"杂乐共作秦声尊"的一时显赫当是事物律动的必然。不过这种"香饽饽"时期很快就被代表着士大夫阶层的清政府所搞臭，他们视异常率性本真的秦腔为粗俗、不洁，不仅弄权，而且动武，先是不许秦腔在京城内演出，只让在京郊流动，后来干脆完全赶出京师，并明令严加禁止演出与传播，秦腔艺人被卖身为奴，其子孙三代不得应试，时有陕西华县一秦腔"大腕"因中举而头颅被"喀嚓"，诸多"粉丝"为其鸣不平悉数遭"严打"。

时间进入公元二十世纪八十年代，秦地有一叫贾平凹的人写了一篇名叫《秦腔》的散文，异常真实地记录了秦腔在秦地的生命不息，繁衍不止，那种对秦腔生命力的通透阐释与肌理把握，要叫我说，代表着这个人散文的最高成就，我甚至预言：秦腔不灭，《秦腔》不忘。后来这个人意犹未尽地又写了一部同名长篇小说，那方面的成就是另一帮人的另一个话题，但仅抽出对秦腔这个生命肢体的密码破译来讲，我更喜欢先《秦腔》的生命概括与直截了当。秦腔并没有因为清政府的"喀嚓"而"喀嚓"，现在不仅"八百里秦川尘土飞扬，三千万儿女高唱秦腔"，就连甘肃、宁夏、青海、新疆、西藏都弥漫着豪气冲天的大秦之音，相反倒是清政府极力推崇的昆曲至今仍需特别加以保护才能维系一脉香烟，个中情由实在不是三言两语所能道明。

现在让人不由得不冒后怕之虚汗的是，当初秦腔要是被乾隆爷爱上，千恩万宠弄进宫去，先把那些"毛糙"的东西打磨掉，再精雕细刻一番，镶上几颗"金牙"，敷上一层脂粉，洒上一些洋人的香水，让男人像鼻子被鬼捏住了一样做女人腔，最终把秦腔搞成"牙雕""鼻烟壶"之类的仅供少数人把玩的"精品"也未可知。看来民间的东西走向象牙塔真不是什么好事，秦腔能有今天的红火热闹，清政府绝对是帮了大忙的，要不是他们飞起脚来把秦腔从京城踢出去，让秦腔远离贵族气、精巧气、鸟笼子气，秦腔还真不会有今天的"三千万儿女高唱"呢。

秦腔最重要的品质是具有生命的活性与率性，高亢激越处，从不注重外在的矫饰，只完整着生命呐喊的状态。我曾经对一位想了解秦腔的外国记者讲：秦腔酷似美国的西部摇滚，喊起来完全是忘我的情态。那位记者在看演出时，见"黑头"出来一唱他就乐了，直说太像摇滚，只是节奏有些缓慢而已，很快，"黑头"又唱起了"滚白"，节奏之快犹如铁锅蹦豆，愤怒之态毫不亚于现代人的愤世嫉俗，他终于对我的"摇滚说"完全信服了。上个世纪末风靡都市的国人摇滚，从某种程度上讲，有点接近秦腔对生命阐释的感觉，但远远只是皮毛，那种呐喊带着太多私人化和情绪化的东西，而缺乏生命的深度，喊一喊就过去了，可秦腔对命运、人性的深层呐喊仍在不惊不乍地继续。我们有时会想当然地把"老戏"归结为宣扬封建传统那一套，那是实在不了解"戏"之"老","老戏"对弱者的同情抚慰，对黑暗官场的指斥批判，对善良的奔走呼号，对邪恶的鞭笞棒喝，从来就不曾下过软蛋，且立场之民间更是货真价实，而非伪饰矫情，因而，我对鲁迅先生之于"旧戏"的有关指责，向来都是怀着不敬的，老先生可能看戏不多又喜欢发议论，失之偏颇也就在所难免了。

秦腔是不容置疑的民族最古老戏曲剧种，给个中国戏曲"名誉太祖爷"的名分大概不会引起什么纠纷，在沧桑的世事流变中，多少"嫩花香草"婆娑舞动一番便烟消云散，有史记载的三百六十余剧种而今尚有几多安在哉？可"太祖爷"却始终没有因年事已高而变得声息渐远，相反倒是随着时间推移愈来愈精神矍铄、老当益壮。据不完全统计，仅西北五省就有各类秦腔剧团数千家，甘肃甘谷县人口五十六万，业余秦腔剧团倒有六十五摊，而遍布在这些省份大中城市的秦腔茶园，更是擂台叠加，风起云涌，你方唱罢我登场，无利熙来也攘往。至于在都市旮旯，校园一隅，乡村背街，田间地头抖动着的秦腔神经那更是如繁星眨动，数不胜数。在以弄钱为生命本质要义的今天，尚有这么多人爱着这么"土头土脑"的"赔钱货"，且摇头晃脑，闭目击节，"不知有汉，无论魏晋"，真的已经让外人觉得很是有些不可理喻了。

我以为秦腔让西北人百揉千搓而不弃的根本原因，是它的阳刚气质对人的血性补充的绝对需要，就如同生命对钙、铁、锌、钾、锰、镁等微量元素需求的不可或缺。若以乾坤而论，秦腔当属乾性，有阳刚之气，饱含冲决之力，而这种力量也正是民族所需之恒常精神，秦腔似大风出关，秦腔如长空裂帛，为了一种混沌气象，他甚至死死坚守着"粗糙"之姿，且千年不变，以有别于过于阴柔的坤性细腻。精致的时断时续，时有时无，"粗糙"的反倒气血偾张，寿比南山，这便是生命的本质机密。相对于今日一切都追求"上品""精品""极品"之奢靡，秦腔同样也面临着死亡的绞索，因为我们也正在自觉或不自觉地向精致邀宠献媚。我们很难抵御"好日子""真高兴"之类的甜腻"坤"声诱惑，不羁之"乾"腔因缺麻酥酥的蹭痒感而被时尚所唾弃，但一切时尚都是过眼烟云，唯有笨拙的古朴守望才是真正的生命"常道"。无论怎么活着，我们都需要阳风，需要大气，需要甚至是带着"毛边"的勃发与冲决，那么最好的办法就是先吼几声秦腔。

（录自《说秦腔》，上海文艺出版社，2017年版）

睇大戏

黄天骥

　　"文化大革命"以前，南下的火车一过坪石，车厢便响起了粤曲。旅客便知道进入广东境内了。客居异地的人，"近乡情更怯"，一听到家乡的乐声，不禁心潮起伏。广州人，无论男女老少，都知道粤曲是岭南文化的名片。我记得，我是在西关的巷子里，听到盲妹拉着二胡，唱起《客途秋恨》，才知道有所谓粤曲的名目。

　　大概在二十世纪三十年代后期，我才几岁，被大人带到长堤的先施公司天台上看粤剧。那时叫"睇大戏"（后来研究戏曲史才明白，这是广东人把粤剧区别于地方小戏，以及很少上演"折子戏"的缘故）。在我的印象中，天台上的戏棚，顶部挂着许多煤气大光灯，有几个演员在舞台上咿咿呀呀地唱，有的画着大花脸，有的头上有雉鸡尾。舞台上，摆上几张桌椅，台后挂着的天幕，上面画些亭台楼阁。正奇怪间，忽然台边跑出两个人，把桌子搬走，把天幕上的画卷起，露出另一张画着山水树木的画幅。台上又出现几个穿着五颜六色服装的妇女。我一点都不知道他们搞什么名堂，看了一会，便拉着大人回家。不久抗战军兴，一些爱国的粤剧演员，像关德兴先生等，便奔赴内地，或义演劳军，或演出鼓舞人民斗志的剧目，他们受到群众普遍的赞扬。

我懂得睇大戏，已是抗战胜利后的事。那时，我常到长寿东路的乐善戏院。院前广场，常有走江湖的艺人耍猴卖武。戏院门口，两边各有两个用纸皮竹篾扎制，高丈余的彪形大汉。我也不晓得那是什么东西。只见它们盔甲鲜明，面目狰狞，让人害怕。当观众进入前厅，便可拿到一张"戏桥"，上面印着正印花旦、文武生之类角色和演员的名字，又有简略的剧情介绍。我们凭票对号入座，不久大锣大鼓，震耳欲聋。大幕打开，射灯把舞台照得通亮，这情景和先施公司的天台戏棚大不一样了。

当时，粤剧上演的，既有传统剧目，也有好些新编剧目。像《甘地会西施》，一看剧名，便知道它是胡诌的故事。到今天，许多情景都已忘记，但我印象最深的，首先是舞台上的布景。那时，美工人员已懂得使用灯光设置，把舞台映照得七彩斑斓，报章上还渲染戏班用的"宇宙光"。其次是演员们穿的服装，不论扮演的角色是贫是富，一律缀着胶片，灯光一照，便闪耀着漂亮的光点。听大人们说，有一个戏，主角的衣服上缀满小灯泡，靴底下有铜片。当他站到舞台中央，与地板上的电源接触，那主角身上一下子亮光四射。观众们大开眼界，也大吃一惊。那时候，戏班只求"收得"（赚钱），光怪陆离，在所不计。

广州的大戏，其实并非珠三角原住民的土特产，它是清代中叶从北方皮簧系统传入的戏曲。唱白也用不三不四的京腔，后来才改用粤语。而广州又较早接受西方文化的影响，因此，新中国成立前，大戏的许多方面，明显有着西方电影和戏剧的烙印。有关这方面的是非功过，这里不能细述。

我想，事物的发展，总会有从粗到精、从乱七八糟到具有独特风格的过程。先拿过来，再由历史磨砺淘洗，让它呈现新的面貌，这从来就是广州人的品性。

（录自《黄天骥文集·拾伍·岭南新语》，广东人民出版社，
2018年版）

辑四　　戏台·天地

香港听戏记

谷　苇

　　大概是因为做了半辈子文艺记者，耳濡目染也就成了"戏迷"。一到香港，就向朋友打听有没有看戏的机会。当然，最好是看京戏、昆曲，退而求其次，能看上越剧、粤剧也好。至于淮剧、扬剧、甬剧等，我原先也是估计到不容易看到的。

　　"很遗憾。这半年里，香港没有请什么大陆的剧团来演出。看来，你没有看戏的机会了。除了有一个话剧团在用广东话演出外国剧目，戏曲是一台也没有的。"朋友知道我是不太精通粤语的，看这样的"话剧"也够呛，所以也没有坚持安排去看"广东话剧"的节目。

　　但是，几天以后，朋友还是来请我去"听戏"了。而且是听的道道地地的京剧。

　　穿过湾仔海边灯火璀璨的大道，来到了著名的"香港艺术中心"大厦。电梯把我们送到高层的一处楼面上。一出电梯门，就听到室内传来悠扬的京胡与二胡的伴奏声，"苏三离了洪洞县，将身来在大街前……"果然是"正宗梅派"，很够味儿。当然，毕竟是一群业余京剧爱好者在"玩票"，不能"横挑鼻子竖挑眼"的。唱的人"自得其乐"，听的人也是叫好不迭。没有人不识时务喝半句倒彩的，甚至连表示"不卑不亢，不冷不热"的也没有。倒是近于寻开心的话不少。"好！"一声喝彩之后，加上一句："比梅兰芳老板唱得还有味儿！"于是一阵哄笑，胡琴戛然而止，重调弦儿再开场。这回出场唱的却是"余派老生戏"《定军山》了。

朋友把我这个不速之客向主人们一一做了介绍。"这位是G先生，××银行经理。著名票友。""这位是L太太，唱了几十年梅派了。1948年到香港的。"因为都是"上海人"，几句话讲过，就不拘束了。

"我们都是出来几十年的人了。从'老上海'变成了'老香港'。眼看着香港建设、发展成现在的样子。说老实话，五十、六十年代，香港并不比上海像样。——现在，吃惯了广东菜，口味也变了。只是喜欢听京戏的习惯，还是老样子。"L太太是个爽快人，她一开口好像就不打算用"休止符"。她说她喜欢看梅先生的戏，以前在上海，几乎梅兰芳"每演必看"。到香港还赶上看了一个时期马连良、张君秋、俞振飞的戏。那是新中国成立不久，这几位还在香港演出的时候。

"他们走了。香港就没有什么好戏看了。"G先生正好唱完一段《洪羊洞》，参加我们的聊天。"以后，大陆来的剧团名角是不少，但每次演出时间总嫌短。十天、半个月就'载誉而归'了。"戏迷们很关心他们自己喜爱的名演员，上海的童芷苓、李玉茹，北京的杜近芳、赵燕侠，还有云南的关肃霜，他们都熟悉。对于六十年代初到香港演出过的上海青年京昆剧团那一班人马——李炳淑、华文漪、杨春霞，等等，那印象至今还异常深刻。他们弄不懂："杨春霞在上海不是蛮好嘛？为啥要调到北京去呢？""我看还是在上海好。""到北京也不错。照样挂头牌嘛！"谈话越来越显得自由自在、无拘无束。我毕竟不是"圈内人"，涉及演员调动等"内情"的，我实在不知就里，自然也就毋庸置疑了。

朋友告诉我，现在香港一地京剧票房有好几家。参加者有企业家和他们的太太，这是票房的"经济基础"。办票房要钱，老板和老板娘花这点钱，换取"自得其乐"是划得来的，因此不仅"毫不吝惜"，而且"乐此不疲"。有些从大陆来的著名票友、琴师，都借此定居下来。票房与票友也有几个层次，有些票友都是"薪水阶层"，戏称自己的票房是"平民夜总会"。可惜没有机会去那里观光一下。但是我想恐怕那里的空气会更自由一些的。因为，我曾经光顾过香港"港澳码头"的"平民夜总会"——那是一处类似上海外滩的一个长方形的广场，入夜，数以百计的摊档汇集于此，各式小吃，鲜鱼海味，价廉物美，几乎座无虚席。熙来攘往的人群，莫不喜形于色，在耀人眼目的灯火之下，使人有身入不夜城的感受。

香港的票友对上海的票房活动也很关切。他们希望加强港沪的京剧票友的联系，如果可能的话，也可进行一些互访活动。——自然，那是"以戏会友"，不妨粉墨登场一番。

夜深人静，我们从"香港艺术中心"的大厦出来，沿着湾仔的海边漫步而归。我不禁提出一个疑问："香港如此繁华，为什么竟没有一个京剧团，甚至一个粤剧团呢？""恐怕有很多原因。原因之一是香港人太忙，真正有空看戏的人不多，一个剧团要常年演出，怕很难长期满座，剧团生存不了。六百万香港人中，大多数是广东人，福建人少些，江浙人更少。所以京剧、昆曲，显得'曲高和寡'，越剧就普及些，但一个剧团要真正长期演下去，怕是有困难的。这样看来，还是请大陆的剧团经常来做短期演出为好——这是'两全其美'。"

朋友并非权威人士，他的话，我也只好"姑妄听之"。

（原载1986年第2期《上海戏剧》）

戏台天地

——为《戏联选》而写

汪曾祺

　　高邮金实秋承其家学，长于掌故，钩沉爬梳，用功甚勤。他搜集了很多戏台上用的对联，让我看看。我觉得这是有意思的工作。

　　从不少对联中可以看出中国人的历史观和戏剧观。有名的对联是"戏台小天地，天地大戏台"。这和莎士比亚的名句"整个世界是一座舞台，所有的男男女女只不过是演员"，极其相似。古今中外，人情相通如此。这是一条比较文学的重要资料。"上场应念下场日，看戏无非做戏人"，莎士比亚也说过类似的话，"每个人物都有上场和下场"，但似无此精练。中国汉字繁体字的戏字，左从虚，右从戈，于是很多对联便在这上面做文章。大意无非是：万事皆属虚空，何必大动干戈！其实古汉字的戏字，左旁是"虚"，属"虚"是后起的异体字，不过后来写成"虚"了，就难怪文人搞这种拆字的游戏。虽是拆字，但也反映出一种对于人生的态度。有些对联并不拆字，也表现了近似的思想，如"功名富贵镜中花，玉带乌纱，回头了千秋事业；离合悲欢皆幻梦，佳人才子，转眼间百岁风光"，如"牛鬼蛇神空际色，丁歌甲舞镜中花"。有的写得好像很有气魄，粪土王侯，睥睨才士，一切都不在话下，如清代纪昀的长联，"尧舜生，汤武净，五霸七雄丑角耳，汉祖唐宗，也算一时名角，其余拜将封侯，不过掮旗打伞跑龙套；四书白，五经引，诸子百家杂曲也，李白杜甫，能唱几句乱弹，此外咬文嚼字，都是求钱乞食耍猴儿"。这位纪老先生大概多吃了几杯酒，嬉笑怒骂，故作大言。他真能看得这样超脱么？未必！有不少对联是肯定戏曲的社会功能的。或强调其教育作用，如"借虚事指点实事，托古人提醒今人"；或强调其认识作用，如"有声画谱描人物，无字文章写古今"。有的正面劝人做忠臣孝子，即所谓"高台教化"了，曾国藩、左宗棠所写的对联都如此。他们的对联都很拙劣。倒是昔年北京同乐轩戏园的对联，我以为比较符合戏曲的艺术规律，"作廿四史观，镜中人呼之欲出；当三百篇读，弦外意悠然可思"。至于贵阳江南会馆戏台的对联"花深深，柳阴阴，听别院笙歌，且凉凉去；月浅浅，风翦翦，数高城更鼓，好缓缓归"，这样的对看戏的无功利态度，我颇欣赏。这种曾点式的对生活的无追求的追求，乃是儒家正宗。

中国的演戏是人神共乐。最初是演给神看的，是祭典的一个组成部分。《九歌》可以看作是戏剧的雏形，《湘君·湘夫人》已经有一点情节，有了戏剧动作（希腊戏剧原来也是演给神看的）。各地固定的戏台多属"庙台"。城隍庙、火神庙、土地庙、观音庙，都可以有戏台。我小时候常看戏的地方是泰山庙、炼阳观和城隍庙。这些庙台台口的柱子上多半有对联。这些对联多半是上联颂扬该庙菩萨的威德，下联说老百姓可以沾光看戏。庙台对联要庄重，写得好的很少。有时演戏是专门为了一种灾祸的消弭而谢神的，水灾、旱灾、火灾之后，常常要演几天戏。有一副酬雨神的戏台的台联，"小雨一犁，这才是天遂人愿；大戏五日，也不过心到神知"，写得很潇洒，很有点幽默感，作者对演戏酬神并不看得那么认真，所以可贵。这应该算是戏联里的佳作。甚至闹蝗虫也可以演戏，这是我以前不知道的。武进犇牛镇捕蝗演戏戏台的对子，"尔子孙绳绳，民弗福也，幸毋集翼于原田每每；我黍稷郁郁，神其保诸，报以拊缶而歌呼乌乌"，写得也颇滑稽。大概制联的名士对唱戏驱蝗也是不大相信的。这副对联"不丑"。

很多会馆都有戏台。北京虎坊桥福州馆的戏台是北京迄今保存得比较完好的古戏台之一。会馆筑台唱戏，一是为联络乡谊，二是为了谢神。陕西两粤会馆戏台台联，"百粤两省廿七郡诸同乡，于是语言，于是庐旅；五声六律十二宫大合乐，可与酬酢，可与祐神"，说出了会馆演戏的作用（会馆演戏常是邀了本乡的班子来演的）。宋元以后，商业经济兴起，形成行帮。

行，是不同行业，帮则与地域有关。一都市的某一行业，常为某地区商人匠人所把持，于是出现了许多同乡会——会馆，这是他们生存竞争的相当坚实的组织。许多会馆戏台的对联给我们提供了解这方面情况的资料。俞曲园是为会馆戏台制联的高手。会馆戏台台联一般都要同时切合异地和本土的风光，又要和演剧相关联，不易工稳；但又几乎成为固定的格式，少有新意。

三百六十行，都有行会。他们定期集会，也演戏，一般都在祖师爷的生日。行会酬神戏台的对联有些写得不即不离，句句说的是本行，而又别有寄托，如酒业戏台联，"正值柳梢青，乍三叠歌来，劝君更进一杯酒；如逢李太白，便百篇和去，与尔同销万古愁"，铁器行戏台联，"装成千古化身，铁马金戈，总是坚心炼就；演出一场关目，风情火性，无非巧手得来"，都是如此。

春夏秋冬，四时演戏，都有台联，大都工巧。

后来有了专业营业性的剧场，就和谢神、联谊脱离了关系，舞台的台联也大都只谈艺术了。有些戏联是与剧种、剧目有关的。有的甚至只涉及某个演员。

对联是中国特有的文学形式（1939年我路过越南时曾看到寺庙里也有对联，但我全不认识，虽然横竖撇捺也像是汉字，但结构比汉字繁复，不知是什么字）。这跟汉语、汉字的特点是有关系的。它得是表意的，单音缀的，并且是有不同调值（平上去入）的，才能搞出对联这种花样。在极其有限的篇幅里要表达广阔的意义，有情有景，还要形成对比和连属，确实也不容易。相当多的对联是陈腐的，但也有十分清新可喜的。戏联因为是挂在戏台上让读书不多的市民看的，大都致力于通俗，常用口语，如"大戏五日，也不过心到神知"即是，这是戏联的一个特点。

我觉得戏联至少有两方面的价值。一是民俗学方面的，一是文学方面的。

实秋索文，我对戏联没有深入的研究，只能略抒读后的感想如上。

1986年12月28日于北京蒲黄榆路寓楼

（原载1987年第8期《读书》）

《红毹纪梦诗注》序

吴祖光

张伯驹先生字丛碧，籍贯河南项城，父张镇芳于清末历任盐官等朝廷要员，显赫一时。伯驹先生少年才俊，风华绝代，由于出身贵胄，本可驰骋官场，飞黄腾达，但生性独钟文学艺术，视功名利禄如尘土，于诗词文史造诣精深，琴棋书画无所不能；又是鉴定和收藏文物的大家，曾以脱手万金购买田黄石章震惊当世。全国解放后，应郑振铎之请，于1952年首将珍藏的稀世之宝隋展子虔《游春图》让于国家；后又将西晋陆机《平复帖》、杜牧《赠张好好诗》等八件无偿捐献给国家，尤为世所艳称。

伯驹先生的多才多艺还表现在京剧表演艺术上的不凡成就。他的前半生正处于京剧鼎盛时期，从七岁起便为京剧强大的艺术魅力所慑服。当时京剧演员人才辈出，他求师访友，移樽就教，得到许多当代名伶的真传；文武昆乱不挡，能戏甚多。

二三十年代的余叔岩是京剧老生行的泰山北斗，时人均以一亲颜色为荣，张从余学戏，二人交谊甚厚，情深莫逆。1937年春，伯驹四十岁生日，为河南赈灾举行演出，广邀名角登台献艺。大轴《空城计》，伯驹主演孔明，而以杨小楼配演马谡，王凤卿赵云，程继仙马岱，余叔岩则配演王平，极一时之选，为北平京剧的空前盛会。《红毹纪梦诗注》以七言绝句一百七十七首抒写作者一生中参与京剧活动的往事，从看戏、学戏到演戏、论戏，记剧坛掌故、剧人动态，兼及社会风貌，每首诗后都附有或详或简的注释。诗既明白晓畅，文亦清新可读。对京剧历史及民情风俗的演变自有研究参考的价值。

伯驹先生敦厚诚挚，豪放旷达，富有同情心，拯饥援溺，爱人如己。一生处事贯串一条爱国忧民的主线，在政治上能够明辨是非，昭昭在人耳目，难能可贵。1949年北平和平解放，先生协助谈判，与有功焉。后远戍北疆。后来由于周总理的关怀始得重返北京，却又遭苦难；幸得见歹人覆灭。于1982年病逝，终年八十五岁。

将近一个世纪以来世局动荡，张伯驹先生一生中苦乐备尝而苦多于乐。由此形成他思想上的复杂与成熟，又以其天赋之厚，使他在旧体诗词方面的成就达到极高的境界。其平生所作诗词除流散亡佚之外尚逾千首，结集为《张伯驹词集》，内有《丛碧》《春游》《秦游》《雾中》《无名》《续断》共六种。读来只觉含蓄沈绵、情深一往、声容并茂、气象万千。《红毹纪梦诗注》则另具一格，虽如信手拈来，却非游戏之作，而是一部京剧诗史。

此作于1978年在香港中华书局初版出书。事隔八载，由宝文堂书店在北京重版。我初识伯驹先生与潘素夫人于二十世纪六十年代初期，先生已进入晚年，显龙钟老态，非复英年丰采，更不得见台上雄风，使我有相见恨晚之叹。至今先生已辞世四年之久，兹乐为作序如上，不胜感慨系之。

1986年10月15日

（录自《红毹纪梦诗注》，宝文堂书店，1988年版）

记恭王府堂会戏

朱家溍

位于龙头井的恭王府，是乾隆时权臣和珅建造的宅第，嘉庆四年和珅获罪，宅第入官，赐庆亲王永璘。传至第三代，奕劻照例降袭贝勒，另赐府第，此府赐恭亲王奕䜣，从此称恭王府。1982年，恭王府被定为全国重点文物保护单位，开始修理。花园内的戏台去年（1987年）已修葺一新，台上的绣花门帘台帐、挂灯等已制作齐备，最近举办了落成纪念演出。

恭王府花园内戏台是建造在一座船坞式的大厅内，观众席中没有柱子。戏台范围（包括后台）约占建筑面积的四分之一，其余面积都是观众席。戏台四方形，有台柱、台顶和上下场门。

1937年春夏之交，我曾在这里听过一次堂会戏。恭王府的前部包括从府门到最后一进院落的宝约楼和瞻霁楼，民国初年由恭亲王溥伟抵押给天主教堂，但花园不在内。1937年前后，溥心畬先生和溥叔明先生弟兄二人仍居住在园内。那一次堂会戏就是弟兄二人为母亲项太夫人七旬大庆祝寿的戏。那一天，我进的是东随墙门。过了山口，到了戏楼，从东隔扇门进去。先到正厅给老太太拜寿，照例主人在旁陪着还礼，然后招待入座听戏。

凡堂会戏，开场必演《天官赐福》。如果是祝寿的堂会戏，则《赐福》以后还要演《蟠桃会》《百寿图》《满床笏》等戏。心畬先生为母祝寿这一天的戏，用的富连成班底，不例外地也有上述几出戏。当时富连成在科的著名学生如叶盛章、叶世长、黄元庆、李世芳、毛世来、傅世兰、刘元彤等都演了戏。灯晚外串有程继先的《临江会》、尚和玉的《四平山》、孟小冬的《击鼓骂曹》，中间还夹着一出票友下海的李香匀演《廉锦枫》。听说程继先幼年在小荣椿出科之后，有一个时期在恭王府给贝勒载瀛当过随侍，改名德振庭。到民国成立后才又出来重理旧业，很快"程继先"三字在小生行成为第一把交椅，他和心畬先生弟兄还保持着旧关系，所以这次堂会戏程继先是当然的提调。我听心畬先生说，辛亥以后，他随着母亲在西山戒台寺住了多年，才又搬回府中花园。当恭忠亲王在世时，府里有个戏班，唱昆腔和高腔，没有皮黄戏。有个教习叫曹春山（曹心泉之父），还给这个班排过新编昆腔戏，题材是《聊斋志异》中的《大力将军》。曹春山自己扮演大力将军，恭忠亲王逝世后，这个戏班就遣散了。心畬先生并没见过自己府里的戏班，也只听老辈说说而已。但他说，他们弟兄偶然闹着玩，非正式地唱过《四郎探母》。心畬唱杨六郎，叔明唱公主，有个太监唱杨四郎。府里还有些残缺不全的行头，靴子只有一双。"杨四郎"先穿，到"六郎"上场，就把靴子让给"六郎"，"四郎"则换了鞋，逗老太太一笑。

这次戏楼工程完毕，定于7月9日至17日举办戏楼修理落成纪念演出，每日下午3时至5时。9日是首次演出，开场是毓峘先生（叔明先生之子）演奏弦索调，其次是京戏《霸王别姬》，我扮演项羽，由北京京剧院著名演员、梅花奖获得者宋丹菊扮演虞姬。由中国戏曲学院实验剧团的演员、乐队、服装以及舞台工作者们协助演出。

宋丹菊的本行是武旦、刀马旦，兼演花旦。虞姬这个角色属于正旦，俗称"青衣"。丹菊第一次演这出戏，她不仅嗓音清脆，唱法工整，足够一个青衣角色的资格，而且给人一副端丽贞静的形象，是符合角色要求的。舞台工作人员也是应该称赞的。尤其蒋世林师傅，既管场上，又管服装，面面俱到。"绣帘启处，角色登场"的情景，早已绝迹，所以现在的检场人员都不会打台帘。必须在最适度的一刹那，打起台帘，才能使角色出场富有节奏感地亮出相来。从前有句老话，叫作"抢台风"。至于角色下场的时候，打台帘的也不要使角色产生犹疑。蒋师傅都做得恰到好处。还有一件是我多年未未遇到的事，即念完"妃子你要惊醒了"，暂时下场，蒋师傅立刻主动给我搽网子休息。数十年前这样的事不足为奇，近年是很少见的，至少我不敢设想一出戏当中在后台暂时揉盔头，所以我特地把这件事提出来。

10日至17日继续举办招待演出，我又是来宾之一了。桌上摆着点心，盖碗沏茶，随时添换，又重现了数十年前听堂会戏的滋味。几天之内，台上是北昆剧院演出的。洪雪飞、马玉森的《长生殿·小宴》，李梅的《断桥》，蔡瑶铣、满乐民的《奇双会》，祝孝纯的《酒楼》，蔡瑶铣的《女弹》等戏。京戏、昆剧都是在这种台上生长发展起来，所有传统的老戏，一切表演技艺、程式等都是在这种台上积累下来的，所以演员在台上觉得一切顺理成章，有省力并且很自然的感觉。台上人物从服装、道具到唱念做和戏台的结构、建筑装饰、门帘台帐是非常协调一致，相得益彰，尤其在没有扩音器的条件下，听起来很舒服。虽然气象台报告的最高气温34度，但戏楼里毫无暑意，且时时有清风穿堂而过。恭王府工程管理的负责同志表示将来要安装空调设备。我建议不要安装，因为这座建筑物本身具有调节空气的功能，春夏秋三季演戏，冬季停演，也就无须安装暖气设备了。我建议在这里设立一个戏曲博物馆，除收藏文物和史料之外，还专演弋腔、昆腔、乱弹的传统老戏，充分发挥这个重点文物保护单位的作用。

（录自《故宫退食录》，北京出版社，1999年版）

搜求唱片

吴小如

近年来我已多次在拙文中谈及，自己所以成为戏迷，是同从小听留声机唱片分不开的。寒斋的唱片最早是先祖买给先父听的，这一批老古董成为我儿童时代听京戏的启蒙教材。1929年，蓓开公司、开明公司几乎同时开业，高亭、胜利等公司也纷纷邀请著名演员录制新唱片。当时书坊为满足顾客需要，也争印"大戏考"一类专门收录唱片的唱词汇编，只要有这样一套书，想收藏唱片便可"按图索骥"。那时我只是一个小学生，除偶尔缠着先祖母和先母为我买一些唱片外，想充分满足买唱片的欲求是根本不可能的，于是我便想走"自力更生"的道路。一年到头，家里给的少量零用钱很难集腋成裘，唯一的大宗收入就是过旧年所得的压岁钱。记得1931年，当时虚龄十岁，我以三十五元现洋买了一台高亭公司出产的方盒式留声机，可以兼听钻针片和钢针片。直到今天，它虽已"老态龙钟"，仍摆在我的书斋里，供我偶一使用。这台留声机在特殊时期曾被认作一种秘密武器而给搞得遍体鳞伤，后经二小儿耐心修缮，才得苟延残喘没有报废。今日追怀，堪称"佳话"。

说到买唱片，不妨把话说得远一点。我1932年以前所收藏的唱片都是在哈尔滨的几家大百货公司里买的。当时道里有公和利、阜和昶等公司，道外有同义庆商店（"道里""道外"均为哈尔滨地名），都是我经常"光顾"的地方。有的售货员已认得我这乳臭未干的孩子，有时到了新货，还主动推荐；即使买不起，售货员也慷慨地放给我听。有些唱片，还是那时听后的印象，过了几十年才买到手的。我对那几位和蔼可亲的售货员至今怀有敬意和感激之情。

1932年回到北京，经常去的是王府井几家商店。当时如亨得利等钟表店，大都兼售唱片。记得那时有一家胜利公司唱片经销部，专卖中西胜利唱片，地址位于今百货大楼迤北，我也不时进去走走。敌伪统治时期王府井南口有一家乐器店，地址约在今新华书店迤北，里面也出售唱片。其特点是在柜台上总摆着好几堆唱片，任顾客翻来覆去地拣择。我在那里曾买到不少当时已经绝版的佳品。那时经常偕我同行，并不时为我出谋划策的是表兄傅和孙先生。他长我十岁，自先母于1960年病故，已近三十年未再谋面。后来听说表嫂受惊吓患脑溢血症逝世，他也从城里迁住东郊。如果健在，祝他长寿。

从1936年我迁至天津，大量唱片都是在当时泰康商场楼下的隆记商行买的。后来在天津北洋戏院对面的隆声商行和梨栈大街（今和平路）的瑞和隆唱片行也买过一部分。四十年代以后，新唱片日益减少，旧唱片日益增多，隆记商行终于歇了业。我也便由跑商店改为逛商场，因为当时旧唱片货摊多集中在天祥市场和劝业场的楼上，而天祥尤多。偕行者则为舍弟同宾。1946年我结婚以后，我妻子偶尔也陪我兜上几圈。记得解放初期，老友华粹深教授与我本为同好，我们一有空便联袂去逛旧唱片摊，各取所需。每尽兴而归。有一次，南开大学教授孟志孙先生也与我和粹老同游。孟老对此毫无兴趣，却碍于情面不得不勉强奉陪。结果我和粹老连拣带听，更与摊贩讨价还价，流连了三四个小时，尚且余兴未尽。而孟老则鹄立静候，两足酸麻，到后来竟面色苍白，冷汗不止。分手时孟老长叹曰："今日真舍命陪君子也！下回我再也不来了。"今孟、华二老皆为古人，我自己也白发盈颠，迫想昔年同游之乐，恍如隔世矣。

1949年刚解放不久，北京的旧唱片摊集中在东单广场。片商之多，货源之足，令人咋舌。可惜当时我缺乏购买力，只能"择优"入藏，精益求精。由于挑来拣去，十中仅取一二，还不时受到摊商的冷嘲热讽，我也只能装聋作哑。后来这批摊贩被集中到隆福寺，我当然又成为那里的常客。久而久之，与片商混熟了，便约定日期，到他们家里去看货选购。有一次我同华粹深先生曾在一个摊贩家中耽搁了一整天，连午饭都忘记吃。六十年代以后，旧唱片货源渐稀，我和粹老逛唱片摊的兴致也逐渐冷下来了。这时我通过一位学生的哥哥，开始从上海搜求旧唱片，后来我又把这位同志介绍给华粹老。我们两人六十年代以后入藏的旧唱片，绝大部分都是从上海买到的。

关于我同华粹老收藏唱片过程中的趣闻轶事是不少的，我们互相交换、彼此赠送的藏品更不胜枚举。记得有一次在隆福寺，我流连了一下午，把身上所带的钱花得几乎只够回家的车费了。这时突然发现了几张香港新乐风厂三十年代出版的梅兰芳、姜妙香两位录制的唱片。其中有梅兰芳的《春灯谜》《四本太真外传》，姜妙香的《二本太真外传》（高力士扯四门唱段）等。《四本太真外传》我已入藏，而粹老还未买到。他因不常从天津来北京，曾托我如见到即代他购进。另外两张，粹老已有《春灯谜》，而我们两人都没有姜先生的《太真外传》。我算了算身上的余钱，只勉强能买进一张。思想斗争了好半天，最后决定还是应当先人后己，掏出钱来把《四本太真外传》买下，偏偏就在这时，另一位中年男同志毫不犹豫地把梅的《春灯谜》和姜的《太真外传》两张唱片买走了。我彼时的思想状况，真如唐人聂夷中诗句"剜却心头肉"一样地难过。如果当时没有人买，我会恳求片商为我保留一天，次日也就买到手了。直到今天，那张《春灯谜》我还未搜求到；而姜老的《二本太真外传》，则有幸从朱学昀同志那里辗转买到原片的录音，虽效果略差，总算聊胜于无。

就在我和华粹老对搜求唱片的兴趣逐渐冷淡下来的时候，

另一位"唱片迷"同我们取得了联系，那就是红学家吴恩裕教授。吴恩裕先生在这方面称得起后来居上。他不满足于逛唱片摊，连找到唱片商的家里去物色也嫌不过瘾，而是千方百计通过请机关单位开了介绍信不辞辛苦地去各个废品站去"挖潜"。北京的废品站跑遍了还不算，更向外地的废品站、旧仓库去"见缝插针"。单从华粹老那里，吴先生就拿走了三四份介绍信，看来天津的废品站他也几乎踏破了门槛。果然，"种瓜得瓜"，吴先生搜求到的唱片确有我和粹老闻所未闻、见所未见的"海内孤本"，如利喊公司出版的龚云甫的《行路训子》头二段，老蓓开公司出版的讷绍先的《大回朝》等，我都借来听过。遗憾的是，十年动荡岁月，把华粹老几十年收藏的唱片砸得一干二净，吴恩裕先生的劫余唱片目录中也没有一张精品了。我之所藏，则十九为"大路货"，并无足贵。今写入《闲话》，无非对华、吴二先生略志悼念之意耳。

1988年9月讫

（录自《吴小如戏曲随笔续集》，天津古籍出版社，2005年版）

钻后台

秦绿枝

看戏，总是坐在前台看的。

不过我小时候有一种好奇心，看戏不想坐前台，而想钻后台。这好奇心当然是先在前台看戏看得有兴味了，再引发出来的。我对之有兴味的戏是京戏，后台自然也是京剧的后台了。钻后台的第一个目的是瞻仰一下名演员的本来面目、私下风采——我对他们实在太崇拜了。其次是想了解一下京戏神奇的化妆手段，尤其是花旦，怎么一个个都是千娇百媚，像天仙似的。还有就是窥探一下这些在台上说哭就哭，说笑就笑的人，在幕布背后的哭哭笑笑，和戏里又有什么不同。总之，在我想来，剧场后台肯定是一个神秘的世界。

但要跨进后台那黝黑的贴着"闲人免进"字牌的门是不容易的。仅有一条路，指点我拉胡琴的戴先生是更新舞台（今中国剧场）的"官中"琴师，只要他肯"摆肩胛"，就有了希望。

219

我小时候先是跟着留声机学唱京戏。到十二三岁，就弄来一把二胡，把各种西皮二黄的调门拉会，然后配合着同弄堂一个会拉京胡的朋友，给本弄堂爱唱京戏的人吊嗓子。接着就认识了这位戴先生，他正要物色一个拉二胡的"副手"，就看中了我，每星期到我家来一两次，每次我跟着他拉上个把小时。

戴先生教了我一段日子，我还同他出过两次"堂会"（在宁波同乡会），讨得他的欢喜。一天他对我说："几时我带你到后台去见识见识，不过你要买好两包香烟，也不要太好，美丽牌就行了。"我听了，大喜过望。尽管我上中学的零用钱十分拮据，每天只够买一碗面当中饭吃，还是省了下来，买了香烟。我记得我那时不是十五岁就是十六岁，年份不是1941年就是1942年。

这天，日近黄昏，戴先生就来催我快跟他走，因为头里两出戏是他拉。刚踏上更新舞台后台门外那个小扶梯，戴先生回过身来对我说："香烟呢，拿来给我。"我连忙从口袋里掏出来给他。他一把接过，自己揣一包，一包拿在手里，拉门而入，一个穿深棕色长袍、剃平顶头的汉子走过来同他打了招呼，一眼瞥见了身后的我，厉声问道："你来干吗？"戴先生忙道："我的徒弟，来学学。"说着递了一包香烟过去，那人一边说着"不客气"，一边就拆包取烟，并叮嘱我："可别乱跑啊！"戴先生把我领到场面背后的空隙处，说："就在这儿看吧。"

仿佛那时在更新演出的名角是梁小鸾和王琴生，那晚演的还是双出，有一出是《三娘教子》。起先我倒也规规矩矩地站着，不过眼睛并不专盯着台上，而是不时地瞟着演员下场后的一举一动。有化好妆的演员候场时，也站到我这块地方来看台上的演出，这时我几乎可以面对面地观赏他们的形象，别的行当倒还好，就是花旦有点令我失望，脸上的胭脂、粉涂得那么厚，又那么反差强烈；手上、臂上也涂了一层白粉，可是，真绝，一到台上，灯光一照，就是令人想入非非的皓腕了。

梁小鸾一期结束了，接下来是谭富英。梁小鸾仍旧留下来，为他"跨刀"（挂二牌的意思）。谭富英可是个名震一时的大角。有关他的传说很多，比较集中的是他除了唱戏，不问世事，所有的业务往来全由他父亲谭小培作主。谭小培也唱老生，却未唱红，便把希望寄托在儿子身上。传说他家的祖爷爷谭鑫培曾对谭小培说过一句意味深长的话："我养的儿子不及你养的儿子。"确否待证，但谭富英的盛名无虚，也由此可见。

我向戴先生提出了想去后台的要求。他立刻现出一副为难的神态，说："谭富英不比别人，后台管得紧，再说吧。"但是过了一天，我刚在吃晚饭，戴先生匆匆跑来叫我："今天有个机会，要去现在就去。"于是我马上放下碗筷。

快到更新舞台，戴先生忽然问我："身上带钱没有？"我说有，当然也不多，买两包香烟总够。但是戴先生又说："美丽牌不行了，今天得买'前门'。"

今晚谭富英演的是《乌盆记》，他露面很晚，《乌盆记》已经开锣，他才由一群人簇拥着从独用的化妆室出来，有人为他捧着小茶壶，有人替他拿着"口面"（胡子）。在上场门口对着镜子，谭富英小作整容，喝了两口茶，这才叫了一声"刘升，带路"。迎着台下的哄然叫好，刘世昌出台来了。

到刘世昌被害身亡，谭富英一进下场门，跟包的就忙不迭地为他松了网巾，褪了口面，急急地走进了他的化妆室。门关得紧紧的，外面有人看着，谁也不许进去。好久，好久，台上已经演到张别古来向赵大讨债，赵大领他去窑库了。只见那间化妆室的门忽然打开，前呼后拥，谭富英又出来候场了。

如果是名角荟萃的会演或义务戏，后台的景象更令人目不暇接了。也是在这个更新舞台，好像是1947年的一个春日下午，这里演出了当时非常"热门"的全本《蝴蝶梦》，即《大劈棺》，为一个慈善医疗机构进行募捐。周信芳饰庄周，童芷苓演田氏，刘斌昆演二百五等，都是出色的当行。

那天，我早早地就混入了后台，死守在下场门口。周信芳先生已经到了。走到一个房间内，遇见了刘斌昆，就说："把咱们那段来对一对吧。"

"对一对"，就是简单地排练一遍的意思。

"咱们那段"就是刘斌昆扮演的纸人二百五，经过周信芳扮演的庄周一番点化，竟然活了起来，成了书童。于是就在那房间门口，两人口中念着台词，手臂做着姿势，步伐跟着移动。他们原来就是多年的老搭档，彼此心灵感应，都不需要向对方提示什么，就能做到配合默契。后来我再看他们化好妆，在台上演这一段，与刚才对戏时一模一样，只是渲染得更有声色了。

这出戏最叫人惊心动魄的地方是在最后一场的"田氏劈棺""庄周显灵"。周信芳先生表演了"变脸"的绝技。舞台上靠下场门放了一具棺材，我从后台看得清清楚楚，棺材是空的，面对观众的一头底下用景片遮着，庄周一身道装，从底下钻了进去。一个检场的手里捧着两团油彩和成的稀泥，田氏举斧一劈，棺材盖忽地掀开，庄周站了起来，霎那间几次回首，用手抓起油彩往脸上一抹，就变成了金脸、灰脸。

《大劈棺》一剧在建国后的很长时期内视为内容荒诞的坏戏，近几年稍有缓和，仍被说成是有争议的戏。昆剧名演员梁谷音曾演出了经过改编的本剧，竭力表现田氏渴望爱情自由的行动，同时也竭力表现昆剧独有的柔美风格，如最后一场象征蝴蝶梦的蝶舞，色彩绚烂，赏心悦目，但又让人感到轻飘飘的，少了分量。这时我不禁回忆起周信芳先生的变脸来，虽说有些恐怖，却弥漫着一种浓烈的神奇的气氛，看过一遍，终生难忘。

我二十四岁起正式踏进新闻界，当了文艺记者，专门采访戏剧界的活动，这样，跑后台是一种名正言顺的工作需要，后台的神秘感也逐渐在我心中消失了。在上海各个剧场的后台，我不但能接近更多的京剧名角，而且认识了其他剧种的好些名家，进一步了解到他们艺术生涯的甘苦，才知道后台也是个复杂的社会缩影。演员置身其中，首要的任务是排除杂念，聚精会神，为即将出台表演做好准备。比如盖叫天先生一化好妆，就闭目静坐，等待上场，连话也不与人交谈。马连良先生穿戴完毕，要对着镜子前照后照，上照下照，旁人最好少去打扰。然而经常也有吵闹之声从后台响起，不知是谁有什么事不顺心，临场发起脾气来了。至于冷嘲热讽，闲言碎语，也是随时可以在后台的某一角落听到的。一道大幕，将前后台隔成两个世界，前台是花团锦簇，轻歌曼舞，后台也许有你想象不到的焦急、担忧、烦恼、苦闷。再一想，天地大戏台，戏台小天地，人生中的一些现象，又何尝不是演戏一般，人前是一副面貌，人后又是一副面貌，变化之快，亦如前台之别于后台。看穿了戏台，也就是看穿了人生。

当我自以为对此有一点悟解之后，非但后台不去涉足，连前台看戏也鼓不起兴趣了。

1989年11月26日

（录自《太平世事：秦绿枝散文杂感文集》，上海辞书出版社，
2015年版）

忆许姬传

黄　裳

　　四十年前一个春天的下午，我在苏州第一次和姬老见面长谈（姬传当时不过刚五十岁，但梅畹华早已在客座中呼之为"姬老"了，其实他比梅还要小七八岁，于是朋友们也就跟着称他为"姬老"）。我是为了《舞台生活四十年》的写作去找他商量的。虽然事先已经取得梅的同意，但能不能坚持写作并在报纸上连载，却没有把握。姬老是梅的贴身秘书，朝夕相处，连载的初稿全靠他见缝插针地进行记录。梅的这部自传能否写成，他实在是个关键人物。第一次见面他就给我一个很好的印象，洒脱、风趣，是个旧社会才子型的人物。他能诗、善书，对书画文物有相当的鉴赏水平，自己也从事收藏，这些在戏曲之外的修养，使他成为活跃在缀玉轩中一位少不了的人物。

　　姬老解放后一直住在北京梅家，又随梅剧团到各地演出，来上海的机会不多。"四十年"的写作是他将记录草稿寄交他的弟弟源来，补充整理后送报社发表的。他没有按照自传的一般写法按年铺叙，却以梅的日常活动为线索，有机地将回忆组织进去，闲闲写来，别有一番趣致。无论是写法还是文风，都与通行的报刊文字有很大的距离。对此，是曾经有过种种不同的反应的。譬如有一种意见，认为梅先生应该着重介绍他的舞台经验，可以留做年轻演员的范本，而不赞成过多地细写生活琐事。我的看法却相反，觉得能通过一个人来看一个时代，才是一本成功的传记的重要因素。梅的一生，经历了好几次社会的大变动。作为一位杰出的艺术家，他与社会的联系是多方面的。几十年来的社会变迁，通过他的个人经历，是可以得到虽然是局部但却真实生动的反映的。具有这种特殊条件的人物，在每一历史时代中并不多，而梅却是相当理想的一个。这是我长久悬在心中的一种愿望。"四十年"当然并未完满地达成这目的，但也多多少少地带有这种特色。这就是能使读者清晰地接触到艺术家的全人，而不只是他在舞台上的献身，同时也感染到不同时代的社会气氛。

说到"四十年"的写作，姬传的笔路和文风也是有他的特色的。这与通常的报刊文字不是一路，也许难以得到某些人的赞赏，但我却认为是难得的可贵的。记得姬传曾和我谈起，他是有意学习他所熟读的《红楼梦》的笔路的，以为记录梅先生的活动与谈话，用报刊文字的写法不合适，这是深悉个中甘苦的话。"四十年"中记梅先生和许多老艺术人的谈话，声口、姿态都常有传神之妙。这种"白描"功夫，多半来自传统小说，一清如水，时起波澜，是别具一格的好散文。

1954年秋，我和内人到北京去小住。梅先生请姬传接车并安排我们住在北京饭店，又请我们在东安市场吃饭，饭后去剧场看川戏。本来旅行已经颇为疲倦，但看了许倩云的《卷帘求画》，大为欣赏，连倦意也没有了。事情已经过去三十多年，回想起来还如同昨日。

姬传是个快活乐观的人，我没有看见他有过愁苦的时候。十年动乱中当然也饱吃了不少苦头，但我想他也还是嘻嘻哈哈地过日子的吧。这一点与他的老弟源来不同。这也就是他得享高龄的原因。

1957年以后，我几乎处于交游零落、离群索居的境地。但也还有时有往还的一二友人，源来就是其一，也时时从他那里听到姬传与梅家的消息。梅剧团来沪，也有机会与姬老相见，在天泉阁中话旧。除了谈戏之外，主要的话题是他们兄弟俩所收藏的书画，也谈到他们先祖许珊林所刻的书，这就是有名的"许刻"。许珊林一生一共刻了多少种书，就连他们也说不清楚，我手边有两种，都是他们不知道的代师友所刻的诗文小集。说得高兴，姬老就取出许珊林所写斗大的五言篆书联，挂在陈定生的墨兰的旁边，相与欣赏。

姬老谈了不少过去在上海与一些书画收藏家往来的故事，庞莱臣、张葱玉、谭敬都是相熟的朋友。论经济力量，当然不能与他们相比，但也偶然得到一二铭心绝品，可以傲视侪辈。姬老曾买到过一册华新罗的诗稿，是画家手书的底稿，前半写得工整，后来就逐渐率易，到了最后几页，则潦草几不成字，这大抵已是绝笔了，最后一页还夹着衬写的格子。这真是稀有的书，我有新罗山人的《离垢集》，却从未前知他还有稿本传世。姬老说，这本册子后来换给蒋毂孙了，真是上了大当，可惜之至。言下犹有余痛，但随即一笑置之。这件小事是可以看出他的洒脱的性格的。

梅先生逝世以后，姬老还继续整理有关史料，撰写回忆文章。这以后很久没有见面的机会。直到1979年春，他南来料理源来的后事，才再次见面。这时他已迁返旧帘子胡同梅家了。转年我到北京，姬老和梅家的绍武约我在曲园吃饭，劫后重逢，故人无恙，真是值得高兴的事。他虽然年逾八旬，但清健如昔，谈起旧事来娓娓不倦。他谈起他的外祖徐致靖的故事，说是要将老人与戊戌政变的有关轶事写下来，这就是后来出版的《许姬传七十年见闻录》。他还谈到徐老先生熟读《红楼梦》，有些意见是别人没有说到的。这些我已写入《京华十日》，虽不敢厕身于红学家言，也许可当红楼佚话，以记一时朋友谈谑之乐。那实在是值得永远记忆的快乐的时刻。

1986年冬我到北京，一天下午抽空到旧帘子胡同看他。天时向晚，缀玉轩的北房显得异常阴暗寂静。梅家的人都出去了，只有他一个人枯坐在沙发上，恰如入定的老僧。相见惊喜。已经八十六岁的他，依旧谈锋极健，还拿出新出版的《忆艺术大师梅兰芳》一书相赠，倚在沙发上用紫色笔题了字，这本书是他和源来所写纪念梅先生文字的合集，前面有我所写的一篇序。姬老还是极有兴趣地谈书画、谈文物。他到柜子后面取出一方顾二娘雕的菌砚，有阳文款，是颇不经见的。谈起他所藏的一些"杂件"，如竹雕、砚石（有大端石寒星砚及四件小品）、宣德炉等，一一出以相示。他的记忆力是惊人的，几十年前的旧事都说得头头是道。我从他有些激动的谈吐中也感到了老人心情深深的寂寞。不必说，近来能找他来谈谈旧事的人是越来越少了。屋里装了一只大火炉，但似乎并未散发出多少热气，越发显出老屋的阴沉。

这就是我与姬老的最后一面。听到他以九十一岁高龄弃世的讣音以后，久久不能宁静。直到今天才能草草写成此文。晚秋的天色早已暗了下来，不能不使我记起缀玉轩中的景色和那次快谈的种种，觉得这一切都已不可再得了。

1990年11月5日

（录自《伶人漫忆》，北京出版社，2017年版）

上海早年的戏院和演出

郑逸梅

- 一

我生于清光绪二十一年（1895年），自民初开始写稿。今年是辛亥革命八十周年，已笔耕了八十个寒暑。又自1920年起编辑多种报刊，长期以来，一直涉足报界，结识了不少早年的戏剧工作者，如汪优游（仲贤）、钱化佛、徐卓呆、欧阳予倩等。在二十年代，我又参加电影工作多年。在电影界则熟人更多了，如但杜宇、殷明珠、宣景琳、胡蝶、徐琴芳、范雪朋、文逸民、韩兰根、金焰、卜万苍、史东山、应云卫、洪深、王人美、朱瘦菊、陈铿然、张善琨、万籁鸣等等。因之看到听到不少上海一些早年的戏剧界情况，根据我的回忆，以及听到的种种，估作记述，但恐挂一漏万，有谬误之处，尚得戏剧权威指正。

曾有人为戏院撰一副对联，上联是"谁为袖手旁观客"，下联为"我亦逢场作戏人"。甚为确切。就某种意义来说，戏院无异世界，世界亦即戏院，莎士比亚名言"人生即是舞台"，其意也是相同的。早年的戏院称之为"茶园"。这段时期很长，约有六十年的历史，即从清代咸丰年间起，至上海改造新式舞台止。为什么戏院在这时期要称作"茶园"？是有其原缘的。

上海最早的一家戏院，名三雅园，是在上海开埠（1843年）后不久创办的，当时在城内县前街。此时城外还没有戏院，所以三雅园演戏时，城外人总进城来看戏。后来上海又开了几家戏园，如满庭芳、聚美轩、丹桂轩等，都称茶园。茶园的名称是从外地传来的。

咸丰元年时，因道光皇帝去世，规定百姓要戴孝三年，名曰"国丧"。在此期间，要全民皆哀，不许民间登台演戏，死了一个皇帝，全国的梨园要完全停业三年，那些靠唱戏吃饭的人，从小学了戏，又不会干别的，如何生活？只得靠借贷度日，甚至饿死的也有。当时昆剧盛行，戏班大多是昆剧班，且又大多是苏州人。因之仅在苏州一地，就有好几千人几乎饿死。此时苏州有位钱文元，为了艺人们陷于绝境的生活，动出脑筋，把昆戏改为清唱，不登台扮演，一律坐唱，废止锣鼓簧管，改用胡琴琵琶。且把曲子改成七言唱句，说白则仿照昆剧，作为"唱滩簧"。这样可以掩人耳目，官府不来干涉，也维持了一班梨园中人的生计。因之这滩簧乃钱文元所发现，与原来的滩簧不同，所以称它为"钱滩"。后人却误作了"前滩"，而把附唱在末后的小戏，称之为"后滩"了。正戏当作"前滩"的由来，即在于此。

梨园中人这样暂时维持了二年，到了咸丰三年，有人提出："服父母之丧，名为'泣血三年'，其实十足只戴孝二年另二个月，以后就可除服，汉人习俗如此，不知满人规矩如何？"但这个问题又无人敢去京内动问，万一皇上动怒，是要杀头的。于是有人主张将戏院名称改称茶园，在门外挂牌某某茶园，表明是吃茶的场所，里面尽管袍笛登场，笙歌盈耳，在衙门处用点小费，不也就过去了，于是各茶园纷纷开张，一切毫无问题。

城内的第一家戏院为三雅园，原是上海巨族顾某的住宅，屋为沿街八扇门的高平房，进门入室，有小型花园，花木扶疏，假山纵横。戏台建于大厅居中。上海小刀会刘丽川揭竿起义，进攻县署，三雅园虽邻近县署，并无影响，小刀会且保护戏园，照常开锣。租界上的第一家戏园是满庭芳，在五马路（今广东路），至今该地仍有满庭芳的地名，便是那时戏园所在。在小东门外，因商业繁荣，开了两家戏园，一家名同佳轩，另一家也叫三雅园，因城内县前街的老三雅园，此时已被烧掉了。同桂轩开了不到一年，因营业不振，便改名红桂茶园，这是上海戏院中第一家称之为茶园的。戏院称茶园的风气，已由苏州传过来了。其实此时国丧期亦过，也没有改名茶园的必要了，因为茶园两字当时比较时髦，也就跟着改名。到了光绪八年，红桂茶园又改名丹桂茶园。石路（今福建路）上的金桂轩，在光绪十年改称金桂茶园。宝善街（即广东路）有大观茶园，后改名咏霓茶园，以后又改为咏仙茶园。总之，从咸丰三年起，上海新开或改建的戏院，无一不称之为茶园，这与国丧事件，也毫无关系了。

我见到一张上海早年天仙茶园的戏单，节目印在红纸上，用木版刻印，刻制既粗糙，字迹又不明显，是谈不上艺术性的。戏单上端有"英商"两字。其实戏院并非英商所办，为了借用洋人名义，可减少地痞流氓的纠缠，当时不少戏院大多如此。正如后来上海不少戏院都加上"荣记"两字，意即黄金荣为本院之后台老板，道理是一样的，在天仙茶园戏单旁边，注"京都水生名班"的字样，当时的角儿有孙春林、毛韵芳、灵芝草、二盏灯、何家声、李春林、王益芳、霍春祥、冯志奎、张玉奎、沈韵秋、赵德虎、汪桂芬、夏月珊、夏月润、周凤林等。挂头牌的是汪桂芬。

· 二

早时的戏院，台是方形的，台前有两根大柱，遮挡观众视线，十分讨厌。因为戏台大多较高，当时建筑水平如果不用室内大柱，是不够安全的。台上也没什么布景，以木板为壁，贴着用红纸所写的"喜"字，或"天官赐福"四个大字。上首门上贴着"出将"，下首门上贴着"入相"。凡唱戏的出场，必从将门出场，相门进场。后来板壁改用绣花堂幔，较为美观，敲锣鼓拉胡琴的，都在台边占据一角。戏院中的正厅座位，大多是男宾坐的，包厢中则坐着一些珠光宝气的贵眷，当时正厅的票价为一百二十文，包厢为一百四十文，边厢是八十文，最差的座位在末后，售价六十文。戏院那时还没有三层楼，座位也并非如同目前呈长排状，正厅设着长桌，每桌可坐六人，都是长凳或骨牌凳。看戏的人多了，临时开添凳子。桌上则设香茗，也可叫添水果盆，甚至备酒肴的，可以且酌且看，每晚十时左右，在戏台两旁，挂出水牌，黑底白字，一面是公布今夜给出若干吊钱，一面是明晚戏目预告。案目们则向老看客发给明晚的戏单。一过十时，戏院门口收票的人也撤了，任人出入，是给看白戏的人一种便利。

当时唱戏的人，都隶属梨园公会，在社会上是没有地位的，前清考科举时，娼优隶卒的子弟，认为身家不清白，是没有应试资格的，直到后来，改组伶界联合会，且办榛苓学校，伶人的子弟，可受相当的教育，戏子改称艺员，身份方始高了起来。这也是受着西洋风气的影响，因为外国人把戏剧称作社会教育，有觉世牖民之功，演戏的且大多是有知识的大学生。

上海伶界联合会的牌子，当时出于孙中山先生的手笔，在二次革命时，曾把所有军火枪械，都密藏在会内，很遭当局的猜忌。

旧时戏院中，是没有女伶的。女伶则别组髦儿戏班。髦儿戏班中是没有男伶的，所有武生、花面、须生，都由女伶充饰。因为当时风气还很闭塞，认为男女混杂一起演戏，有关风化，概行禁止的。在每年六月十一日及十一月十一日，有所谓老郎会，老郎即戏院后台所供奉的祖师菩萨，伶人对之是敬为神明的，老郎相传是唐明皇，因为梨园之称，是始于唐明皇时代。届时戏班中人均须到梨园台所做会。

　　在舞台上，以男扮男，以女扮女，这是各国的通例，但当时上海的巡捕房偏违反这项通例，禁止中国男女合演戏剧，在男戏班中，需女角时只能以男扮女；而在女戏班内，剧情中需要男角时，也只能以女扮男。这项莫名其妙的规定，强加于中国戏班。但矛盾的事很多，像英国人在沪建造的兰心大戏院（今上海艺术剧场），在1860年就落成了，原来在博物院路附近，后迁至长乐路，那时有一个 ABC 剧团，是外国侨民组织的，在兰心大戏院上演话剧，他们却是男女演员合演的，巡捕房却不加禁止。在中国剧团内，有些艺人兼唱几家戏院，为了赶场子，往往在这家戏院演完就不卸妆，雇一辆人力车赴第二家戏院登台，可以省却洗脸化妆的时间，但某日花旦小双凤（即汤双凤），他扮了一个时装女子，乘坐包车去另一家戏园唱戏，车子经过四马路四时春点心店门口，竟被巡捕捉去了，罪名是在大庭广众男扮女装，有伤风化。这件事更引起戏剧界的不满，既然不准男女合演，又要拘捕男扮女装的，是何道理？但当时巡捕房干的事，中国人是无法争辩的。自从小双凤捉进巡捕房一事传开，各戏园的艺人就不再一人兼唱数家，也不乘车赶场了。各家戏院都实行了包银制，把角儿包下固定下来。

在1900年，正式开了一家髦儿戏戏院，名群仙茶园，在如今广西路之东，老板是童子卿，是巡捕房的包探头目，当然很吃得开的。雇用两副班底，一文一武。班主都是大流氓，演戏的女孩，都是由拐匪拐来卖给班主的，完全是一群小奴隶，生活十分悲惨。

上海戏院本来每逢皇帝忌辰，照例也要停演一天的，但也有个变通办法，只停演日戏而夜戏照演。因为外地戏园往往每天下午三时开戏，演至晚上七时光景，逢到忌辰，便停演一天。上海则不然，以夜戏为主，所以在忌辰的一天，在门口挂一块牌子，上书"今日忌辰，日戏停演"。

在辛亥革命前后，上海的戏园都争取改建新式舞台和新式戏院，把建筑物一改变，名称也跟着改变了。于是新舞台、大舞台、新新舞台、天蟾舞台、第一台、共舞台、歌舞台等名目，又形成一种风气，好像不用"台"字就不成为戏院。至此，"茶园"两字方始消灭得干干净净了。

（原分别刊登，连载于1991年第4期、第6期，1992年第1期、

第5期《上海戏剧》）

画戏之乐

高马得

　　画戏有几十年了，它已成为我生活中的主要部分。在我脑子里，经常折腾一些戏的片段，一段情意，几片色彩，或是揪心的那一阵，或是一想起来，便要笑的一段逗乐。折腾来，折腾去，酝酿成熟了，便急不可耐地走到画案前，随手一挥便成了画，把它装在镜框里，靠在沙发上，仔细欣赏，这是最快乐的时刻。自我陶醉，有如驾马腾空，真是得意忘形。这时，要把老伴找来，"奇文共赏析"，一道评头论足，真是一乐也。

　　唱戏的要登台听观众喊好，画画的便要开展览、听听议论，最可宝贵的是专家的当场脱口而出的评论。表演艺术家新凤霞看了画，先说一个字"美"，看了看，又说了一个字"淡"（是指淡雅的淡）。看到晴雯撕扇的身段，说："腰功好！"看了丑角的跳跃动作说："带有锣鼓点。"

　　俞振飞看画时说了四个字："有情有意。"他是戏剧家，这是他对戏的要求。这四个字也成了我作画的准则：没有感情的不是画，没有意境的不是画。川剧表演艺术家周企和看到《秋江》这张画，岸上有三撇芦苇，说："要在舞台上，摆出这三支芦苇，便会碍手碍脚，但在画里，却渲染了一片秋色，加得好！"这些零星的点点滴滴的言论，它具体，抓到痒处，把我的如此画法肯定下来。老实讲，我画完画，自己只是朦朦胧胧觉得这张画画得不错，但具体的好在哪里，实在是搞不清楚，经人一点明，这才恍然大悟，这比腾云驾雾、自我陶醉状态升高了一步。遇到了知音，落到了实处，这不仅仅是"一乐也"了，我衷心地感激他们。白石老人有个闲章"知己感恩"，我能领会这四个字的分量。

在展览会上有中青年观众，他们说："戏曲演出节奏太慢，不喜欢，但喜欢看戏画。"有位画人物的中年画家说："我从来不看戏，但看了戏画，才知道戏中人物，感情是那么丰富多彩，这在现实生活中是看不到的，以后还是要去看看戏。"这是令人欣慰的事。早先就有好心的朋友劝我，说戏都没有观众了，还画它干什么？我也曾有过犹疑，通过观众检验，并不是这样，得出个结论：戏曲是会有观众的，戏剧也是有观众的。

学画过程，也是一乐也，像登高爬山一样，"无限风光在险峰"么。这座山峰要一步一步爬，每一站，是以年为单位来计算的，从准备工作，搜集材料，画速写算起，要三五年，从国画笔墨技巧的掌握，也得三五年。画戏更费劲，没有现成的写意戏画可借鉴，要吸收文人画花卉来练笔墨，如没骨小生，一笔是袖，两笔是衣袍，是从画叶子的画法移植过来的，一笔下去要符合剧中人的表情身段，这种练功，说是千锤百炼是一点也不夸张。到了创作时，就戏画戏并不难，但来自生活高于生活，便有的磨了。如《断桥》，开始是按舞台演出时画的，有的刻画小青的义气，用手一指，吓得许仙躲在白娘子的背后。或是小青举剑，许仙骇倒，这些都离不开舞台造型。过了几年才找到不同于国画的表现手法。画面上不出现小青，只用白娘子回转身段，来表现她回忆过去。这已是离开舞台上的安排，是我在当导演，在调度她们演戏。这张画，看去是这折戏，但又不像是这折戏，说句老头卖瓜的话，有点像"不似春光胜似春光"，是从另一个角度来表现这折戏的。

有人说书法、画画，犹如练气功。我认为这是指气功的初级阶段。如静坐，但有时还能达到更高的境界：通神。一次，有位作家老朋友谈起《牡丹亭》的主角杜丽娘，讲得真好，尤其《寻梦》这一折，由她娓娓道来，如泣如诉，连我七老八十的人听了也很受感动。她大约最喜欢这折戏。那主要唱段《江儿水》："偶然间心似缱，梅树边。这般花花草草由人恋，生生死死随人愿，便酸酸楚楚无人怨……"她背得滚熟。这现象大约是灵魂出窍了吧，两个灵魂在一起促膝谈心，也许是三个灵魂，那是杜丽娘的，在这气氛下，在这个气场里，我竟主动地走到画案前，铺纸研墨，一挥而就，并把这段唱题上，一口气把上款也题上了。这张画画得特好，似是有灵魂附体，神来之笔。可惜已写了上款，自己想留下来也来不及了。

（录自《我的漫画生活》，中国旅游出版社，2007年版）

戏园景观

韩　羽

　　百八十里的庄稼人，一提起临清，总是神采飞扬：嘿！那地方，三台大戏整年家唱。

　　我父亲和二狗他爹，合伙往临清贩卖粮食。走了一夜，一到临清，卸车、过斗、喂牲口。顾不上躺一会儿合合眼，立马兴冲冲奔向戏园。二狗的爹说："不看一回戏，是白来临清一趟。"

　　乡下庙会是啥成色，临清戏园又是啥成色。在乡下庙会上看戏，能把人挤成柿饼子。戏园子里，你猜怎么着？稳稳当当坐着看。好家伙，真享死福了，到底是临清。

　　临清有三个戏园子。两个是苇席搭成，一叫"前进"，一叫"民生"。一是砖木结构，叫"慕善戏园"，离上湾街不远。

　　如众星捧月，慕善戏园两旁是栉比鳞次的水饺馆、汤面馆、包子铺、烧饼铺、豆腐脑摊、烟、酒、花生、瓜子摊……戏园子里叮咣铿锵的锣鼓声，戏园子外是各种腔调的叫卖声。夜晚灯火辉煌，人群熙攘，越发显出临清的火爆热闹。

戏园子门口挂着一溜镜框，涂了红红绿绿颜色的黑白照片上是唱戏主角的英姿靓妆。镜框旁边是擘窠大字的戏报。说起戏报，也颇有小小文章。比如，今天是"白水滩"，隔了几天，是"十一郎大战青面虎"。这瞒得了乡下人，却瞒不了戏迷。戏迷嗤之以鼻："'十一郎大战青面虎'不就是'白水滩'；'白水滩'不就是'十一郎大战青面虎'？倒粪！（意即重复上演同一剧目）"又隔了几天，是"四十八条腿"。戏迷们盯着戏报纳起闷来，这是啥玩意儿戏？买票看看，一看，又是"白水滩"。戏迷们悻悻地质问："这哪儿挨哪儿，为啥叫'四十八条腿'？"戏园子里的人说："我先问你，一只虎是四条腿不？十一只狼（郎）是四十四条腿不？加到一起你算算看。"戏迷们一想也对，乐了，花钱看戏不就是为的找乐子。

找乐子，不仅仅是看戏，还在于边看边吃。似乎看客一进戏园子就特别嘴馋起来，非吃不可，花生瓜子，一片耗子嗑声，吱咯吱咯。更有摆谱儿的，从饭铺叫来水饼、炒饼大嚼。

最抖精神的是递手巾把的，侯宝林的相声曾描述得活灵活现。这是戏园里的一个行当（供给看客擦脸毛巾），也是戏园里一大景观。那递手巾把的同伙互递毛巾赛似打镖、接镖。一道白光，一捆手巾把从看客头顶上倏地飞了过去，又是一道白光，倏地飞了过去。有时还来个即兴表演，手往后一扭，将手

242

巾把从背后甩出，这有说道，叫"韩信背剑"。将腿忽地踢起，从胯下将手巾把甩出，叫"张飞上马"……直欲和戏台上喧宾而夺其主了。

那时唱得最走红的是李和曾，不说别的，只那一句荡气回肠的《逍遥津》导板，就值一张戏票钱。

再是"活张飞"马德奎。戏报上赫然大字"胡魁卖人头"（有须）。对这"有须"二字，我们货栈掌柜与老客的议论是：

"胡魁不是没胡子吗？"

"马德奎上了岁数留起胡子，总不能为了唱这出戏刮掉胡子吧。"

"可也是。"

"胡魁这一'有须'，你猜怎么着？上了个满座。"

"这招真高。"

"依我看，这一招用到马德奎身上行，别人恐怕就不行。角唱红了，怎么都行，你们信不？"

无论李和曾或是马德奎，只要出台一亮相，台下立马睁大了眼，伸长了脖子，鸦雀无声了。那时的说法是：给镇住了。唱"帽戏"的可就难堪透了，台上你唱你的，台下我嚷我的，整个戏园里一片嗡嗡之声，"百家争鸣"。在这唱戏的与看戏的之间，似乎也应了《红楼梦》里林黛玉的那句话，"不是东风压了西风，就是西风压了东风"。

那时的有些戏曲表演，给我留下了深刻记忆。比如《活捉王魁》一戏里绕桌子转的情节，我曾在一篇小文里讲述过当时的印象：

敖桂英（鬼魂）与王魁四目相向，一个直前，一个后退，绕着桌子转。起始，尚还举手投足，随着愈转愈快，双臂下垂了，身躯僵直了，连脸部肌肉也凝然不动了。虽然迅疾地绕着桌子转，却似乎不再迈动步子，像是给旋风刮着动的。记得那时候，看着看着，倏地毛骨悚然了。一男一女，绕着桌子转，竟转得满台森森鬼气。

说来也简单得很，看那双臂下垂，身躯僵直，看那脸部肌肉凝然不动，只不过是模仿了一下僵挺了的死人躯体（这是人们曾看到过的）；再加上一些想象：让它直立，且动起来（这是人们从未看到过的）。就这么使"现实"和"想象"一糅合，使得两个本是人的样子的比起庙里的泥塑的青脸红发的鬼的样子更多着鬼气。

出"鬼"入化，可又不单单仅是为了装鬼像鬼。因为在这"鬼气"里凝聚着的是敖桂英的愤懑嫉恨，这"鬼气"实则也是怨气。而于王魁，则又成了冥冥中的谴责所施加给他内心的一种压力。一石两鸟，我赞佩第一个想出这个招儿来的那位民间戏曲艺人。

再如那戏曲中的丑旦，《拾玉镯》中的媒婆，《铁弓缘》中的茶婆，均由男角扮演。现下则多改为女角扮演了。由女角扮演固然更为"真实"，然而却总觉得有如麻辣豆腐少放了辣椒。说起我当年看的《铁弓缘》，那茶婆棒打丑公子一场，直是噱头百出。茶婆用棒槌打跑了跟班小厮，截住丑公子。丑公子没了仗恃，下跪求饶，茶婆要他脱个精光方始放他。于是小丑摘掉帽子脱去长衫。茶婆要他再脱，小丑又复脱去短褂儿成了赤膊。茶婆要他脱掉裤子，这可难了。小丑百般忸怩，却更惧怕棒打，只好解开了裤带。这时看客心想，下一步怎么办？太寒碜人了。说时迟，那时快，随着茶婆猛然高举的棒槌，那小丑倏地将裤子褪了下来。男看客还好，女看客急忙用手捂住了脸。可是再也没有料到，里边却又另有一条裤子。茶婆要他再脱，小丑又是忸怩半晌，终于还得再脱。脱了，里边还有一条，就这样脱了一条又一条，看客笑了一次又一次。最后茶婆说："再赏你一棒槌。"将棒槌冲着小丑的屁股敲去，小丑用腿裆夹着棒槌逃向后台。

对那小丑（丑恶势力）嘲弄得可谓是淋漓尽致了。看得痛快，笑得痛快。试想，如是女角扮演的茶婆，能如此泼辣？纵使能表演到如此泼辣的地步，看客能不有观赏活动中的心理障碍？我也看过现下由女角扮演茶婆的《铁弓缘》，却没有那令人捧腹的噱头，削足适履，憾哉憾哉。

可能有人会想，你是学徒，没钱没工夫看戏，可你写的这些，不俨然是个泡戏园子的常客？这的确也有饶舌的必要。

那时临清戏园子有个章程。是旧小说里写的，逢到荒年，财主富户每每舍粥，谓之"善举"。想来那当初给戏园子订章程的也看过旧小说，学来这一手。这章程就是：为了满足无钱买戏票的戏迷，戏园子散场前十数分钟，就将戏园大门敞开，不再要票，可以白看，这应算是施舍精神食粮之善举了。我曾不少次地沾过这"善举"的光。

掌柜喜欢看戏，三天两头地泡戏园子。有时有急事商量，去戏园子找掌柜成了我的专差。一到门口，说声有事找掌柜，也就通行无阻。开始是，进到戏园就四下寻视，看到掌柜，立马凑上去，如此这般一说，又立马紧随掌柜走出戏园。尽管台上花花绿绿锣鼓喧天，再也顾不上扫它一眼。后来多了个心眼，是急中生智吧，进了戏园子，虽瞅见了掌柜，却假装没瞅见，一只眼作寻人状，一只眼盯着戏台，直是"项庄舞剑"。看个差不多了，也"找"着掌柜了。

对门油栈的学徒更有高招，他曾现身说法向我传授。

"你知道不，有一回我打着找掌柜的旗号进了戏园子，台上正武打得热闹哩，我就势找个座位坐下来。正看得起劲，你猜怎么着？一只手抓住了我的后脖领。我吓了一跳，一回头，是那个把门的胖子。那胖子说'戏台上有你掌柜的？你给我出去啵'！"

"不行，我得想法斗斗他。我琢磨好了，戴上一顶帽盔去了戏园，又说是找掌柜，他又放我进去了。我知道他随后还会跟了来，我往人多处紧走几步，往地下一蹲，摘下帽盔坐到座上。我从人缝里瞧见那胖子悄悄进来了，睁大眼到处傻瞅，你想想，他能再瞅到那帽盔？这法特灵，你试试。"

　　我没敢试，因上了几年学，有了点儿书生气。正说着，是爱面子；反说着，是没有那个胆。

　　　　　　　　（录自《韩羽小品》，河北教育出版社，1997年版）

祖光拍《梅兰芳的舞台艺术》

新凤霞

祖光在1951年，接受拍《梅兰芳的舞台艺术》片，那时他从香港回来不久，在北京电影制片厂做编导工作。当时我知道他接受这一任务，困难相当大，梅兰芳先生的剧团很多老演员，还有一些在剧团多年，不是演员，但拍梅先生的电影，人人都要有一个妥善的安排，都得到报酬，以及资金如何使用等问题，祖光都要同梅先生和有关方面研究解决。另外，当时是建国初期拍《梅兰芳的舞台艺术》片，领导十分重视，请来了苏联美术、录音、摄影等专家。角色安排也是一大难事，祖光这人是不习惯做组织工作的，他为人忠厚，很体谅人，人家一说难处，他就同情，他为这事回家也跟我说几句，我说："戏班的事最难办。常说：'要想找生气，你就办台戏。'"

梅先生为人周到，很念旧，跟他一辈子的班底四梁八柱，老伙伴们，他都要求拍入影片之中。可是为了质量，拍电影不一定每个角色都能上镜头。如：《断桥》这一折戏，剧团有个小生姜妙香先生，还有是梅先生的妻子梅大奶奶福芝芳，也做过演员，后来不唱戏了，专门替梅先生照顾家，姜、福二位对梅先生拍电影也很关心，出些主张。还有跟梅先生多年的许姬传先生等，这些人虽不演戏，也是梅先生参谋团的重要人。因此都要安排这些人做些工作。有人说："吴祖光拍梅兰芳的电影很合适，他也是厚道、耐心人。"梅先生和梅大奶奶提出《断桥》这折戏，要请俞振飞先生演许仙，这也有参谋团的意见，但这事可难办啊！

祖光为这事很用心思。当时俞振飞先生不在内地，他在香港，处境不太好，祖光为了请俞振飞先生回来拍戏，亲自找上海的副市长潘汉年，因为俞振飞先生在香港很不得利，祖光十分同情。俞先生在香港还有债务问题，必须把香港的债务还清。祖光对我说：一定得把俞振飞接回来……请潘汉年亲自批了钱，还了俞先生在香港的债务，才能把俞先生接到北京。办这件事也很费心，祖光四处奔走，平常他是不会求人办事的，可是为了俞振飞先生，他得到处找人。记得俞先生回到北京，陪同夫人亲自来我家向祖光道谢。那位夫人送了我一张他们夫妻的剧照。她不唱戏，怎么有剧照呢？她是名票。后来这位夫人不在了，俞先生跟言慧珠大姐结了婚。言慧珠同俞先生结婚后来北京时，也常来我家。俞先生为人也很重感情，他总说："解放初，我从香港回到北京，亏了祖光……"

俞振飞先生虽然回来了，祖光真是费了不少力。但梅先生剧团，有位著名的小生姜妙香啊！这又是个难题。姜先生是位老实忠厚人，一切事都是他夫人出面，姜太太来我家找祖光，为的是拍《断桥》中的小生谁演的问题。祖光又去姜先生家把电影中计划拍的几个折子戏同姜先生说了，《宇宙锋》《断桥》中的小生戏，计划分别请两位演，姜妙香先生演《宇宙锋》中皇帝小生，俞振飞先生演《断桥》中许仙小生。说服工作在戏剧团体中，是很不容易的，可好的都是老演员，有修养，一说大家都心平气和了。那时他们都六十多岁了。

言慧珠大姐是梅先生的学生，她在北京都是住在梅先生家里，就是梅先生家的姑奶奶。为了分配角色，祖光也是很伤脑筋，因为言慧珠来我家向祖光提出："我演《断桥》中的青儿……"她跟梅先生学戏多年，她的艺术确实不错，但梅太太向祖光提出："让梅葆玖演青儿，父子同台……"那时，梅葆玖还没有正式演过主角戏，再说他喜欢玩电器，对演戏还不感兴趣。因此葆玖演与不演，葆玖没有意见。但是言慧珠要演是十分积极迫切的，她多次找祖光要求答应她，她认为她学习梅先生的艺术，她是有成就的，同时，她的演出，也受到了内外行人的夸奖，如果能跟梅兰芳先生一起拍一部电影，这是她一生最大的荣誉。她多次要求，如能拍《断桥》一折中的青儿，她会尽一切努力为梅先生服务，她还可以替梅先生做替身排练走地位……

祖光为人心软又厚道，他看言慧珠这样恳切要求，就先找梅大奶奶谈了，又亲自找梅先生谈，但得到的结果是，梅大奶奶很痛快坚决讲，言小姐演青儿不合适，梅葆玖演是为了父子合演，这是为了一个很有纪念的合作，已经决定了，谁也不能推翻的。

祖光在拍这部《梅兰芳的舞台艺术》中，每个角色都和梅先生商量，也要和梅大奶奶，还有梅剧团里几位管事的老人，都一一征求过他们的意见。梅剧团里有的角色，祖光是很喜欢的，但是没有安排他们参加演戏，如著名武生孙毓堃，他来找祖光，梅先生拍《霸王别姬》，孙毓堃来找祖光争取演霸王，祖光也认为很适合，可是必须跟梅先生商量。他跟梅先生说："孙毓堃是最合适的霸王，个子高高的，当年杨小楼就跟梅先生合演过这一角色，孙毓堃也很愿意跟梅先生演这一角色。"梅先生开始表示可以考虑。但祖光又跟剧团管事的老人们商量后，梅先生提出请孙毓堃演霸王不合适，因为梅剧团一向是刘连荣演霸王的，如拍电影换了孙毓堃，就对不起刘连荣了。祖光心里是不同意刘连荣，因为刘连荣的扮相、声音，同时年岁也大了，还有其他欠缺的地方，摄制组的同志也都希望孙毓堃演，但祖光认为梅先生拍电影，考虑到要照顾他的一些老伙伴，这是应当的。祖光最后决定还是同意刘连荣演霸王了。但祖光说："孙毓堃如演霸王，肯定比刘连荣好，因为刘连荣扮相不如孙毓堃，表现霸王的气质由武生演更有威。可是这是给梅兰芳拍电影，尊重梅先生的意见是团结工作中首要的事，在整个艺术质量上是个遗憾！"

"文革"中把《梅兰芳的舞台艺术》影片上导演祖光的名字拿掉了，后来也一直没有补上，这是违反事实的。肖长华是京剧界著名的丑角演员，跟梅兰芳先生合作演戏大半生，他是这个摄制组年岁最长的一位可敬的老人，他最诚恳谦虚。祖光回到家里时常向我谈起摄制组在经济核算方面遇到的困难情况。戏班的金钱事，多么大的班社也是一种很麻烦的事。在拍摄的过程中，全组的老演员没有一个不迟到的，有时大家化好了妆，全摄制组都准备齐了，为了等一个演员要等一两个小时，大伙怨声载道，而肖长华先生，无论戏多戏少，总是很早扮好做完一切准备工作。祖光为了拍好梅先生这部片子，知道梅先生这个团里的四梁八柱都是有威望的老演员，他一家一家地拜访问候，了解情况，肖长华先生在祖光去看他的第二天，由儿子肖盛轩陪同回拜来我家看望祖光，肖长华先生说："这是礼尚往来，对导演的尊重……"肖长华先生一不提拍电影要多少钱；二不要求特殊照顾；三在现场拍戏严肃认真，做到和一般演员一样，没一次因他耽误开拍，是全摄制组唯一没有误过开拍的演员。他很早扮好戏等候拍戏，祖光都是问肖先生是否累了，先生说："你可别把我当成要照顾的人，你是我的导演，我是你的演员，听你的指挥。"肖长华先生的工作态度给全摄制组留下了好印象。

1967年，我随北京市戏曲团体去大兴县（今北京大兴区）"五七"干校，劳动休息时有两位老同志过来跟我自我介绍说："凤霞同志，我们是梅剧团的演员，演小角色的，我们受过吴导演的恩，我们永远不忘，他是好导演，在拍《梅兰芳的舞台艺术》片的现场上，生活上，吴导演总是不忘我们这些小角色，关心我们，在休息时候跟我们这些人在一起。"这位老先生说着递给我四十块钱说："这是吴导演那时拍电影，知道我家有困难给我的，我还给凤霞同志吧……"我当然不能接受了。老人跟我一起在干校干活，他们打稻子很困难，我跟他们一个组，我抢着替他们干，天天在休息时，他们都跟我说当年跟祖光一道工作的情景。因此在现场批斗我时，这两位老人从不参加，他们总是等收了工，跟我同路走回村子，一路上讲拍《梅兰芳的舞台艺术》跟祖光合作的事，这也是对我的最大安慰和鼓励。做一件事叫人背地说个"好"，可不易呀！

　　（录自《我和吴祖光四十年》，中国工人出版社，2008年版）

最终回到戏园子

徐城北

京剧如今是城市艺术，所以看它的主要场所在城市，换而言之，应该是在城市的戏园子。

何为戏园子？我们能找到它的一些照片，但很难找到它的实物。

它的舞台，俗称"一亩三分地"，虽然不大，但够用了。元帅坐帐，两边站立着四个或八个大将，他们代表着千军万马。元帅把令箭拿在手里，总要一支支地分派。大将领取与将令，总是一个一个地领取。舞台够他俩（一帅一将）折腾了。两国的兵将互相开打，一边总先出来一个。等甲方的战将把乙方的杀了，乙方其他人便望风而逃。甲方有一个人在一场格斗中获胜，就产生集体大欢悦。舞台上还有一张桌子和两把椅子，这也无限制提高了舞台的高度，桌子摆在中间，两把椅子一边一个，人物由一边的椅子上了桌子，于是他就站在山上，或者也可以是登上高楼或云层上，甚至是传说中阴间的望乡台上。刘备要去东吴招亲，他先要登船过长江。兵士把桌子摆在舞台正中，上面再放把椅子。刘备上桌子再坐椅子，说一声"好一派江景也"，于是就可以感叹去东吴招亲的心情了。

舞台是三面对着观众的，观众也习惯从自己的角度去观察台上的人物。你的座位在正中"池座"，于是你可以晚来，能赶上看大轴就行了。如果你座位在左前方，正对着演员出来的上场门，偏偏你是认识演员的，那等他上场后，你就可以用眉眼与他交流："角儿！我这儿看着你哪！"对方的眼睛也动了动，他表示看见你了，表示今天晚上他会卖力气的。

城市是一个大怪物，可以容纳各式各样的处所与人，包括演员，包括演戏的戏园子。现在新的演戏场所大多还不能叫戏园子，是指它在许多大的方面是不利于戏曲演戏的。但事情也在变，它亲近京剧久了，也许又能琢磨出一些有利的方式。

（录自《城北说戏1：京剧这玩意儿》，中国社会科学出版社，
2012年版）

钩奇探古一梦中

——收藏脸谱琐记

翁偶虹

　　物常聚于所好，好者聚而藏之。我谈不上是个收藏家，而生平搜集的东西既广且杂。雨花台石子，橄榄核雕刻工艺品，"面人汤"昆仲的面塑，戏曲表演艺术家的书画扇面、戏曲画页、戏曲脸谱、唱片、说部，均在罗致搜求之内。其中搜求最力、汇集最多的，莫过于戏曲脸谱。

　　脸谱的爱好与搜求，是我对花脸艺术的偏爱所决定。我幼年看戏，即喜花脸；青年演戏，又唱花脸。花脸人物必须勾画脸谱，由于自己时常在脸上勾画，更引起我探讨脸谱的来源与衍变及其艺术个性的兴趣。从脸上的勾画，转移为纸上的临摹，装潢成页，易于保存。

　　我从1925年起，就在台下临摹过杨小楼、尚和玉、钱金福、许德义、范宝亭、郝寿臣、侯喜瑞、金少山等的脸谱。京剧以外，还临摹过北昆侯益隆、郝振基、侯玉山、唐益贵、马凤彩、陶振江等的脸谱，山西梆子乔国瑞（太原狮子黑）、张玉玺（张家口狮子黑）、彦章黑、马武黑、金铃黑、杜占奎、自来丑、李子建等人的脸谱。最引兴趣的是北昆《棋盘会》的钟无盐，山西梆子《美人图》的丑姑娘等，虽是女性，也勾脸谱。钟无盐的谱式还因人而异，马凤彩勾莲花胎，白云生（演旦角时）勾富贵相，陶振江勾绛桃品。山西梆子的钟馗、荆轲、王彦章、徐延昭、专诸等谱式，又与京剧大相径庭。开阔了眼界，诱发了钩奇之欲。于是又函托至友，代为搜集汉剧、秦腔、川剧、绍兴大班等剧种的脸谱。

钩奇之欲很容易引起探古之心。我的四祖父曾在清季内务府任"引戏"之职。"引戏"是内廷演戏时，先上来四位袍挂顶翎的官员，侍立戏台两旁，戏演三出，轮流换值。因而我四祖父曾看过许多民间没有上演过的剧目。但由于职责所在，肃然鹄立，不敢移神观赏，只是粗记轮廓。当我问到内廷剧目，有什么特殊的脸谱时，四祖父似乎是斥责地说："小孩子懂得什么！老佛爷（指西太后）和皇上在看戏，谁还敢分神看脸谱！"我诺诺连声，不敢再问。四祖父看我很尴尬，又慈祥地说："我知道你喜欢搜集脸谱，只要你肯花钱，我找一找当年在宫里当差的玉贵，他手里存着些摹画升平署的脸谱，他肯出让，你可以买来。"经过几番恭恳，终于从玉贵的族侄家里买到一包袪零缣碎简的《升平署脸谱》，按谱复制，保存起来。可惜玉贵已殁，不能详询他摹画的经过以及每个剧目的演出情况。1930年，我组织辛未社票房于大翔凤胡同，遍请前辈名宿，弦管试声。欣逢昔时宫里唱老生的陈子田先生也来消遣，清唱之余，谈起他青年时期在内廷演戏的逸事。我趁此机缘，询问玉贵所摹绘的《升平署脸谱》。他喟然长叹地说："玉贵师哥逝世六七年了。他唱花脸兼武丑，因为勾脸勾得好，太后把他从升平署招来，经常和我们同台演戏。他是个有心人，宫里独有剧目的特殊脸谱以及供奉名角的精彩脸谱，他都摹画下来。你得到的这批东西，算得上宝贝了！倘若他在世，他绝不会出手的。"此后，我不时询问每个脸谱的来历，十有八九，子田先生都能说得出来。

　　"曲径通幽处，禅房花本深"，钩奇探古，只有通过曲折的渠道，才能得到你所要搜求的珍品。从玉贵处买到《升平署脸谱》之后，我又宛转周折地经过前辈的指点，走访了另一位姓李的南府太监，他是专唱昆曲的，藏着许多带工尺的单折册子，有的册子封面，画有该剧主角的脸谱，绘法很精，绝大部分都是失传的剧目。面对这些瑰宝，我岂肯交臂失之。借来临摹，他是不肯撒手。又经过辗转斡旋，他才肯把画有脸谱的封面赏给我，每页银元五枚，当时我限于经济条件，只买到四页，一页是《风云会》的赵匡胤，一页是《燃灯记》的马善，一页是《蝶归楼》的医判，一页是《桃花扇》的苏昆生。过了些时，凑足了几十元，再相继买数页，他却靳而不与，再三恳请，他说："这些册子，是我的整个生命。撕去一个封页，等于折断我一条筋骨，我不能为几块洋钱，落个尸骨不全！"我想倍价以求，仍动摇不了他那坚决的意志，只得败兴而返。又过半年，再去访他，人去楼空，他已殁于原籍，那些册子，不知落于谁手。我憾于怀而露于意，咄咄书空，久不能释。

师友见我痴嗜脸谱如魔附身，都暗中代我搜求，终于又得到一部《钟球斋脸谱集》，售者王翁，不愿自曝身份，代表人替他保密，守口如瓶，只透露了"供奉"二字。所画脸谱共七十帧，唯多破碎，迷离不可辨识者二，实在六十八帧。鉴其谱式笔意古朴简洁，知为同光故物，较玉贵所画之《升平署脸谱》，繁简互异。于是理其破碎之迹，施碧研朱，珍重摹写。其中较名贵者，如《未央天》之闻朗、《坐化》之鲁智深、《射赵》之赵公明、《刺秦》之荆轲、《十面》之项羽、《触天》之共工、《中庸解》之周处、《牡丹亭》之花判、《画猴》之屠岸贾、《九焰山》之薛刚、《升仙记》之柳仙、《状元闱》之马武、《彤华宫》之火德真君、《刺虎》之卞庄、《昙花记》之护法、《定天山》之猩猩胆、《艳云亭》之毕宏、《昆仑山》之护法金刚、《五岳图》之张奎、《闯龙宫》之乌龙、《坎离山》之猕猴、《阴阳桥》之温天君、《借刀》之金奎、《兴龙庄》之瘟神、《夺袍》之许褚、《优觚》之觚怪、《渡海》之日月光明佛、《斗牛宫》之奎木狼、《瘟癀阵》之吕岳、《小雷音》之揭谛神、《东天门》之山魈、《混元盒》之大铁锚、《万瑞朝天》之孔雀、《劝善金科》之鬼王、《钱塘龙战》之螃蟹精等，揆其剧目，昆弋最多，京剧次之，梆子又次之。可惜当时未能亲晤王翁，详询这些剧目的演出情况和脸谱的来历。

我生平所搜集的脸谱，计有《偶虹室秘藏脸谱》四集，每集一百页，《梆子脸谱二十绝》一册，《无双谱》一册，《钟球斋脸谱集》一册，《升平署脸谱》三百余帧，《水浒》《封神》《三国》《西游》脸谱扇面各一幅，其他零缣碎简，未加整理者不计其数。可惜都在"十年浩劫"中，以"四旧"的罪名，全部抄走。唯有这部《钟球斋脸谱集》发现于北京图书馆，我的弟子傅学斌曾转摹一册，请我鉴定，喜其不失矩矱，如见旧燕归巢。回忆当年为了搜集脸谱，付出的人力财力与自己的劳动，浑如一场春梦。春梦婆娑中，安排了我这样一个痴人。偶读张岱序其《陶庵梦忆》云："……昔有西陵脚夫为人担酒，失足破其瓮。念无所偿，痴坐仁想曰：'得是梦便好！'一寒士乡试中式，方赴鹿鸣宴，恍然犹意非真，自啮其臂曰：'莫是梦否？'一梦耳，惟恐其非梦，又惟恐其是梦，其为痴人则一也。"我对于脸谱的搜集与散佚，至今思之，真所谓"痴人面前，不得说梦"了。

（录自《翁偶虹文集·民俗卷》，百花文艺出版社，2013年版）

那一片春光

葛水平

戏台，是一个村庄最重要的场所。我们走过许多村子，戏台都很辉煌、很显赫地坐在村子中央。它每年一度的繁华，与四周简陋的房屋形成鲜明对比。这是与日常重复的劳动生活划开的区域，有许多激动的时光。很多很多的欢乐都让时间的拂尘一下一下地拂淡了。走上戏台，我惊讶地发现，一些恍若锣鼓的家伙，一派高亢的梆子腔，都被封在它的木板和廊柱的纹路里了，一起风，咿呀呀似有回放。

纵观戏曲的发展史，戏台总是与戏曲的产生和发展同步的。戏曲萌生的北宋之前，尚为歌舞伎乐表演，这种表演只是划一块地方，沁河一带叫"打地圪圈"。撂地为场，有天性活跃的人在场地中央手舞足蹈。后来出现了露台，把艺术抬高，看那个人展示自己，展示一块活跃的天地。有史记载，这种舞台始于汉，普及于宋，到十一世纪的北宋中叶，在北方的农村庙宇内开始出现了专供乐伎与供奉之用的建筑——舞亭。舞亭的消失与舞台的出现有关，大众化给戏曲艺术走向成熟提供了适宜的土壤。

一年中最值得记忆的喜庆是从秋收后的锣鼓家伙开始的。戏台是村庄伸出的手臂，向神表示敬意，是人对神的暧昧。中国是世界上造神最多的国家。沁河两岸有伏羲、女娲、炎帝、舜帝、汤王、关帝、玉皇等诸多"国家级"神仙，更有"二仙"、崔府君、麻衣仙姑等诸多的地域神。人敬畏神，神不言而恒永。倘若村庄里没有戏台，"不惟戏无以演，神无以奉，抑且为一村之羞也"。一座戏台的出现可以让村庄的天空改变分量，连贫穷也像绸缎一样富足无比。一个村庄凡有神庙，几乎必有戏台，戏台是主庙之后最华丽的建筑，甚至都能与庙宇的主殿相媲美。戏台是人类为自己创造的一个快乐的场所。

我始终不能忘记，阳光总是很鲜艳地照在舞台上，如舞台上后来的灯光。将历史搁置到舞台上，人们开始娱乐历史，享乐历史，笑话历史。历史上帝王也有守不住江山的那一天，上天总会让他遭逢对手，于是就有各路英雄死在舞台上，死在锣鼓家伙声里。看他们的人生曲曲折折，既熟悉又陌生。坐着，说笑着，看谁有能耐活到今天，天底下还是俺们老百姓有活头啊。看戏的人笑舞台上的人一生都使的是啥力气，过的是啥日子，心里受的是啥委屈，担的是啥惊慌。当热闹、张扬、放肆、喧哗，牢牢地挂在台上台下人们的脸上时，看的人傻了，演的人疯了。神这时候也变得人性化了,明白自己是人世间最人性的神,是人操控着神的心力。

山里人对戏台真是太热爱了,热爱入了血液里。哪一年村子里都要开台唱戏,几乎每座装扮得金碧辉煌的戏台下面都能看到喝沁河水喝老了的人,他们把开台唱戏看作村庄的脸面、村庄的荣耀。一年能开上两台戏,村庄里的人外出走动都得仰着脸,所以,台上锣鼓家伙一响,台下黑乎乎清一色核桃皮般的脸上,会漾开一片儿十八岁春光。

戏台,拢着几千年中国的影子。纸上的东西了解得多了,对于老百姓来说总是不太踏实,过分动听的词句,往往都含有水分。一台戏,短促的热闹,闲月闹天的阶段,庄稼人看回头,看得情趣盎然才叫好。这不,天才麻麻亮,汉子就扛着板凳占位置了,落定的板凳腿要等戏唱完了才能回家。女人们傍晚等不及吃饭叽喳喳早已在戏台下风骚开了,男人允许女人在唱戏期间放松几天。那样的时光,是村庄人潮喧闹的季节。

剧团的演员及戏箱一到,演员就在村中央找自己的住地了。最早他们都住在空了的庙里,或腾出来的学校,地上铺了谷草,地铺就在谷草上打开。后来演员长大了,到了唱戏的台口,一部分人就懒得和大家群居了。乡下人给剧团编了四句顺口溜:"一等人睡炕铺毡,二等人支桌蹬砖,三等人满街乱窜,四等人就地铺摊。"头句是说男女一号们都住在大队院,有床,床上还有毡;第二句是说男女二号们在腾空的学校里抢先用学生的桌子合并了高出地面的床；第三句讲既睡不上床又抢不到桌子的演员心有不甘，只好满街窜着想借住几天人家的空床铺；最后一句是讲跑龙套打把子的，自觉低人一等，落在实处有啥只好睡啥。现在和从前有所不同，剧团演员都睡了折叠钢丝床。不知为什么，我还是喜欢从前。

从前，四方步伴着梆子板眼敲打的节奏，一脸油彩似乎就穿行在了写实与象征的两重世界。人生如果是一场梦，演员演到极致便回到了自己的前世，而前世演过的跌宕起伏的大戏，今生却不知依旧是戏还是在演绎自己。人不知舞台上萧何月下追韩信，为何要义无所顾。为何？刘邦说："母死不能葬，乃无能也；寄居长亭，乞食漂母，乃无耻也；受辱胯下，一市皆笑，乃无勇也；仕楚三年，官止执戟，乃无用也！"有谁知，又有谁知？追来的人到最后落下一段唱："到如今一统山河富贵安享，人头会把我诓，前功尽弃被困在未央。……这才是敌国破谋臣亡，狡兔死走狗烹，飞鸟尽良弓藏！"人生苦哇，若干年后，江苏淮安推出"漂母杯"，那个奖如若不是韩信谁能知道那个无名氏"漂母"？天下事，"演朝野奇闻兴废输赢可鉴，唱古今人物是非曲直当资"。

那样的舞台上，那样的大英雄悲歌。

我看见过山西省万荣县孤山脚下的北宋石碑，碑上记录着民间集资建造最早的中国戏曲舞台。北宋叫"舞亭""乐楼"，在大都市汴京还被称作"勾栏""瓦舍""乐棚"。"山乡庙会流水板整日不息，村镇戏场梆子腔至晚犹敲。"这是一副民间旧戏台上的楹联，当今人想要和历史对话，能找到的唯一的活物实际就是戏台了。其他还有什么呢？得天时之利益于一世，扬个性通达于戏台，时风时雨造就了读书人两种出路，一在庙堂，二在江湖，江湖多出编剧才子，身份不涨，只混个江湖受人追捧。那样的才子虽死犹生。

沁河岸边的古戏楼旧了，肉眼寻见它时，它已经失去了俗世快乐，赤裸在天地间。曾经在黑夜里能瞥见丽日天光的地方，也是给普通人再现贵族生活的地方，我看到它时寂寞到了悲伤的程度。无人救我。只有那戏台上重檐歇山顶、青灰筒瓦、正脊鸱尾艰难涌动直刺青天；只有那左右垂脊立瓦、靠旗长枪，等待着大锣亮声好腾空远望。然而都安慰不了我，天地间只活跃着我的喘气声，我过于清醒地明白：修补是必需的，不修补就是毁灭，但往往修补就是另一种毁灭。一个注定逃不脱岁月无奈抗衡的建筑，它生或者它死，谁来多问几句？！

那是一座由斗拱组成的呈放射状的戏台藻井，覆斗式八卦形，盘龙圆心结顶，周边复套小八卦，并有八条游龙镶嵌其间，一座富丽纤巧的舞楼。改革开放后它的挑角塌落了，匠人修复时看到一条椽上写下："比我工匠好的少上一根椽，不如我的多上一根椽，再好的工匠也有多少之差。"拆卸时是编了号的，修复时现代的工匠多上了两根椽。手艺消失得如此快速。文明的复兴是历史进程，慢是一种坚实凝聚。慢下来吧。让我们的手艺慢一些走向生命的终极。

难道像生物体的衰老那样，建筑也无可逃避？笼天罩地下，沉郁的秋，深邃明净，丈量不出的广阔与深厚，谁预支了晚秋萧瑟的悲凉？黄昏甫至，该是"余霞散成绮"的季节，为何黯淡暮色，沉重如铅色？

宋金时期，沁河流域的神庙中，除了专门用于神仙仪典的祭台和献台，普遍出现了专门用于乐舞戏曲表演的乐台、舞亭和戏楼。殿前的广场上，设置两座露天的方台，一座是摆设供品的献台，一座是用于乐舞戏曲表演的露台。当时的露天舞台上，乐舞戏曲演员叫"露台弟子"，演绎到民间便有了"露水夫妻"。露台的分离意味着乐舞演出与祭祀供奉的分工，乐舞百戏表演作为精神文化需要在庙会中越来越显得重要。金元之交，戏曲在乐舞百戏的摇篮里脱颖而出。庙会期间，除了社火，人们更喜欢雇请专业的戏班。露台和舞亭逐渐演变为殿阁的形式，戏楼和神庙之间又留出了开阔的观众场地。自从杂剧出现之后，戏楼跟戏曲之间，有一个互相适应、互相磨合的过程。从沁河两岸古戏台的形式上看，有歇山顶，有单檐歇山顶，有重檐歇山顶，还有十字歇山顶。特别是金元戏台，作为建筑的一种遗存，古戏楼除了提供演戏场所，其本身又是一个综合的艺术品，从装饰上，有雕梁画栋、琉璃、砖雕、木雕，还有石雕镶嵌的戏楼。再有一个，就是它的楹联，比如："六七步九州四海，三五人万马千军。"四个龙套，一个主将，舞台上转一个圈便从长安一下就北上进入了胡儿小国。有的楹联表现戏曲的虚拟性："舞台小社会，社会大舞台。"到宋金元时期，从"唯有露台阙焉""既有舞基，自来不曾兴盖"等神庙碑文所记来看，露台或舞亭已经成为当时许多神庙必备的建筑之一。舞台在不断扩建中一点一点消失，消失在人的欲望扩大下。

清，舞台最活跃的是春秋二祭，即春秋时来祷告许愿，祈神降雨，盼望春耕顺利，秋祭时杀猪献五谷请戏班子唱大戏。是村庄对自然敬畏的象征，为酬神而建。神庙大都坐北朝南，正中间叫正殿，正殿代表着一个礼的概念。要在那儿举行仪式，对面的戏台，则代表着乐的概念，古老的礼乐，礼以兴之，乐以成之。礼乐不是一种技艺，不是任何训练，是一切，是一个人从生到死与自己相关苦难的敬畏。

眼下，我们还需要敬畏什么？！敬畏，这是人体肺腑最健康的拥有，如今似乎缺失在浮躁犯妄散乱之下。许多美好被遗弃被当作历史垃圾。这些历史垃圾成为戏剧财富，成为萧何月下追韩信，成为徐策跑城，成为霸王别姬，成为杨门女将，成为贵妃醉酒，成为王宝钏守寒窑，成为岁月的灰烬里，世界不再是奔跑速度，而是一种慢来的享受。

（原载2013年1月7日《人民日报》）

回望易俗社老剧场

成兆勋

易俗社剧场，是西安唯一留下来的十二个老剧场的一个。

· 编写易俗社纪录片剧本

我对易俗社的了解，一是自己亲身所经历，亲眼所见；再就是从我高中同学姬一鸣那里听来的，他父亲曾任易俗社的副社长。

姬一鸣的父亲姬颖，是解放初期接管易俗社的军代表，兼任副社长。姬颖的父亲姬汇百是杨虎城将军手下的一个师长。他们一家三代都是秦腔专家和爱好者。

姬颖在易俗社任副社长时，改编过不少本子，最有名的就是改编《桃花扇》，后来他调到戏曲学校任校长。姬一鸣整理他父亲遗留的文件时，发现了易俗社的很多历史材料，遂整理成文，交给我让我改编成纪录片去找人拍摄。这个纪录片后来虽然没拍成，但却大大增加了我对易俗社的了解和感情。

· 易俗社剧场的变迁

易俗社剧场现在的布局，不管是场内还是场外，与解放前都是两个样子。现在是到了西一路，街边上就是易俗社剧场的红漆大门，进去过了大厅就看到舞台。过去不是。过去观众看戏，都要通过现在西边的易俗社这个单间大门进去，才能进入剧场。现在西边这个门原来在东边，是最近一次剧场修建时，移到西边的。

解放前，易俗社晚上要唱什么本戏和折子戏，是谁演的，都用白铅粉写在黑漆木牌子上，挂在大门的东边。

进了这个大门，现在剧场大门东边有个小门，也就是现在存放提包那个小屋子的东边，出去就是个很大的广场，东墙外就是案板街整条街，南墙外是东大街，北墙外是西一路。那时易俗社是一个很大的广场，整个面积有六十亩。

小门的南边有个露天舞台，还是个转台，可是从来也没看到谁在这个舞台上演出过。但是，值得一提的是，邓颖超同志曾在这个舞台上对西安各界民众宣讲过中国共产党的抗日主张。那是1937年10月19日，西安各界民众汇集在易俗社广场，纪念鲁迅先生逝世一周年纪念大会上，特别邀请了邓颖超同志代表中国共产党，为西安各界民众讲话的。

剧场内，除了舞台，其他设备比现在简陋得多，池座里是一排排可以搬动的长条椅，由八厘米宽的长木条钉成，可以坐四个人，每把长椅的背后，都有一条十多厘米宽的木板，供后边一排放茶壶所用。

观众席，中间是池座，池座的两边是木栏杆，栏杆外到剧场两边墙壁都是站票，买个签子，花很少的钱就可站着看戏。

· 曾拥有世界上最先进的舞台

易俗社的舞台与众不同，它不像"三意社""正俗社""集义社"的舞台都是在原"药材会馆""银匠会馆""三官庙"等万年台上演出，而是在原室内正规演出场所"宜春园"的基础上重建的。

易俗社剧场有当时世界上最先进的演出舞台。它的后台比前台大，比前台高，因为它要悬挂八层布景。我当时在后台看的是悬挂在空中的北京故宫布景，这是王天民演出《颐和园》时用过的。据说王天民在北平演出现代戏《颐和园》时，饰演"赛金花"引起了北平轰动。王天民饰演"赛金花"时，需要洋装，京剧四大名旦之一的尚小云先生就把他的全副头套服装拿来，并亲自帮王天民化妆扮戏。当时，晚年寓居天津的赛金花闻讯，曾专程从天津赶到北平观看演出，《大公报》曾做了长篇报道，并配以真假赛金花之照片，一时在街头巷尾作为美谈。王天民以他独有的演唱风格，引起北平观众的浓厚兴趣和戏剧界的赞赏，报纸赞他"天生丽质、声韵尤佳、身段自然美观"；说他有"程砚秋之端丽，荀慧生之娇媚"，被誉为"西北梅兰芳"。

· 潜入易俗社剧场后台

那时候我十二三岁，也就是1946年到1947年之间，最爱看的不是演出，而是后台。有一天我来到易俗社剧场进入后台，他们可能以为我是哪个工作人员的孩子，也没人来拦我。他们正在悬挂布景，后台一边八个大滑轮，可以把八堂布景吊上去，这在西安是绝无仅有。

易俗社的转台，当时可能是全国仅有，场内场外两个舞台都可转动，它的直径比舞台的尺寸略小，旋转圆形台面和整个舞台平行，可以清楚地看到金属结合部，转台下面是什么样，我没下去过。据我父亲说，下边有一根中轴，四根推杆，舞台要旋转时，由几个壮汉像推磨子一样，推着横杆使中轴带着台面旋转。

• 老艺术家的表演难超越

当时我看过王天民的日场演出，观众不多。王天民是很有名的旦角演员，当时已经发了福，唱得很慢，那天他演的是《柜中缘》。我也看过宋尚华的《拷红》，这部戏节奏快得多。由于两个人各有所长，演出技艺很高，至今难忘！

第一次看易俗社的全本戏，是李可易演的《黑旋风李逵》，李可易既能唱秦腔又能演京剧，是易俗社早期不可多得的学员。看他演的李逵，是解放前还是解放后，记不得了，但他塑造的李逵形象，至今记忆犹新。

看全本《三滴血》，可能是1958年。那时我在北影上学，寒假回来看的。我买的是右边楼上的票，我记得是第二根柱子的二排，正好对着舞台的上场门，现在已改成了第二间包厢。那一场是刘毓中的周仁瑞，孟遏云的王妈妈，樊新民的晋信书，陈妙华的周天佑兄弟，全巧民的贾莲香，看了他们的演出，那真是一种艺术享受！到现在也没觉得有超过他们的。

• 艺人们的艰苦生活

易俗社剧场能够在十几个剧场中唯一保存下来，和它取得的辉煌成就紧密相连。对那些老艺术家的名字及演技，我们至今津津乐道，然而，解放前易俗社老艺人们的艰苦生活你是绝对想象不到的。

解放前易俗社员工的平均工资是十四元五角，且不能按时发放，最高工资是王天民，每月一百九十二斤面粉，最少的是尹良俗，十斤面粉。

他们吃饭是分馍制，每个人每餐五个又小又酸的馒头，由于吃不饱，演员之间还产生了借馍的"高利贷"。

食堂的菜钱，全靠剧场门口地摊所交费用维持，如遇雨天没人摆摊就可能没有菜吃。

全社二三百人，社里不供应开水，演职员宿舍、办公室，冬天从来没有生过炉子，只有下雪时给后台一斤炭，是供打脸子、烤笔尖、泡刨花用的。

最艰苦的是晚上没地方睡，所以每天晚上戏刚完，幕还没有落，大家就抢道具、抢台毯，在舞台上睡觉。

虽然生活如此艰辛，但大家都不离不弃，这都是源于他们对秦腔艺术的热爱。

· 与老艺术家相聚

事隔几十年后，这些青年演员已经成了七八十岁的老艺术家。2009年，姬一鸣同学以西安职业艺术学院院长的身份，在五一饭店宴请了易俗社的部分老艺术家。同时还在省文化厅开了座谈会，我也参加了这些活动。

当时参加座谈会的有，在《三滴血》中扮演周仁祥的雷震中，扮演周天佑、李遇春的陈妙华，扮演贾莲香的全巧民，还有在《蝴蝶杯》中演田玉川的尹良俗等十几位易俗社上了七十岁的老艺术家。

曾经当过易俗社副社长的张咏华同志，坐在我的右边，交谈中她大略谈了自己，更多地介绍了陈妙华和全巧民，她们三个是易俗社的同班同学。最后陈妙华拿出她的数码相机，让我给她们三个人拍了合影，没想到这是她和同学最后的合影，不久她就去世了！

（原载2016年10月16日《西安晚报》）

编辑凡例

一、以忠实于选文原作、整旧如旧为编辑原则，对选文写作时使用的专有名词、外文译名，以及作者写作时的语言和特色予以保留。

二、原文注释如旧，编者所作注释，均以"编者注"标明，以示与原文注释的区别。

三、原文偶有文字错讹脱衍之处，一律按现行出版规范予以改正，不再以其他符号标示。

四、文章中数字、标点符号用法，在不损害原文语义的情况下，做必要的规范。

图书在版编目（CIP）数据

旧戏新文 / 陈平原，王鸿莉编. —长沙：湖南人民出版社，2023.6
ISBN 978-7-5561-3180-8

Ⅰ.①旧… Ⅱ.①陈…②王… Ⅲ.①散文集—中国 Ⅳ.①I26

中国国家版本馆CIP数据核字（2023）第040755号

旧戏新文
JIU XI XIN WEN

编　　者：陈平原　王鸿莉
出版统筹：陈　实
监　　制：傅钦伟
选题策划：北京领读文化
产品经理：领　读-张睿宸
责任编辑：陈　实　刘　婷
责任校对：张轻霓
装帧设计：广　岛·UNLOOK
unlook-guangdao.com

出版发行：湖南人民出版社有限责任公司 [http://www.hnppp.com]
地　　址：长沙市营盘东路3号　　邮编：410005　　电话：0731-82683313

印　　刷：湖南天闻新华印务有限公司
版　　次：2023年6月第1版　　　　　　　　印　　次：2023年6月第1次印刷
开　　本：880 mm × 1230 mm　　1/32　　印　　张：9.5
字　　数：183千字
书　　号：ISBN 978-7-5561-3180-8
定　　价：48.00元

营销电话：0731-82683348（如发现印装质量问题请与出版社调换）